맛집 폭격

맛집 폭격

배 명 훈 장 편 소 설

북하우스

차례

1부

마살라 도사

"마살라 도사라는 인도 음식이 있어. 도사라는 건 인도 길거리에서 파는 음식 중 하난데, 쌀이랑 콩이 들어간 반죽을 뜨거운 팬 위에 얇게 펴서 익힌 거야. 얇으니까 안 뒤집고 한쪽만 익혀도 양쪽이 다 익거든. 그 안에 으깬 감자와 양파 같은 간단한 재료들을 넣어서 편지 봉투 접듯이 슥슥 접어주면 마살라 도사가 되는 거야. 만두처럼 꽁꽁 싸매는 게 아니란 말이지. 여기서 마살라는 향신료를 배합한 걸 말하는데, 마샬라라고 잘못 알고 있는 사람들도 많은 것 같아. 하지만 마샬라의 알라는 무슬림들의 하느님이거든. 문장 중간에 넣는 감탄사 같은 건데, 힌두와 무슬림을 그렇게 섞는 건 아무래도 좋지 않지. 아무튼 이 마살라 부분이 중요해. 그냥 으깬 감자와 양파가 아니거든. 향신료가 들어가 있어서 독특한 향이 난단 말이지. 쌀이 들어간 얇은 피도 그 얇은 두께만큼만 살짝 쫀득쫀득한 찰기가 느껴지는 게 식감이 나쁘지 않지만, 이 요리를 완성하는 건 결국 그 향이야. 도대체 뭐가 들었길래 이런 맛이 나나 재료를 헤집어 봐도 사실 별건 없어. 으깬 감자랑 양파밖에 안 보이니까."

　거기까지 말하고 민소는 잠시 호흡을 가다듬었다. 뭔가 대단히 중요한 이야기를 하고 있는 것처럼 진지한 표정이었다. 그 모습에 윤희나는 자기도 모르게 살짝 미소를 지었다. 좀처럼 감정을 드러내는 일이라고는 없는 사람인 줄 알았는데 이렇게 신나게 말할 때도 있나 싶었다. 정말 독특한 향을 지닌 사람이었다.

　"마살라 도사는 처음 들어봤어요. 인도 요리는 저도 좋아하는데."

　"간단한 요리니까 한국식 인도 정통요리 목록에는 안 들어가 있는 거야. 그게 참 이상하거든. 한국식 인도 정통요리라니. 탄두리 치킨이랑 팔락 파니르 같은 거 아냐. 그 시금치 들어간 녹색 카레가 팔락 파니른데, 뭐 아무튼 탄두리 치킨도 나쁘지는 않지. 괜찮은데, 지나치게 전형적이라고나 할까. 다른 맛있는 게 많거든. 수천 년 된 문명이라는 게 원래 그런 거 아닌가? 특히 채식 메뉴들 말이지. 인도에서 식당에 가면 육식 메뉴랑 채식 메뉴 구분이 엄격한 경우를 볼 수 있거든. 주방이나 홀이 아예 분리된 곳도 많고 말이야. 그런데 둘 중 어느 게 더 좋으냐면 채식 쪽이야. 인도 음식은 묘하게 고기가 들어간 것보다 채식 요리가 더 맛있더라고. 먹을 만하니까 채식을 한다는 느낌이 들 정도란 말이지. 육식 메뉴들은 재료 자체가 맛있는 거라서 그런지 상대적으로 맛을 내기 위한 노력을 덜 하는 느낌이라면, 반대로 그 사람들이 먹는 채식 요리에는 재료의 차이를 극복하는 뭔가가 있다는 거야.

그게 핵심인데."

"선배, 침 흘리겠어요."

"아무튼 그걸 먹어야 된다는 거야. 재료 말고 요리 부분. 사람이 만들어낸 맛 말이야. 치킨 카레 같은 것도 좋지만 그냥 달 마크니 같은 것도 진짜 괜찮거든. 작은 콩이 들어간 묽은 카레인데 우리 식으로 치면 된장이나 청국장쯤 될까. 그런 심심한 맛도 좋아. 치즈 들어 있는 걸쭉하고 묵직한 카레들도 향이 진한 게 나쁘지는 않지만, 점성이 좀 낮고 심심한 향이 나는 카레들도 아주 먹을 만하거든. 다진 양고기가 들어간 매콤한 카레도 좋지만, 계란 카레 같은 것도 맛있어. 삶은 계란이 들어간 카레인데 계란 흰자가 불에 직접 구운 것처럼 바삭바삭한 게, 반으로 쪼개면 반숙으로 익은 노른자가 살짝 매운 카레에 섞여서 기가 막힌 조화를 만들어내는 거야. 그걸 밥 위에 얹어서 손으로 비비면……."

"손으로 드세요?"

"가끔. 자제를 못 하고 달려들 때가 있지."

"지금도 그럴 기센데."

"손으로 먹는 건 이상한 게 아니야. 그 길쭉길쭉하고 찰기 없는 쌀 말이야. 한국 사람들은 그 쌀도 이상하다고 하는데, 카레에 손으로 비벼보면 알아. 찰기가 없어야 딱 좋은 상태로 카레에 섞이거든. 손으로 먹는다고 해서 걸신들린 것처럼 허겁지겁 집어 먹는 광경을 상상하면 안 돼. 덩어리를 만들어서 나름 우아하게 먹는 거야. 손가락 네 개를 모아서 이렇게 숟가락처럼 둥근 모양으로 만들고 그 위에 밥을 얹어. 그리고 엄지를 손바닥 쪽에서 손끝 쪽으로 쓸어 올리는 거지. 그러면 밥이 손끝으로 올라오잖아. 얼마든지 안 흘리고 점잖게 먹을 수 있어. 숟가락으로 비비는 것보다 그렇게 먹는 게 더 맛있게 비벼지는데 서른 넘은 뒤로는 다른 사람들 눈이 신경 쓰여서 못 하겠더라."

"그러면 손에 카레 냄새 배서 다음 날까지 안 빠지잖아요."

"바로 그거지! 좋잖아! 맛있는 냄새."

"동네 개들 다 쫓아오겠네요."

"동네를 지배하는 거지. 아무튼 지라 라이스나 사프란 라이스 같은 거 좋아. 밥 자체에도 향이 있거든. 난도 좋지만 역시 나는 밥이더라. 여럿이 가서 하나씩 놓고 먹으면 제일 좋고. 둘이 가면 마살라 도사를 애피타이저로 시키고 카레 두 개랑 밥 하나 난 하나를 시키는 거야. 양고기 카레 하나랑 야채 카레 하나가 좋겠지? 플레인 요구르트나 요리 종류를 하나쯤 더 시키면 좋겠지만 분명히 배가 부를 거야. 그래, 일단 시켜놓고 보지 뭐. 그리고 먹다 보면 난이 모자랄 수도 있으니까 그때는 다른 빵 종류를 하나쯤 더 시키는 것도 괜찮을 거야. 난 말고 어니언 쿨차 같은 게 좋겠지. 안에 양파랑 향이 있는 뭔가가 들어간 작은 전처럼 생긴 빵인데, 카레에 안 찍고 그냥 먹어도 향긋하거든. 남으면 싸 가지 뭐. 양이 좀 많으려나. 하지만 인도 음식은 다 먹고 나면 배가 터질 것 같지만 먹는 동안에는 향신료 때문인지 술술 잘 들어가니까. 일단 먹고 보는 거지. 그렇다고 배를 완전히 다 채우면 안 돼. 그 집은 맨 끝에 차이를 주거든. 밀크티 말이야. 아주 제대로 단 차이로 식사를 마무리하는 거야. 다른 정통 인도 식당들은 카레는 달고 차이는 싱겁거든. 어쩌다 그게 정통이 됐는지 모르겠어. 한국화된 맛 같은데. 원래대로 하면 카레는 좀 덜 달고 차이는 훨씬 달아야 돼. 설탕이 얼마나 많이 들어가는데. 설탕을 많이 넣는 게 좋은 건 아니지만, 싱겁게 먹으려면 차이를 왜 먹겠어. 이왕 먹는 거 제대로 먹어야지."

윤희나는 민소의 얼굴을 빤히 쳐다보았다. 잔뜩 상기된 얼굴이었다. 끼어들 틈도 없을 만큼 말들을 쏟아내는 그를 보니 새삼 이 사람에 대해서 아는 게 하나도 없었구나 하는 생각이 들었다. 어쩌면 당연한 일인지도 몰랐다. 그저 직장 동료일 뿐, 친분을 쌓을 기회는 그다지 많지 않았기 때문이다.

다시 그가 말했다.

"그렇게 배가 불러서 이제는 더 못 먹겠다 싶을 때쯤 말이야, 딱 한 입만 더 먹는다면 뭘 먹을까 고민하다 보면 십중팔구는 거기에 손이 가는 거야. 다들 그래."

"다들 그래요? 그게 뭔데요?"

"마살라 도사."

"그렇게 맛있어요?"

"응."

"와, 무슨 맛인지 상상은 잘 안 되는데 막 그리운 맛이네요. 그래서 그거 먹으러 가자고요?"

"아니."

윤희나는 그의 눈을 빤히 쳐다보았다. 이건 또 무슨 상황인가 싶었다.

'그럼 지금까지 그 이야기는 왜 한 거야? 저 진지한 표정은 또 뭐고.'

침묵이 흘렀다. 그가 연출한 침묵이었다. 어떻게 대처해야 할지 알 수 없는 순간이었다. 새로운 면을 보게 돼서 재미있기는 했지만, 역시 좀 특이한 사람이라는 점에는 변함이 없었다.

잠시 후 그가 다시 입을 열었다.

"그 집이 저기야. **종로 321-2**. 어젯밤 미사일 공격으로 잔해만 남고 이 빠지듯 가운데만 무너져버린 저 3층 건물 2층에 그 식당이 있었어. 다행히 인명 손실은 없었다는데, 그래도 당분간 그 집 마살라 도사를 맛보기는 어려울 거야."

에스컬레이션 위원회

새로 생긴 폐허 위에 눈이 살짝 덮여 있었다. 원래는 노점과 행인들로 붐비던 곳이었으나 지금 시간에는 지나는 사람이 그다지 많지 않았다. 여러 종류의 공무원들이 현장 주변을 통제하고 있어서 그 근처로 접근하는 것 자체가 까다롭기도 했다.

맨 처음 미사일이 떨어지던 날에는 서른 개의 현장이 전부 사람들로 북적였다. 경찰, 소방관, 군 관계자, 의료진, 기자, 관할 공무원에 정치인, 보험회사 직원들, 그리고 구경하러 나온 인파까지. 체계 없이 노출된 현장 주변은 온갖 종류의 사람들과 그들이 타고 온 차량으로 넘쳐났다. 그러나 그런 공격이 두 번 세 번 반복되면서 현장 자체에 대한 관심은 서서히 식어갔다. 그러더니 서른 번째 공격으로 대략 오백 번째 피폭 현장이 만들어지던 무렵에는 뭔가 특이한 사연이 있는 현장이 아닌 한 기자들이 나타나는 경우조차 드문 일이 되고 말았다.

에스컬레이션 위원회 현장조사 담당 이민소는 그편이 모두에게 훨씬 바람직하다고 생각했다.

'사람들이 너무 많이 모여들면 일이 자꾸만 커지기 마련이니까. 특히 이런 상황에서는.'

현장은 대체로 조용하고 차분했다. 관할 구청에서 통제권을 넘겨받기 전까지 현장 통제는 대체로 경찰이 담당했다. 분명 전쟁에 준하는 상황이기는 했지만, 아니 이건 이미 전쟁임이 분명했지만, 군이 전면에 나서는 일은 아직 드물었다. 미사일을 쏜 쪽이 북한이 아니었기 때문이다. 군이 나서서 상황을 통제하기 시작하면 그것 자체로부터 묘한 긴장이 형성되어 주변 국가와의 관계를 조율해나가기가 어려워질지도 모른다는 우려가 있었다. 아무래도 군은 뭘 하든 일단 북한을 상대로 움직이는 습관이 배어 있었으므로 불필요한 오해를 불러일으킬 소지가 많다는 것이었다.

물론 겉으로야 어떻게 보이든 실제로 주도권을 갖고 있는 쪽은 군과 관련된 사람들이었다. 꼭 군복을 입고 있지 않아도 현장을 돌아다니는 모습만 보면 알 수 있었다. 묘하게도 신이 난 것처럼 보이는 동시에 또 한편으로는 의기소침한 듯한 걸음걸이. 마치 무언가를 찾아내려는 것 같은 움직임, 콕 집어서 말할 수는 없지만 어딘지 모르게 배회하는 느낌이 드는 동선, 자신들을 제외한 다른 기관 사람들은 크게 신경 쓰지 않는 듯한 시선과 동작. 그들은 그렇게 현장을 지배하고 있었다.

멀리서 그 광경을 지켜보면서 민소는 살짝 고개를 저었다. 윤희나가 그 모습을 포착했지만 아무 말도 하지 않고 곧 하던 일로 돌아갔다.

"어쨌거나 마살라 도사 말고 특이한 피해자는 없죠? 잠수함 발사 미사일인 것도 똑같고, 탄두도 특이할 거 없고, 피폭 위치도 뭐, 별 특이 사항은 없는 것 같은데요. 자료 받은 거 봐서는 별거 없어 보여요."

"그럴 거야. 서류는 더 볼 필요 없을 것 같고, 그냥 잘 챙겨놓기만 하면 될 것 같아. 기술보고서 나오면 그것만 좀 신경 써서 챙기면 되겠네. 아, 동대문 때문에 문화재청에서 누가 나와 있을 텐데 그쪽도 별로 피해 상황은 없을 거야. 나온 김에 의견서 받아놓으려고. 나중에 받으려면 귀찮아지니까."

"흥인지문 때문이란 말이죠? 제가 만나볼게요. 저기 저 사람이죠?"

"내가 해도 되는데."

"이참에 안면 터놔야 돼요. 다음에 또 만날 거니까. 갔다 올게요."

민소는 대답 대신 고개를 끄덕였다. 그리고 속으로 생각했다.

'낙하산치고 참 열심히 해.'

지금은 일이 이상하게 꼬여버렸지만, 원래 피폭 현장에 대한 최종 결정권은 에스컬레이션 위원회가 갖게 되어 있었다. 애초에 사람들이 서로 잘 알지도 못하는 지구 반대편에 있는 나라와 미사일을 주고받는 관계가 된 것 자체가 에스컬레이션에서 비롯된 일이기 때문이었다. 사소한 사고에서 시작된 폭력이 또 다른 오해와 불신을 낳으며 서서히 보다 더 큰 폭력을 불러오는 점증 현상. 국경이 맞닿은 것도 아니고 대양 해군이 있어서 상대편 영토를 공격할 수 있는 것도 아니기에, 기껏해야 무역 보복 정도밖에 할 게 없다고 생각하고 서로 비난에 비난을 거듭하며 각자 자국의 여론을 공격적인 형태로 몰아가는 동안, 누구의 시선도 닿지 않는 저 깊은 심연 어딘가에서 전쟁의 불길이 서서히 힘을 키워가고 있었던 것이다.

그리고 그 힘이 임계점을 넘는 순간 불길은 미사일이 되어 도심 한가운데에 실제로 모습을 드러내고 말았다. 그때 비로소 사람들은 깨달았다. 보이지 않는 그 어딘가에서 폭력이 서서히 점증되어가는 에스컬레이션 과정이 이미 걷잡을 수 없을 만큼 빠른 속도로 진행되고 있다는 사실을. 마치 진짜 에스컬레이터 위에 놓여 있는 것처럼, 이제는 뒤로 몇 걸음 걷는 정도로는 손쉽게 빠져나올 수 없을 만큼 빠른 속도로.

에스컬레이션 위원회는 그 일을 통제하기 위해 만들어졌다. 중요한 것은 피해 상황을 조사하는 일 자체가 아니었다. 그보다는 피해의 경험이 다루어지는 방식이 더 중요했다. 결국 폭력의 경험은 또 다른 폭력을 낳는 원동력이 되고 말겠지만, 그 속도가 얼마나 빠른가 하는 문제는 무시해도 좋을 만큼 사소한 게 아니었다. "네가 먼저 때려서 여기가 이렇게 빨갛게 부었잖아", "무슨 소리야, 네가 먼저 연필로 여기 찔렀잖아" 하고 유치하게 하나하나 따지는 일이 중요하다는 게 아니라, 누군가 그 유치한 싸움을 옆에서 찬찬히 지켜보고 기록하는 사람이 필요하다는 것이었다.

"반격 수위를 정하는 거지. 너무 과하지도 않고 너무 미적지근하지도 않게. 딱 우리가 피해를 입은 만큼만 되돌려줄 수 있도록. 알지? 저 위에서는 항상 단호한 대응을 주문하는 법이니까. 언제나 그래. 엄정하고 단호하게 대처하면 되는 거야. 그런데 문제는, 너무 단호해서는 안 된다는 거야. 그러면 확전이 되니까. 과하지 않으면서 충분히 단호하게. 그거만 맞추면 돼. 알고 보면 단순한 일이야. 오케이?"

정 과장이 그 이야기를 했을 때 민소는 고개를 끄덕이며 그의 말에 찬성했다. 그리고 2년 계약으로 일을 맡기로 했다. 취지도 좋고, 경력에도 도움이 되고, 보수도 생각보다 괜찮은 일이었다.

그러나 실질적인 위원장 역할을 해야 할 국무총리가 경질되고 다음 총리와 장관 후보자 몇 명이 인사청문회를 통과하지 못하면서 위원회는 어느새 유명무실한 상태로 전락해갔다. 급기야 군에서 자체적으로 점증위원회라는 것을 만들어 에스컬레이션 위원회에서 활동하기로 되어 있는 인력의 대부분을 겸직 형태로 활용하면서 군이 민간 정부 차원의 에스컬레이션 위원회를 정상화해야 할 필요성마저 사라지고 말았다.

그리고 그 일이 민소에게 문제가 된 것은 오로지 한 가지 사실 때문이었다.

"현실적으로 이 위원회에서 진짜 일을 하는 사람은 저 혼자라고요. 다른 사람들은 다 겸직이라 자기 보고 라인 따라서 보고하고, 자료 제출도 꼭 하루씩 늦고. 원래 취지대로 일하는 사람은 저뿐이란 말이에요. 심지어 과장님도 이 일 안 하잖아요. 나름 책임잔데. 군 점증위원회 출신 겸직들은 뭔가 위에서 지시받은 일 하느라 본업은 뒷전이에요. 이래가지고는 일 못 해요."

"전쟁이잖아. 소소해도 나름 전쟁이라고. 다들 할 일이 많아. 보고하라는 데가 얼마나 많은데. 자네도 자네가 직접 다 할 필요는 없잖아. 취합만 하면 되겠네. 일 자체는 누군가가 다 하고 있다며. 잘 협조해서 처리하면 되지."

정 과장은 깔끔한 업무 능력이나 언변에 비해 정치력이 턱없이 부족한 사람이었다.

"그 협조가 잘 안 된다니까요. 사무실도 뺏긴 마당에. 남의 사무실에 책상 하나 놓고 일하는 게 얼마나 불편한데요."

"국방부에서 사무실 내줬잖아. 거기 좋던데 뭘."

"출입증을 안 내주잖아요. 신청한 지 두 달이나 됐는데 맨날 방문자 출입증 가지고 왔다 갔다 해야 되고, 자기들 훈련한다고 나가라 그러면 나가야 되고. 일단 그거라도 좀 받아주세요."

"알았어. 출입증 그거 받아주면 되는 거야?"

"되겠어요? 사람을 더 뽑아주셔야죠. 소속된 인원이 서른 명인데 제대로 하는 사람은 하나도 없으니. 다른 데서 좀 빼 오세요. 정치력을 발휘해보시라고요."

"하고 있대도 그러네. 그게 갑자기 돼? 좀 기다려봐. 정부가 세팅이 돼야 뭐가 되지. 이쪽도 지금은 다 올 스톱이야. 장관 교체될 때는 원래 그래."

"아, 몰라요. 이런 식으로는 안 돼요. 제 이름으로 나가는 것도 아니고 과장님 이름으로 나가는 건데 왜 그렇게 천하태평이세요. 급해지면 또 찾을 거면서. 하여튼 누구를 데려오든지, 그게 안 되면 새로 뽑든지 해주세요."

"어디서 데려와. 어떻게 새로 뽑아. 무슨, 동생 낳아달라고 떼쓰는 애도 아니고."

그 순간 정 과장의 얼굴에 묘한 표정이 떠올랐다. 민소는 그 표정을 놓치지 않았다. 저건 뭘까. 이상한 예감이 뇌리를 스쳐 지나갔다. 뭔가 상상할 수 없을 만큼 희한한 일이 벌어지려는 징조였다.

"무슨 생각 하세요?"

"그런 방법이 있었군."

"네?"

"낳아주면 되는 거잖아."

윤희나는 정 과장이 '낳아 온' 동생이었다. 물론 정 과장 본인의 친자식은 아니었지만, 윤 씨 성을 가진 어느 고위급 인사의 딸이기는 했다.

에스컬레이터 위의 낙하산

"미사일 파편 찾았대요. 다른 현장에서도 그런 이야기 하던데, 부품 보니까 살짝 신형 같다고 그러네요. 아주 최신형인 건 아니지만 생산

20

연도가 점점 가까워지고 있대요."

윤희나가 돌아오더니 그렇게 속삭였다. 혹시 일반인들이 들을까 봐 조심하는 것이었다.

"재고가 거의 소진된 건가?"

"부품 추이만 보면 그렇대요. 여전히 낡은 것들이긴 한데 낡은 정도가 좀 다른가 봐요. 엄청 낡은 건 아니라나. 이번 공격은 어느 현장이나 편차가 적은 편이고 제작 연도가 확 당겨진 게 보인대요. 아무래도 냉전 때 만들어놓은 재고는 거의 소진해가는 모양이에요."

"그럼 슬슬 미사일 값이 비싸질 텐데. 다른 현장 자료 다 올라오면 체크해보자."

"네, 그거 관련해서 군 쪽에서도 보고서를 따로 작성할 분위기예요. 일단 기다려봐요."

윤희나의 직무는 민소의 것과 완전히 동일했다. 차이가 있다면 민소는 관할 구역이 서울이었고 윤희나는 수도권이라는 점 정도였다. 그러나 수도권에 미사일이 떨어진 경우는 아직 단 한 번도 없었으므로 사실상 두 사람의 업무에는 아무 차이가 없었다. 그저 배경이 좀 든든한 낙하산 신입일 뿐.

그러나 처음부터 그런 건 아니었다. 민소는 윤희나에 관한 이야기를 전해 듣고는 상전 후배를 모셔야 하나 하는 생각이 들었다. 처음 윤희나가 피폭 현장에 모습을 드러내던 날도 그랬다.

"동생 온다면서요? 아직 안 왔어요?"

현장에서 자주 마주치곤 하는 다른 부서 출신 현장 담당자들이 물었다.

"동생이요? 무슨? 아! 그 동생. 그러게요. 좀 늦네요."

"첫날인데."

한참 뒤에 서른이 조금 넘어 보이는 여자가 다가와 자기가 바로 새로 온 조사관이라며 인사를 했을 때 민소는 대답 대신 짧게 한마디를 던졌다.

"늦었네요."

그는 윤희나의 표정을 유심히 살펴보았다. 억울한 듯했다. 하지만 그 표정은 이내 담담하고 자신 있는 표정으로 바뀌었다.

"안 늦었어요. 한참 전에 도착했어요. 누구한테 뭘 물어봐야 되는지 몰라서 저기 저분한테 에스컬레이션 위원회에서 왔다고 했더니 엉뚱한 데로 가보라고 알려주시더라고요. 그래서 지하철역에서 헤매다 온 거예요."

"지하철역이요?"

"에스컬레이터 때문에요."

"에스컬레이터요?"

"에스컬레이션 위원회라니까 에스컬레이터 관리하는 데라고 생각했나 봐요. 지하철역으로 가보라고 할 때 저분 표정을 봤어야 하는 건데. 무슨 범국가적인 전시 에스컬레이터 관리기구 같은 걸 떠올리는 모양이던데요. 어, 진짜로 그런 건 아니죠? 사실 여기 오기까지 제대로 설명해준 사람이 아무도 없어서요. 제 나름대로 생각했던 이미지가 있어서 그런가 보다 하고 오긴 했는데, 지금까지는 생각한 거랑 좀 다르네요. 아무튼 늦어서 죄송합니다. 다시 인사드릴게요. 윤희나입니다."

민소는 윤희나가 표지 같은 사람이라고 생각했다. 한눈에 딱 알아보기는 좋지만, 그 안에 뭐가 들었는지는 파악하기 어려운 사람이라는 의미였다. 판단 근거가 정확히 뭐였는지는 알 수 없었다. 그냥 첫인상이 그랬을 뿐이다. 적당히 단정하지만 어딘가 한군데는 반드시 여성스러움을 풍기는 옷차림에, 멀리서 봐도 딱 저 사람 옷 입는 방식이네 싶으면서도 매일 조금씩은 다른 듯한 독특한 디테일, 실제 경력이야 어떻든 늘 그 자리에 그렇게 서 있었던 것처럼 당당하고 바른자세, 여유 있지만 느리지는 않은 걸음걸이, 할 일이 정해지자마자 제일 먼저 한 발을 딱 내딛는 순발력, 아나운서 같은 목소리, 아니 거의 배우같이 또렷한 목소리와 발음. 한눈에 보나 여러 번 보나 일 잘한다는 인상을 주기에 딱 좋은 이미지였다. 그러나 일의 내용은 장담할 수없었다. 이력서 자체는 더할 나위 없이 화려했지만 자세히 읽어보면딱히 배울 건 없었을 것 같은 경력이었다. 표지와 목차는 너무나 근사하지만 본문을 채울 시간 같은 건 절대 없었을 성싶은 빡빡한 이력이기도 했다.

'이건 또 뭐지? 취미로 그림을 그린다고?'

그러나 그의 우려와는 달리 윤희나는 생각보다 일을 빨리 배웠다. 에스컬레이션 위원회라는 게 원래 무슨 일을 해야 하는 기관인지 설명할 수 있는 사람은 애초에 아무도 없었지만 그래도 일단 현장에 가면 우선적으로 체크해야 할 것들은 있었다. 그런 일들을 가르쳐줄 사람은 물론 민소밖에 없었다. 혼자만 군인이 아니었기 때문이다.

군인들은 기본적으로 자기들을 제외한 다른 사람들은 되도록 일을 하지 않기를 바라는 눈치였다. 신입이 그 장단에 놀아나지 않게 하려면 좀 너무한다 싶을 정도로 잔소리를 할 필요가 있다는 게 민소의 생각이었다.

"피해 상황은 일일이 확인할 필요 없어요. 할 수도 없고. 여기저기서 보고서들을 작성하니까 그것만 잘 챙기면 기본적인 건 다 확인할 수 있어요. 현장에 직접 안 가봐도 알 수는 있는데, 현장에는 그냥 확인차 가는 거예요."

"보고서가 잘 안 맞나요?"

"아니요, 잘 맞아요. 거의 정확한 편인데, 그게 정확하게 기록되고 있는지 확인하는 것도 중요해요. 어느 날 그게 왜곡되기 시작하면 뭔가 문제가 있는 거죠. 그럼 우리가 보고서를 작성해야 돼요. 물론 우리 눈을 못 믿을 수도 있는데, 그럴 때는 다른 사람들이 본 거랑 비교해보면 돼요. 얘랑 얘를 비교하면 딱 견적이 나오거든요. 그런데 피해 상황을 확대해서 해석하는 기관들이 있어요. 이것도 체크할 대상 중 하나지만, 언론에는 피해 상황이 좀 확대돼서 실리는 경향이 있거든요. 초기에는 심했고 지금은 좀 덜해졌지만. 반대로 피해액을 최대한 줄여서 잡는 데도 있겠죠?"

"보험사 같은 데요?"

"그렇죠. 그런데 모든 현장에 보험사 사람이 나오는 건 아니니까 늘 확인할 수는 없어요. 민간 쪽 보고서는 아무래도 받아보기가 쉽지 않겠죠. 공무원들 것도 받아보기 쉬운 데가 있고 좀 까다로운 데가 있는데, 우리 직위가 원래 그런 거 하는 자리니까 그건 그렇게 심각한 문제가 아니고. 진짜 중요한 건 상대 측의 의도 같은 거예요. 적국 말이에요. 피해액이 얼마냐가 아니라 미사일이 어디에 떨어졌나, 위력은 얼마나 컸나 하는 것들이죠. 기술적인 부분은 군대 쪽에서 엔지니어들이 나와서 보고서를 작성하거든요. 미사일 기종이나 탄두 종류나 뭐 그런 거. 그걸 꼭 챙겨야 돼요. 기본적인 원칙은 우리나 저쪽 나라나 서로 비슷한 미사일로 비슷한 탄두를 쏘는 거예요. 그래야 에스컬레이션이 느려지겠죠. 그다음은 조준 여부가 중요해요. 지금은 거의 무작위로 떨어지는 느낌이에요. 어디를 정밀 타격하는 것 같지는 않거든요. 우리 쪽 공격도 마찬가지일 거예요. 이런 양상이 바뀌는지 여부도 늘 관심을 가져야 돼요. 정말로 무작위로 떨어지는 건지, 의도가 있는 건지. 확전 이야기 나오면 정책 결정자 레벨에서 제일 먼저 확인하는 게 그걸 테니까. 저쪽이 조준을 한 징후가 보이면 우리도 그렇게 할 거라는 말이에요. 그리고……."

특히 윤희나는 행정 일에 금방 익숙해졌다. 그런데 그 행정 일이라는 게 그저 꼼꼼함이나 명석함 같은 자질들뿐만 아니라, 인간관계를 유지하는 능력이나 딱 봤을 때 이게 되는 일인지 안 되는 일인지를 파악하는 능력, 혹은 자신감 같은 것과 좀 더 밀접한 관련이 있다는 사실을 잘 알고 있었기 때문에 민소는 곧 윤희나에 대한 평가를 다시 내릴 수밖에 없었다. 물론 첫인상으로 판단했던 것보다는 훨씬 긍정적인 방향으로 이루어진 재평가였다.

'어쨌거나 나는 절대 저렇게 못 하니까.'

심지어 그가 몇 달 동안이나 받아내지 못했던 출입증을 윤희나는 신청한 지 단 이틀 만에 받아낼 정도였다. 어떤 절차를 거쳤는지는 알 수 없었지만, 어쨌거나 결과가 모든 것을 말해주는 환경이었다.

그 얘기를 듣자마자 민소는 국방부 담당자에게 전화를 걸어 왜 자기 출입증은 아직도 발급 처리가 안 되는지 물었지만 역시 속 시원한 대답을 들을 수는 없었다. 물론 출입증은 언제까지고 나올 기미가 보이지 않았다.

게다가 일을 시작한 지 한 달 만에 윤희나가 팀장이 되고 민소가 팀원이 되어버리자 그만 민소는 할 말이 없어졌다. 그렇게 잔소리를 해놨는데.

그래도 윤희나가 상사티를 내지 않고 직위 같은 건 아무 의미 없다는 듯 전과 다름없이 자기 일에만 충실했기 때문에 민소는 그 일을 곧 잊어버리고 말았다. 물론 다른 사람들은 그렇게 생각하지 않았다. 적어도 민소가 생각하는 것만큼 사소한 일은 아니라는 뜻이었다.

그런 민소를 보며 윤희나는 이런 생각을 하곤 했다.

'저 선배는 내가 뭘 잘해서 출입증이 나온 거라고 생각하는 모양이야. 그게 아닌데. 아무래도 누군가가 자기를 경계하는 분위긴데. 눈치도 없고 욕심도 없고, 어쩌다 저런 사람이 이런 자리에 오게 됐을까. 본인이 애써서 들어온 건 아닌 것 같고. 누가 데려다 놓은 걸까. 본인은 그냥 정 과장 아저씨가 불러서 오게 된 거라고만 알고 있는 모양인데.'

그는 배울 게 많은 사람이었다. 나이 차이가 많이 나지는 않았지만 가까이 있으면 얻어갈 게 많은 사람임에는 틀림이 없었다.

물론 선배가 그 사람 하나만 있는 건 아니었다. 일을 가르쳐줄 사람이 공교롭게도 그 사람밖에 없었을 뿐이다. 정말이지 그건 굉장히 다행스러운 일이 아닐 수 없었다.

선배는 윤희나가 에스컬레이션 위원회에 지원하면서 한 번쯤 만나기를 기대했던 그런 사람이었다. 어쩐지 그런 자리에는 저렇게 생긴 사람이 하나쯤 있어줘야 할 것 같은 막연한 기대감 같은 게 있었다. 열의가 없는 것도 아니면서 한편으로는 세상 다 산 사람처럼 초연한 태도에, 위계질서 같은 건 하나도 관심이 없는 듯 시키는 일은 전부 뒷전으로 미뤄두면서도 본인이 진짜로 중요하다고 생각한 일은 누가 시키지 않아도 먼저 나서서 챙기는 성실함을 지닌 사람.

그는 그림자 같은 사람이었다. 해 저물기 한 시간 전쯤의 그림자처럼 길쭉길쭉하고 처량한 느낌을 주는 공무원. 어디에 서 있어도 이상할 게 없지만 어디에 서 있어도 눈에 띄지 않는 인상. 꽤 큰 권한을 가진 현장조사관답지 않게 언제나 기웃거리듯 현장 근처를 맴도는 조용한 아웃사이더.

보통 현장 근처는 꼿꼿하게 서 있는 사람들로 가득했다. 군인이든 경찰이든 소방관이든 이런저런 제복 입은 사람들이 주도권을 장악하기 일쑤였기 때문이다. 체스 판의 말처럼 각자 정해진 임무와 행동 규칙을 지닌 사람들. 누가 봐도 맡은 역할을 알 수 있게 해주는 옷차림과 외모. 무엇보다, 꼿꼿하게 선 그 자세. 선배 역시 체스 판의 말이기는 했다. 룩rook처럼 생긴 말이었다. 옛날 요새의 방어탑 모양을 한 꽤 발 빠르고 강력한 기물.

문제는 그 탑이 피사의 탑처럼 삐딱하게 생긴 탑이라는 데 있었다. 윤희나의 수첩에는 현장에서 처음 선배를 만나던 순간의 인상이 그런 그림으로 묘사되어 있었다. 삐딱하게 서 있는 룩. 그 아래로는 다른 사람들과 다른 방향으로 뻗어 있는 긴 그림자. 마치 남들과는 다른 태양 아래 서 있기라도 한 것처럼.

솔직히 말하면 그는 윤희나가 기대했던 경력에는 별 도움이 되지 않을 사람이었다. 원래 이 일은 위기에 처한 조국을 이용해서 남들은 못 쌓는 특이한 경력이나 쌓아보자는 생각으로 연줄을 동원해 얻어낸 자리였다. 낙하산이라고 뭐라 그러는 사람도 있겠지만, 이 정도 낙하산은 낙하산도 아니었다. 어쩌다 친해진 미국 친구 하나는 대학교 3학년 여름방학을 남의 나라 왕실에서 인턴으로 보내기도 했다. 거기에 비하면 이쯤은 낙하산도 아니었다. 그런 진짜 낙하산 부대에 뒤처지지 않으려면 늘 부지런히 따로 뭔가를 더 하고 있어야 할 만큼 영양가 없는 자리였다. 이런 일 따위, 애초에 정확히 무슨 일을 하게 될지는 상관도 없었다. 그런데 선배를 보고는 상황이 조금 달라졌다. 진짜로 뭔가를 배우고 싶어졌던 것이다.

선배에게서 제일 탐나는 것 하나를 꼽으라면 전쟁을 보는 독특한 관점을 들 수 있을 터였다. 처음으로 내부 보고서를 작성하던 날, 선배는 퇴근하려던 윤희나를 불러 앉혀놓고 이렇게 말했다.

"보고서 좋았어. 좋은데, 우리 보고서는 아니야. 이렇게 쓰는 건."

"어떤 점에서요?"

"피해 보고는 어차피 누군가 다른 사람들이 다 하게 돼 있어. 이걸 이렇게 감정적으로 묘사할 필요는 없다는 말이야."

"하지만 본 대로 쓰는 건 중요한 거잖아요. 박 팀장님도 그렇게 하라고……."

"그 사람은 군인이니까. 박 팀장이기도 하고 박 소령이기도 하잖아."

그 말에 윤희나는 손에 든 보고서를 내려놓고 그를 똑바로 쳐다보았다. 반항하는 것처럼 보일지도 몰랐지만 그래도 어쩔 수 없었다. 정말로 대들고 싶은 심정이기도 했다.

"그쪽에서 배우면 군에서 생각하는 관점으로 쓰게 돼. 현실에 존재하는 국군 조직 말고 일반적인 의미의 군부 말이야. 클라우제비츠가 정부와 군부를 구분할 때 머릿속에 떠올렸을 것 같은 의미로."

"그런 건 잘 모르겠지만, 아무튼 전쟁이잖아요. 당연히 군인들이 하는 거 아닌가요?"

"그거 자체가 그 사람들 관점이라고. 전쟁은 정부가 하는 거야. 에스컬레이션 위원회도 총리실 소속 기관이고. 군인들은 그렇게 생각 안 하지만, 희나 씨는 군인 아니잖아. 그쪽 조직으로 들어갈 일도 없고. 나나 희나 씨나 그래. 겸직 아닌 건 우리 둘밖에 없어. 원래 취지대로 직위에 맞게 위원회 일을 할 사람이 우리 둘뿐이라고."

"하지만 전쟁은 끔찍한 거잖아요. 참상을 기록하는 게 사실적인 거 아닐까요?"

"그게 함정이라니까. 진짜 끔찍한 걸 못 보게 하려는 거지. 전쟁이라는 건 사실 어마어마하게 깊은 구덩이인데, 한참 들여다보고 있으면 분노하거나 슬퍼할 뭔가를 자꾸 던져주는 구덩이이기도 해. 딱 거기까지만 보고 뛰쳐나오기를 바라는 거지. 먹고 떨어지라는 거야. 애들 을러서 쫓아내듯이 겁주는 거지. 그 뒤에 얼마나 더 끔찍한 일이 일어나는지는 가르쳐주지도 않고. 물론 그 끔찍한 장면들도 중요해. 안 중요하다는 건 아니야. 그런데 그건 어차피 다른 사람들이 다 볼 거야. 세금 들여가며 따로 기록할 필요는 없다고. 모두가 흥분하고 있을 때도 누군가는 그런 걸 다 외면하고 더 깊은 곳에 있는 것들을 들여다봐야지. 안 그래? 그런데 그걸 누가 보냐면, 아무도 안 봐."

윤희나는 잠시 생각에 잠겼다. 그리고 조금은 누그러진 목소리로 말했다.

"우리가 안 보면, 그렇다는 거죠?"

"비슷한 일을 하는 사람들이 없는 건 아니야. 특히 군인들은 군인들의 관점으로 그 일을 해. 그것도 엄청 열심히. 그런데 그게 문제야. 너무 열심히 한다는 거. 결정은 결국 민간 정부가 내리는 거거든. 적어도 지금 이 나라는 그렇게 생겼으니까. 그런데 결정의 순간이 왔을 때 참고할 게 저쪽 자료밖에 없으면 정책 결정자도 결국 그 관점을 따르게 될 거야. 그래도 괜찮겠어?"

별 대답은 하지 않았지만, 사실 그러거나 말거나 딱히 상관은 없었다. 그래도 윤희나는 그 순간을 잊지 않았다. 물론 보고서는 하던 대로 썼다. 딱히 명령이나 지시를 주고받을 관계는 아니었으니까. 게다가 지위가 역전되고 나서는 윤희나의 방침이 곧 팀의 방침이 되는 모양새였다. 하지만 윤희나는 팀장 행세를 하려 하지는 않았다.

오히려 그날 이후로 윤희나의 수첩에 그려지는 그림들이 좀 더 건조하고 사실적인 필치로 바뀌어갔다. 자기도 모르는 사이에 그가 말한 내용을 가슴에 새기고 말았던 것이다. 원래는 내용 같은 건 신경 안 쓰고 목소리나 이미지 같은 것만 새겨둘 생각이었지만 시간이 지나고 보니 목소리나 그때 분위기 같은 건 하나도 안 떠오르고 오히려 그가 말한 내용만 생생하게 기억에 남아 있었다.

그렇게 몇 달을 일해왔다. '그냥 대충 인맥이나 쌓을 생각이었는데 어쩌다 진짜로 일을 하게 된 걸까.' 열심히 인맥을 쌓아가면서도 윤희나는 가끔 그 생각을 하곤 했다. 그러는 바람에 일하는 시간이 점점 늘어나기는 했다. 미사일 공격이 시작되자마자 곧바로 미국으로 떠나버린 남자 친구는 그런 윤희나를 이해하지 못했다. 하지만 윤희나는 직감적으로 알고 있었다.

'이건 다른 데 가서는 절대 못 배우는 거야. 누가 봐도 아무것도 아닌 것처럼 생겼지만, 이 현장에서 제일 중요한 사람은 저 사람일지도 몰라.'

그는 본문 같은 사람이었다. 그가 작성하고 있던 구백 쪽에 달하는 보고서 같은 사람이었다. 표지가 뜯겨 나간 낡은 종이 위에 모서리 깨진 활자로 인쇄된 멋없는 글씨. 하지만 누군가 그걸 읽기 시작하는 순간 스스로 빛을 내며 반짝이곤 하는 이상한 글씨. 휴양지로 여행을 떠나면서 딱 한 권만 가방에 챙겨야 하는 상황이라면 절대 안 꺼내 들겠지만 시험이 코앞에 닥친 순간이라면 두 번 생각 않고 곧바로 뽑아 들 것 같은 바로 그 책.

'그래서 그런가. 정부 어딘가에 분명히 저 선배 싫어하는 사람이 있는 것 같은데. 그게 누군지는 잘 모르겠지만. 그냥 지금처럼 내가 표지 역할을 해주는 편이 나을지도 모르지. 저쪽도 별 신경을 안 쓰는 것 같고.'

그리고 최근에는 이런 생각도 함께 떠오르곤 했다.

'그런데 역시 너무 평범해 보이기는 해. 저 헤어스타일이나 패션 감각 같은 건 누가 좀 살짝 손을 봐줬으면 좋겠는데. 나한테 맡겨줘도 잘할 것 같지만, 그럴 일은 없겠지? 하여간 아까워. 누구 만나는 사람 없나?'

무채색

받아야 할 보고서를 꼼꼼히 확인한 후, 민소는 다음 피폭 지점으로 이동했다. **마포구 양화로 12길.** 사진으로 보기에는 일반 주택처럼 생긴 곳이었으나 사실은 무슨 회사에서 사용하는 건물이라고 했다. 그 옆집도 마찬가지인 듯했다.

그는 주로 지하철로 이동하곤 했다. 중간에 공습경보가 한 번 울려서 열차가 잠시 멈춰 섰으나 다행히 잘못된 경보였다. 지진 후에 일어나는 여진처럼 미사일 공격 후에는 늘 있는 일이었다.

공습경보가 울리지 않은 상태에서 공격을 당하는 것보다야 경보가 잘못 울리는 편이 훨씬 나았지만, 잘못된 경보는 오작동하는 화재경보기처럼 위험했다. 그렇게 계속 틀려대다가는 결국 아무도 대피를 안 하는 상황이 오고 말 테니까.

일상이 너무 자주 중단되고 대피소를 들락거리는 일이 잦아지면 결국 대중은 피로를 느끼게 마련이었다. 그리고 피곤해진 대중은 보다 쉽게 전쟁에 동의해 버리곤 한다. 그 피로를 몸으로 느끼기 위해 민소는 늘 대중교통을 이용했다. 물론 자기 차를 타고 다니는 사람도 피로를 느끼겠지만 그 피로는 윤희나가 대신 겪어주면 될 일이었다.

'그런데 그 친구도 피로라는 걸 느끼긴 하는 걸까.'

언젠가 윤희나가 한 말이 떠올랐다.

"피로요? 주말에 마사지나 한번 받아주면 다 풀려요."

"마사지 받으면서 한숨 푹 자면 좋겠지."

"아니, 마사지 받는데 잠은 왜 자요, 돈 아깝게? 저는 절대 안 자요. 아무리 졸려도 정신 똑바로 차리고 있어요."

민소에게 전쟁은 피곤한 일이었다. 끔찍하기보다는 성가시고 귀찮았다. 그러니까 그건 그냥 직장 같은 것이었다. 그에게 미사일은 일이었다. 마른하늘에 치는 날벼락처럼 쉬지 않고 계속해서 떨어지는 일거리.

좀 전에 다녀온 피폭 현장이 떠올랐다. 이제는 먹을 수 없게 된 마살라 도사도 함께. 당분간은 먹을 일이 없겠다는 생각이 들자 얄궂게도 먹고 싶은 생각이 더 간절해졌다. 인명 피해도 인명 피해지만, 전쟁은 그런 식으로 사람들의 목을 죄어왔다. 전쟁 전에 생각했던 것과는 좀 다른 방식이었다.

그 식당 주인도 마찬가지였지만 전쟁이 났다고 해서 나라를 떠난 사람은 생각보다 많지 않았다. 사실 대부분의 사람들은 그럴 수가 없었다. 첫 미사일 공격이 있던 날 피난길에 올랐다던 사람의 이야기가 생각났다. 아직도 정부는 공식적으로 전쟁을 선포한 적이 없지만 그건 분명 전쟁의 서막 같았다.

결코 가볍지 않은 폭발이 도심 곳곳을 뒤흔들었다. 불길이 일어나 어둠을 살라먹고는 고층 건물 사이를 골목길 모퉁이 돌아서듯 서성거렸다. 일요일 새벽 시간이었고, 밤공기가 차분하게 거리를 덮고 있었다.

그 사람은 일단 차를 몰고 남쪽으로 향했다고 했다. 서둘러 길을 나서서 그런지 생각보다 도로는 붐비지 않았다. 한강을 건너고 서울을 벗어나 계속해서 남쪽으로 차를 몰았다. 주유소에 들러 기름을 가득 채우는 것도 잊지 않았다. 그리고 얼마 지나지 않아 날이 밝았다. 계속해서 남쪽으로 달려가던 그는 길가에 펼쳐진 풍경에 당황했다. 뭔가 깜짝 놀랄 광경이 펼쳐진 것은 아니었다. 사실은 그게 문제였다. 별 대단한 게 보이지 않았다는 것. 왜일까. 전쟁인데. 다들 피난 안 가나.

발끝에서 서서히 힘이 빠지고, 차가 달려가는 속도가 조금씩 느려졌다. 그는 이상한 생각이 들었다. 정말로 전쟁이 일어난 게 맞나. 라디오를 틀었다. 미사일 공격은 사실이었다. 그가 착각한 게 아니었다. 그런데 길 양옆에 펼쳐진 풍경은 전혀 그렇지 않았다. 긴장감이 느껴지지 않는 월요일 아침이었다.

'전쟁이 아닌가?'

결국 차를 돌렸다. 그리고 서울로 돌아갔다. 이제 뭘 해야 할지 알 수 없었다. 그러는 사이에 알람이 울렸다. 밤에 맞춰놓은 알람이었다. 늘 일어나던 시간이 왔다는 것을 알리는 소리였다. 딱히 뭘 해야 좋을지 몰랐던 그는 그냥 출근 준비를 했다. 그리고 아침을 먹은 다음 회사로 갔다. 회사에 간 그는 그때서야 제대로 깜짝 놀라고 말았다. 출근을 하지 않은 사람이 아무도 없었던 것이다. 휴가철처럼 한산한 풍경일 거라고 생각했던 그의 기대는 한순간에 여지없이 무너지고 말았다. 다른 사람들도 마찬가지였다.

그렇게 몇 달이 갔다. 사람들은 그냥 전쟁을 안고 살았다. 전시와 평시는 생각만큼 명확하게 구별되지 않았다. 일부러 찾아오는 외국인은 별로 없었지만, 일부러 떠나는 사람도 많지 않았다. 그냥 그 자리에 그대로 버티고 사는 사람들. 인간은 의외로 나무에 가까웠다. 아무 때나 버리고 떠나도 되는 데가 도시일 것 같았지만, 그렇게 쉽게 떠날 수 있는 사람은 생각보다 많지 않았다.

민소는 다시 마살라 도사가 있던 인도 식당을 떠올렸다.

'사장님은 어디로 가실까? 보상은 잘 받으시려나.'

그렇게 그 자리에 버티고 살던 사람들 중 하나. 그 집이 좋았던 건 다른 데서는 맛볼 수 없었던 향 때문이기도 했지만 사실 그 맛이란 게 절대 대체되지 않는 맛은 아니었다. 바로 그 근처에만 해도 비슷한 인도 네팔 식당이 몇 개는 더 있었으니까.

혼자 그 식당을 찾는 일은 많지 않았다. 그에게는 늘 동행이 있었다. 대부분 여자들이었다. 친하게 지내는 사람들이기는 했지만 각별한 사이라고 할 만한 사람들은 아니었다. 다만 남자들은 그런 데를 그다지 좋아하지 않으니까, 같이 갈 사람을 찾다 보면 아무래도 여자들인 경우가 많았을 뿐이다.

사장님은 물론 민소를 알아보았다. 그가 가면 늘 먼저 알은체를 했다. '저렇게 사람을 잘 알아보시면 내가 데리고 온 사람들 얼굴도 다 기억하실 텐데. 올 때마다 동행이 바뀐다는 사실도.' 생각이 거기까지 미치자 사장님이 그를 어떻게 생각할지가 궁금해졌다. '실제로는 전혀 안 그런데. 정말 별일 없는 사이들인데.'

중요한 점은, 사장님이 단 한 번도 그 동행들에게 다른 동행들에 대한 언급을 하지 않았다는 사실이다. 진짜로 그가 수상한 짓을 했다 해도 절대 들키지 않을 만큼의 배려였다. 아예 모르는 척하는 것도 아니고, 늘 먼저 알은체를 하면서도 딱 필요한 만큼만 친분을 표시하는 것. 묘한 서비스라는 생각이 들었다. 꼭 필요한 서비스는 아니었지만.

그런데 그런 사장님도 한 명의 동행에게만큼은 내외하거나 낯을 가리지 않고 친근감을 마음껏 드러내곤 했다. 단 한 사람, 그 사람에게만은 그랬다.

'그러고 보니 그쪽이 먼저 단골이었지, 내가 아니라.'

잠깐 방심한 사이, 또 그 사람 생각이 머릿속을 비집고 들어왔다. 전쟁 때문에 생긴 몹쓸 버릇이었다.

지하철역에서 내려 지도를 확인하며 피폭 장소로 걸어갔다. 새벽에 내린 눈이 길 가장자리를 살짝 덮고 있었다. 지하철역에서 멀어질수록 인적이 뜸해졌다. 특히 아이들의 모습은 거의 눈에 띄지 않았다. 공공대피소 위치를 알리는 표지판이 주위의 어느 간판보다 큼지막하게 걸려 있었다. 사람들은 공습경보에 길들여져 있었다.

현장에는 사람이 많지 않은 편이었다. 구경꾼도 없고 이런저런 기관의 현장 전담요원들도 거의 남아 있지 않았다. 구청 직원 몇 명이 눈에 띄는 걸 보니 초동조치 단계는 이미 다 끝난 모양이었다.

"윤희나 팀장이 올 줄 알았는데."

누가 뒤에서 말을 걸었다. 가끔 현장에서 마주치곤 하던 시청 공무원이었다.

"팀원이 와서 싫으세요?"

"아니, 뭐. 전에 윤 팀장이 업무 협조 부탁한 게 있어서 그 이야기하려고 기다리고 있었지. 그쪽에서 누가 올 거라 그러길래. 됐어, 그럼. 내일 전화해보면 되지 뭐. 그런데 괜찮아?"

"뭐가요?"

"윤 팀장 밑에서 일하는 거."

피폭 지점은 반쯤 도로에 걸쳐 있었다. 반파된 집 두 채가 단면을 드러낸 채 나란히 서 있는 모양이 인형의 집을 연상시켰다. 해가 저물고 불이 밝혀지자 그 광경은 한층 더 비현실적인 모습으로 변했다.

몇 달 새 서울은 조금 더 삭막해졌다. 분위기가 가라앉은 건 당연하겠지만, 거리의 풍경도 무채색에 가까워졌다. 미사일에 눈이 달려 있을 거라는 믿음 때문이었다. 상식적인 생각이었지만 적어도 지난 몇 달간 날아온 미사일에는 눈이 없다는 게 전문가들의 의견이었다. 가끔은 대외적으로 공표되는 의견과 실제 의견이 다른 경우도 있었지만 이 경우에는 두 의견이 일치했다. 즉 정확한 목표를 정하지 않고 대강 어느 지점을 향해서 아무렇게나 날아오는 공격이라는 뜻이었다. 최소한의 자원으로 최대한의 공포를 이끌어내려면 그런 무차별 공격이 보다 효과적일 수 있었다. 그러나 서울 사람들이 생각하는 건 그다음 단계였다.

'만약 그 미사일들이 별 의미 없는 것들 사이에서 조금이라도 독특한 무언가를 노리고 날아오는 거라면?'

그런 음모론에 대한 사람들의 반응은 딱 한국적이었다.

'눈에 띄지 말아야지.'

그래서 서울은 색깔을 잃어갔다. 이제 다른 건물보다 눈에 띄고 싶어 하는 건물들은 많지 않았다. 서울 거리에서는 화려한 색으로 칠한 벽도 사라지고 요란하게 햇빛을 반사해대던 고층 건물들도 조금씩 그 빛을 감추기 시작했다. 빛바랜 옛날 사진 같은 풍경. 미사일 공격에 견디기 위한 리모델링 공사가 시 전체로 빠르게 확산되면서, 부수적인 조치로 일어난 변화였다. 공사가 불가능한 경우 색을 다시 칠하는 게 공사를 대신하기도 했다. 물론 그렇게 해야만 한다고 지시한 사람은 아무도 없었다.

그 와중에도 아직은 다행이라는 생각이 드는 건, 저런 부서진 건물 단면을 통해 비로소 모습을 드러내는 건물 안쪽의 풍경 때문이었다.

전쟁이 있기 전 서울 사람들이 생각하던 일반적인 건물 내부의 모습과 비교해보면 눈에 띄게 색채가 화려해졌다. 즉 서울은 색깔을 잃은 게 아니라 단지 바깥으로 향하고 있던 화려함을 안쪽으로 감추게 된 것뿐이었다. 그뿐이었다. 아직은.

민소는 단면이 드러난 건물 복도를 멍하게 바라보았다. 지붕 강화 공사가 되어 있지 않은 건물이었다. 벽에 걸려 있는 작은 액자와 그 그림을 비추는 따뜻한 조명을 보고 있자니 어느덧 그 안에 가서 서 있는 듯한 착각이 들었다. '저렇게 잘들 해놓고 살았단 말이지.' 그런데 그게 꼭 긍정적인 일인지는 알 수 없었다. 좋은 것들이 전부 사적인 공간으로 숨어 들어가 있다는 건.

옆에서 커다란 카메라를 든 사람이 그가 보고 있던 장면을 사진에 담는 것을 보고 민소는 문득 정신을 차렸다. 어쩐지 풍경을 빼앗긴 느낌이 들었다.

특이 사항은 별로 없는 현장 같았다. 있다 해도 현장 담당자가 아무도 남아 있지 않아서 현장에서 확인할 수 있는 일이 거의 없을 듯했다. 윤희나에게 바로 퇴근한다는 메시지를 보내고 곧바로 지하철역 쪽으로 걸어갔다. 윤희나도 아직 현장에 있는 모양이었다. 공격 직후 며칠간은 늘 그런 식이었다. 현장은 많고 사람은 거의 없다시피 했으니 어쩔 수 없는 노릇이었다.

'윤희나마저 없었으면 어쩔 뻔했어. 혼자 2인분은 하는 것 같던데.'

그때 어디선가 또 공습경보가 들려왔다. 경계경보조차 생략한 채 대뜸 울리는 공습경보였다.

드문 일은 아니었다. 전화기를 꺼내 문자경보를 확인했다. 가장 가까운 공공대피소 위치가 문자메시지로 전송되었지만, 이제 그런 걸 누가 굳이 알려주지 않아도 어떻게 대처해야 할지는 누구나 잘 알고 있었다. 그만큼 자주 있는 일이었던 것이다.

물론 민소는 방금 것이 잘못된 경보일 거라고 생각했다. 미사일 공격에는 일종의 패턴이 있는데 그 패턴을 생각하면 지금의 경보는 완전히 엇박자에 가까웠다. 저쪽의 패턴에 맞춰 이쪽에서도 비슷한 정도의 공격을 하는 상황이다 보니 그 박자를 익히는 건 그다지 어려운 일도 아니었다. 내 몸에 익은 리듬이 곧 상대의 리듬이기도 했다.

'뭔가 징후를 포착하기는 했으니까 경보를 올린 거겠지. 새벽쯤에는 진짜로 떨어지려나.'

그래도 일단은 다른 사람들과 마찬가지로 대피소 쪽으로 향했다. 그것 자체가 그의 임무 중 하나이기도 했다.

사람들의 발걸음이 갑자기 빨라졌다. 민소는 재빨리 그 흐름에 몸을 맡겼다. 긴급피난처로 개조된 버스 정류장이나 공공대피소를 향해 우르르 몰려가고 우르르 몰려나오는 사람들. 사람들이 갑자기 어디론가 달려가는 모습이 소나기가 내리는 한여름 길거리 같았다. 후두두 급박한 소리를 내며 빠르게 번져나가는 검은 점들.

그때가 떠올랐다. 대피소로 달려가는 사람들 사이에 섞여 있으면 늘 드는 생각이었다.

'그 사람이라면 이 상황에서도 느긋하겠지.'

요 몇 달 새 부쩍 무표정한 얼굴이 되어버린 그의 머릿속 어딘가에도 알록달록 밝은 기억이 숨어 있었다. 우산도 없이 그 비를 다 맞으며 느긋하게 걸어오던 그 여자의 모습. 그도 역시 발걸음이 느려졌다. 아직은 버스 정류장 지붕에 아치형 강화 구조물이 설치되지 않은 시절이었다. 그렇게 나란히 서서 비가 쏟아져 내리는 거리를 천천히 걸어갔다. 다른 사람들의 발걸음이 한층 더 빨라지는 바람에 두 사람 주위로만 시간이 유독 느리게 흘러가는 듯한 착각이 들었다. 그는 상대의 두 눈을 마주 보았다. 느리게 흐르는 시간 속에서 충분히 오랫동안 그 눈을 읽었다. 하나였던 영혼을 둘로 쪼개 나눠 가진 것만 같았던 사람. 물론 그쪽은 그렇게 생각하지 않은 모양이었지만.

어쨌거나 이제 그 사람은 없었다. 그 사람의 느긋한 발걸음이 닿는 길은 이 세상 어디에도 남아 있지 않았다.

갑자기 희뿌연 안개 같은 게 가슴속에서 치밀어 올랐다가 흔적도 없이 사라져버렸다. 누구를 향해야 할지, 어디로 흘러가야 할지 알 수 없는 마음이었다. 분출되지 않고 자꾸만 마음 한구석에 쌓여만 가는 분노, 혹은 상실감. 고인 자리에서 그대로 슬픔이 증발하면 화가 되기도 하는 모양이었다.

'또 이 생각이야. 하필 미사일이 거기 떨어져가지고. 별생각이 다 나네 진짜. 그나저나 사이렌 소리는 꼭 저렇게 칙칙해야 되는 거야? 미사일보다 저 소리가 더 우울할걸.'

사이렌 소리가 바뀌었다. 조금 전까지 울리던 공습경보를 해제하는 사이렌이었다. 마음속 깊은 곳에까지 무겁게 내려앉는 소리. 어딘가에서 들려오는 신호에 따라 빨라졌다 느려졌다 하는 발걸음. 각자 자기 삶을 꾸려나가는 것 같다가도 신호가 떨어지면 모두가 일상을 정지시키고 누군가의 각본대로 일사불란하게 움직이게 돼 있는 거대한 플래시몹 같은 나날.

겉으로는 표현하지 않았지만 속으로는 역시나 우중충한 날이었다. 안으로만 향하는 우울이었다. 그날 소나기를 맞으며 그 사람과 함께 걸었던 기억이 아주 조금 더 머릿속에서 흘러갔다.

"비를 꼭 피해야 한다고 법으로 정해져 있는 것도 아닌데 뭘. 피하면 좋기야 하겠지만."

그리고 한 시간쯤 뒤에 그 사람이 다시 그런 메시지를 보내온 것도 생각이 났다.

'아까 뗄걸. 축축해죽겠네. 고객 만나러 가야 되는데 머리가 완전 미역이야.'

민소는 그 대화를 생각하며 혼자 피식 웃었다. 그러나 더 이상은 기억이 제멋대로 흘러가게 내버려두지 않았다. 모두가 알고 있는 것처럼 그건 이미 다 끝난 일이었다.

초음속

당연한 말이지만, 집 안에 대피호가 있는 사람은 아직 많지 않았다. 보통은 그런 걸 만들 공간도 없었다. 지하 공간이 있는 건물이라 해도 그곳에는 이미 다른 사람이 살고 있는 경우가 허다했다.

그날 새벽에 공습경보가 울렸다. 그리고 얼마 뒤에 선배에게서 메시지가 왔다. '조심해. 이번에는 진짜일 거야.' 윤희나는 전화기를 한참이나 들여다보았다. 선배가 그렇다면 정말로 그럴 터였다. 그 점에 대해서는 별로 의심해본 적이 없었다. 신기한 건 다른 일이었다.

　'어떻게 알았지, 내가 대피 같은 거 안 한다는 거?'

　위층으로 올라가 밤하늘을 올려다보았다. 날이 흐려서 별 같은 건 하나도 보이지 않았다. 하지만 어쩐지 별똥별을 기다리는 것 같은 느낌이었다. 옆에 세워둔 천체망원경 때문인지도 몰랐다. 윤희나는 그렇게 미사일을 기다렸다. 운이 좋으면 불꽃이 피어오르는 모습을 볼 수 있을지도 모른다. 다니기는 불편해도 전망 하나는 좋은 집이니까.

　폭격이 만만해서는 아니었다. 그게 얼마나 위력적인지는 윤희나도 물론 잘 알고 있었다.

　전쟁 전에 서울 사람들이 떠올린 미사일 소리는 대체로 '슝' 다음에 '쾅'이 오는 식이었다. 그런 것 자체를 생각해본 적이 없는 사람들도 많았지만, 영화를 보든 뭘 보든 미사일은 늘 그런 식으로 날아가곤 했다. 그런데 첫 공격이 있던 날, 사람들은 슝 다음에 쾅 소리가 들린다는 건 사실 가해자 입장에서의 생각일 뿐이라는 것을 깨닫게 되었다.

　피해자 입장에서 접하는 미사일 소리는 순서가 반대였다. 단순하게 말하면, 쾅 다음에 슝이었다. 미사일이 소리보다 빠르기 때문에 일어나는 일이었다. 물건이 배달될 때면 대체로 오토바이 소리가 들린 다음 발소리나 초인종 소리가 들리는 게 상식이지만, 만약 그 오토바이가 소리보다 몇 배나 빠른 오토바이라면 순서가 조금 이상해진다. 초인종 소리가 먼저 들리고 조금 뒤에 오토바이 소리가 들릴 수도 있는 것이다.

첫 미사일이 떨어지던 날도 그랬다. 사이렌 소리가 들린 곳도 있고 아닌 곳도 있다고 했다. 위우우우 우우웃 우우우 위우우우 우우웃 우우우 하는 구슬픈 사이렌 소리가 울리던 밤. 도시 구석구석에 모습을 감추고 살아가던 여러 마리의 거대한 짐승들이 갑자기 고개를 들고 한꺼번에 울어대기라도 하는 듯 몇 개의 음이 중첩되며 울리는 소리. 이제 곧 불어닥칠 폭풍을 예고하는 듯 다급하면서도 담담하게 신경을 긁어대는 소리.

하지만 그 소리를 듣고 대피소를 찾는 사람은 거의 없었다. 한밤중이었고 민방위 훈련 날도 아니었지만 그래도 결과는 마찬가지였다.

윤희나는 밤늦게 집으로 돌아가는 길이었다. 일요일에서 월요일로 넘어가는 밤이었지만 특별히 출근하는 데가 없었던 무렵이라 조급한 마음이 하나도 들지 않았다. 여느 때처럼 적당히 떠들썩하고 적당히 평화로운 밤. 그 반복되는 일상의 페이지 사이로 미사일 하나가 책갈피처럼 파고들었다.

미사일이 떨어진 곳은 직접 부상을 입을 만큼 가깝지는 않았다. 그래도 겁을 집어먹기에는 충분한 거리였다. 맨 처음 귀에 들어온 소리는 한 번도 들어본 적이 없는 어마어마한 폭발음이었다. '쾅'도 아니고 '쿠궁'도 아니고, 멋이라고는 하나도 섞이지 않은 그냥 아주아주 큰 '빵' 소리. 그 순간 윤희나는 발걸음을 멈추었다. 그런 곳에 미사일이 떨어질 거라고는 상상도 할 수 없었다. 다만 어디서 가스통 같은 게 터진 모양이라는 생각이 들었을 뿐이다.

일순간 주위에 침묵이 깔렸다. 귀가 멍해진 건지도 몰랐다. 재빨리 고개를 돌렸다. 무뎌진 청각을 보완하고자 본능적으로 한 일이었을 것이다. 불길이 높게 치솟는 모습이 보였다. 비현실적으로 큰 불길이었다. 절대로 그런 데 있어서는 안 되는, 어딘가 외딴곳에 격리되어 있어야 마땅할 거대한 불꽃이었다. 튀어나가는 건물 파편들. 그 사이에서 사람의 형상을 본 것도 같았다. 아마도 착각이었을 것이다. 아무리 생각해도 상황을 그렇게 정확히 파악했을 리가 없었다.

그리고 그 소리가 들렸다. 로켓이 불을 뿜으며 날아가는 소리. 미사일 소리였다. 다른 사람들도 같은 소리를 들은 모양이었다. 동작만 봐도 알 수 있었다. 윤희나 자신이 그랬던 것처럼 시야에 보이는 모든 사람들이 그 소리가 들린 순간 몸을 아래로 푹 숙였다. 또 다른 미사일이 날아오는 것으로 착각하고 반사적으로 다음 폭발에 대비하기 위해서였다. 그게 미사일이라는 사실은 그때 처음 알았다. 알자마자 몸이 반응한 셈이었다. 물론 다음 폭발은 일어나지 않았다. 처음 겪어본 형태의 공포와 충격이 사람들의 마음속을 휩쓸고 지나갔다.

'설마 그때보다 가까이에 떨어지기야 하겠어?'

그 생각을 하며 윤희나는 어깨를 살짝 움츠렸다. 그냥 공익광고에나 나오는 말이 아니라 공습경보는 정말로 생명줄이었다. 그것 말고는 대비할 방법이 거의 없기 때문이었다.

'하지만 미사일이 뭐 한 삼백 개쯤 떨어지는 것도 아니고……'

고개를 드는 순간 멀리서 불빛 하나가 번쩍이는 모습이 눈에 들어왔다. 폭발음은 들리지 않았지만 미사일이 날아가는 소리는 어렴풋이 들려왔다. 진짜 공격이었다. 선배가 그렇다면 진짜로 그런 것이었다.

윤희나는 손에 들고 있던 전화기를 가만히 노려보았다.

'이건 왜 갖고 나온 거야?'

전화기를 만지작거렸다. 선배와 주고받은 메시지들이 화면에 떠 있었다. 그 아래에 무슨 말인가를 쓰려다가 간신히 손가락을 멈추고 전화기를 내려놓았다.

그 순간, 메시지 수신음이 들려왔다. 재빨리 전화기를 집어 들었다. 미국에서 온 메시지. 남자 친구였다. 윤희나는 실망한 표정으로 다시 전화기를 내려놓았다.

공습경보가 울렸을 때, 민소는 늦게까지 잠을 이루지 못하고 있었다. 꼭 기다릴 필요까지는 없었지만, 초저녁부터 공습경보가 울릴지도 모른다는 생각을 한 것이 화근이었다.

최근 몇 주 동안 민소는 내내 불면에 시달렸다. 스트레스나 걱정 때문은 아니었다. 잠을 못 잘 만큼 외로움을 타는 것도 아니었다. 마음은 대체로 편안한 편이었고 몸은 대체로 늘 피곤했다. 그가 잠이 들지 못하는 건 무언가를 기다리고 있어서였다. 무언가를, 혹은 누군가를, 그도 아니면 어떤 한순간을. 뭔가 할 일이 있어서 잠들지 못하고 있다는 뜻이었다. 물론 그게 뭔지는 알 수 없었다.

민소는 자기 역할을 과대평가하지 않았다. 한국에서 삼십 대 후반이란, 때로는 나라 전체에 영향을 미칠 만큼 말도 안 되게 중요한 결정을 누구의 검토도 거치지 않은 채 혼자서 내려야 하는 경우가 생기기도 하는 나이였다. 모두가 관심을 갖는 영역에서는 잔소리하는 사람이 너무 많아서 탈이었지만, 관심 갖는 사람이 별로 없는 곳에서는 또 오히려 책임을 같이 져주는 사람이 아무도 없어서 문제인 나라이다 보니, 그런 일에 맞닥뜨리는 경우는 생각보다 많았다.

에스컬레이션 위원회가 딱 그랬다. 그러나 민소는 그 부담을 자신이 다 짊어질 필요는 없을 거라는 사실을 잘 알고 있었다. 아무나 해도 되지만 아무도 안 하는 게 문제인 일. 하필 그의 눈에 먼저 띈 것뿐, 꼭 자신이 해야만 하는 것은 아닌 사소하고도 중요한 일.

'내가 팀장도 아니고. 지금이야 아무도 신경을 안 쓰지만 사태가 조금만 더 심각해지면 갑자기 어디서 전문가님들이 쏟아져 나오겠지 뭐.'

그리고 전쟁이 끝나면 계약 해지 통보 따위를 받게 될 것이다. 그러나 전쟁이 조기에 끝날 가능성은 별로 없어 보였다. 아무튼 미사일은 앞으로도 계속 날아올 것이고 불면의 밤도 그만큼 길어질 터였다.

'그런데 그 일 때문에 잠을 못 자는 건 아닐 텐데. 나는 대체 뭘 기다리고 있는 거지? 무슨 대단한 계시를 받아보겠다고 날마다 이렇게 천장만 바라보고 있는 걸까.'

공습경보가 울렸다. 윤희나에게 조심하라는 메시지를 보내고 난 뒤 자리에 누운 채로 바깥에서 들려오는 소리에 귀를 기울였다. 윗집에서 무슨 소리가 들려왔다. 천장을 울리는 작은 진동이었다. 침대 아래로 발을 내딛는 소리. 이어지는 침묵. 당황한 듯 원래 서 있던 곳 주위를 두리번거리다 사태를 파악하기 위해 다시 제자리에 멈춰 서는 소리. 방 안 여기저기를 왔다 갔다 하다가 후다닥 어디론가 달려가는 발소리. 현관문이 열리는 소리. 다시 집 안으로 다급하게 뛰어 들어왔다가, 또 한 번 문 쪽으로 재빨리 달려 나가는 소리. 그리고 마침내 계단을 따라 조금씩 조금씩 멀어지는 발소리.

천장에 발자국 지도가 그려질 것만 같았다. 밤새 천장에서 일어난 일 중 가장 흥미로운 사건이었다. 공습경보와 윗집 아가씨와 하마터면 집에 두고 갈 뻔한, 대피소에서 읽으려고 챙겨둔 만화책 혹은 잡지에 얽힌 이야기.

다시 조용해진 천장을 바라보았다. 저녁때 떠올렸던 그 사람의 말이 다시 머릿속을 맴돌았다.

'비를 꼭 피해야 한다고 법으로 정해져 있는 것도 아닌데 뭘.'

그 목소리가 더 이상 이어지지 않도록 고개를 세차게 흔들었다. 그리고 잠시 후 폭발 소리가 들려왔다. 멀리서 들려오는 아주 작은 소리. 진짜 공격이었다.

그는 침대에서 나와 옷을 챙겨 입었다. 그러는 동안 전화기로 대략의 피폭 상황이 지도와 함께 전송됐다.

'마흔 개? 좀 많은데.'

주소와 지도를 쓱 훑어본 다음 눈에 띄는 지점을 확대했다. 정확한 위치가 표시된 건 아니었지만 피폭 시점을 생각하면 지나치게 정확하다 싶은 정보이기도 했다. 국가는 손을 놓고 있는 게 아니었다. 그들도 다 깨어 있었다. 그리고 시간이 갈수록 점점 더 민첩하게 움직이는 눈치였다. 다만 그들이 관심을 기울이는 일들이 그가 맡아서 하고 있는 그 일이 아닐 뿐. 그래서 더 신경이 쓰였다. 자신보다 부지런한 사람들을 상대해야 할 필요가 생길지도 몰랐다.

지도를 보니 민감해 보이는 구역 하나가 눈에 들어왔다. 그는 고개를 갸웃하고는 곧바로 나갈 채비를 마쳤다. 머리 모양이 엉망이었지만 신경 쓸 때가 아니었다. 다른 기관 사람들이 현장을 정리해버리기 전에 조금이라도 일찍 도착해야 했다. 그러지 않으면 큰 의미가 없었다. 그냥 아침까지 기다렸다가 보고서나 받아보는 게 더 나을지도 몰랐다. 사실 그의 일상 업무는 늘 그런 식으로 진행되었다. 그래도 언젠가 한 번은 그런 식으로 일을 하는 게 맞는지 점검해볼 필요가 있었다. 그날이 바로 그 순간이었다.

그는 불도 켜지 않은 채 현관으로 갔다. 그리고 차 열쇠를 찾아 어둠 속을 더듬었다. 문을 열고 밖으로 나서자 찬바람이 확 불어닥쳤다. 바깥은 여전히 무채색이었다. 바람은 그보다 더 차가운 색이었다. 멀리서 사이렌 소리가 빨갛게 들려왔다. 공습경보처럼 무거운 소리는 아니었다. 소방차나 구급차에서 나는 보다 가볍고 날카로운 소리였다. 그게 바로 지난 몇 달간 서울의 밤을 지배한 가장 인상적인 풍경이었다.

닫혀 있는 문 너머로 깨어 있는 사람들의 낮은 숨소리가 들리는 것 같았다. 말문을 닫아버린 사람들의 침묵이 들리는 것 같았다. 모두가 그 시간에 대피소를 찾는 건 아니었다.

출근하기 싫은 시간이었다. 찬바람이 불어서 더 그랬다. 밤새 한기가 차 안에 앉아 있다가 그가 문을 열자 조수석으로 비켜 앉았다. 기침을 했다. 기침 소리가 차 안을 울렸다. 박쥐가 아니어도 혼자라는 것쯤은 소리로 알 수 있었다. 혼자였다. 지금 그는 혼자였다.

그때였다. 전화기로 메시지가 날아들었다.

'괜찮아요?'

시동을 걸어놓고 메시지에 답을 했다.

'괜찮아요. 현정 씨는요?'

역시 착각일까. 이 사람이라는 생각이 들었다. 미사일이 떨어진 새벽에 제일 먼저 내 안부를 물어주는 사람. 그리고 무엇보다 아직 나와 같은 세상에 살고 있는 사람.

그러나 역시 착각일지도 모른다. 상대가 보내온 안부가 어느새 조수석에 날아와 앉아 있다고는 해도, 그 온기는 오래오래 그의 곁에 머무를 수 있는 게 아닐지도 몰랐다.

가속페달을 밟았다. 윤희나에게는 아무 연락도 하지 않았다. 잠을 좀 더 자게 하는 편이 나을 것 같았다.

펜스와 펜스 사이

윤희나는 차량 내비게이션에 표시된 곳으로 차를 몰았다. 새벽 도로는 한산했다. 미사일이 떨어진 날은 더 그랬다. 아직 복구가 덜 된 도로를 우회해 목표 지점 쪽으로 달려갔다. 꼭 그 시간에 거기를 찾을 필요는 없었지만, 어차피 집에 있어봐야 할 일도 없었다.

50

용산구 녹사평대로 224-1. 그날 새로 생긴 마흔 군데의 피폭 지점 중 가장 민감해 보이는 위치였다. 용산구청을 조금 지나 녹사평역 북쪽 남산타워가 보이는 방향. 지도에는 녹지처럼 표시된 구역이 왼쪽으로 넓게 펼쳐져 있는 곳.

왼쪽은 미군 기지였다. 보다 정확한 피폭 위치 보고는 아직 올라오지 않았지만, 대충 봐도 겨우 길 하나만 건너면 미군 펜스가 펼쳐져 있는 곳에 미사일 하나가 떨어진 것만은 분명했다. 그런데 그게 다가 아니었다. 문제는 피폭 지점 바로 뒤쪽에 자리한 또 하나의 작은 공터였다. 지도상에는 아무것도 없는 공터처럼 표시되어 있지만 물론 그곳은 공터가 있을 만한 자리가 아니었다. 거기에는 한국군 시설이 있었다.

한국군 시설이야 미군 시설만큼 민감한 문제는 아니었지만, 그래도 그 시설은 전투와 직접 관련된 곳이 아니었다. 암묵적이긴 했지만 양측이 서로 공격 대상에서 제외하기로 합의한 군사시설이라는 뜻이었다. 그러니까 그곳을 노리고 날아온 미사일이 목표를 살짝 비껴간 상황이라는 게 확인이 된다면 모종의 합의가 깨지고 에스컬레이션이 일어난 것으로 볼 수 있었다.

선배를 데려갈까 하다가 말았다. 혼자서 감당할 수 있을 것 같아서였다. 하지만 현장 근처에 도착하자마자 윤희나는 접근금지선 바로 옆에 세워져 있는 그의 차를 알아볼 수 있었다.

윤희나는 우선 그를 찾았다. 선배를 찾는 일은 어렵지 않았다. 비슷한 옷을 입은 사람이 아무리 많아도 일단 시야에 들어오기만 하면 한눈에 알아볼 수 있는 체형과 걸음걸이였다. 아무것도 하지 않고 가만히 서 있기만 해도 일단 키 자체가 눈에 띌 만큼 훌쩍 컸다. 근처를 기웃거리고 있는데 뒤에서 그의 목소리가 들려왔다.

"뭐 찾아? 여긴 왜 나왔어, 새벽부터?"

두터운 패딩에 모자를 푹 덮어쓴 모습. 얼굴 쪽에서는 입김이 피어오르고 있었다. 그는 윤희나의 대답을 기다리다가 이내 자기가 먼저 입을 열었다.

"2층 건물이야. 아래층에는 커피, 위에는 스페인 식당. 남쪽에 좁은 계단이 있었는데 2층으로 곧바로 이어졌어. 2층에 미사일이 직격한 모양인데 인명 피해는 없고 재산 피해는 조사 중. 미사일 기종은 평범. 나머지는 조사 중."

"나 여기 알아요."

"나도. 모르는 사람 별로 없던데."

"아는 사람은 다 알겠죠. 자주 다니던 길인데. 저 피자집 하며."

민소는 건물 잔해 쪽을 바라보며 말없이 서 있었다. 예상대로 현장은 꽤 붐비는 편이었고, 지금도 계속해서 사람들이 몰려들었다. 기자 몇 명이 눈에 띈 걸 보면 아무래도 꽤 흥행할 현장인 듯했다.

그 현장에서 그가 한 일은 오로지 동료들의 활동을 예의 주시하는 것이었다. 얼굴이 눈에 익은 같은 기관 소속 직원들도 속속 모습을 드러냈다. 검은색 옷에 파란 배지. 같은 조직임을 나타내는 표시는 배지밖에 없었지만, 사람들이 전부 검은색 옷을 유니폼처럼 맞춰 입는 바람에 어느덧 유니폼 아닌 유니폼이 되어버린 위원회 컬러. 에스컬레이션 위원회에 속해 있기는 했지만 하나도 빠짐없이 전부가 겸직 신분이라 우리 쪽 동료들이라는 생각은 들지 않았다. 그래도 형식상으로는 우리 쪽 직원들이 틀림없었다. 모두가 직장 상사고 동료고 후배였던 것이다. 외부인이 보기에는 그저 '에스컬레이션 위원회 소속 조사관 십여 명이 현장으로 달려온 상황', 그뿐이었다.

그 직장 동료들이 윤희나를 보고는 이렇게 말했다.

"왜 나왔어요, 이 새벽에? 여기 있어봐야 별로 할 거 없을 텐데. 자료 다 업데이트하고 있으니까 아침에 사무실 가서 보세요."

아마 선배에게도 똑같은 말을 했을 것이다. 그리고 그 말은 틀린 말이 아니었다. 선배에게 중요한 건 현장 자체가 아니라 보고서였으니까. 즉 나무가 아니라 숲이었으니까. 선배가 일찍부터 현장을 지키고서 있는 건, 그 보고서에 실릴 자료들이 지금 눈앞에 펼쳐지는 현장 상황을 얼마나 정확하게 반영하는지 꼼꼼히 비교해 보겠다는 선언 같은 것이었다.

'그러니 다들 싫어하지. 뭐라도 거들든지.'

윤희나는 그의 팔을 끌어서 건물에서 조금 떨어진 곳으로 데리고 갔다.

"뭐 특이한 건 없었어요? 정밀 타격한 거래요?"

"그거야 늘 그렇듯이 알 수 없지. 입증은 안 될 거고, 그쪽으로 몰아갈 눈치 같기는 해. 언론에 그런 식으로 말을 흘리기 시작하면 확실히 그쪽으로 방향을 잡았나 보다 할 텐데, 아직은 노코멘트인 모양. 생각보다는 담백하게 진행되는 것 같아. 아직은."

건물 바로 뒤쪽에 한국군 시설 펜스가 보였다. 담장 위쪽에 철조망이 쳐져 있어서 한눈에 소속을 알아볼 수 있었다.

"펜스가 바로 붙어 있네요."

"그러게."

"맞았어요?"

"저쪽? 아니, 안 맞았어. 펜스도 멀쩡해. 벽돌 하나 안 빠진 것 같은데. 그래서 오히려 정밀 타격처럼 보이기는 해."

"흠, 아무튼 일단 군인 아저씨들은 곧 빠지겠군요. 직접 피해 없는 거 확인했으니."

"아마도. 늘 보이던 엔지니어들만 남겠지. 기자들 눈에 띌 정도로 사람이 많이 남아 있으면 괜히 이상한 말들이 나올 수도 있으니까. 그런데 말이야……."

윤희나는 다음 말을 기다렸다. 그러나 그는 말을 잇지 않았다. 입을 꾹 다문 채 1층 계단 쪽을 뚫어져라 바라볼 뿐이었다.

잠시 후 그가 바짝 다가서더니 이렇게 속삭였다. 시선이 허공을 향하는 걸 보니 입김마저도 숨기고 싶은 모양이었다.

"그런데 수상한 게 있어."

"뭔데요?"

"군부대가 중요한 게 아닌 것 같아."

"그럼요?"

"이 건물 자체를 노린 것 같아."

"왜요?"

"이 식당."

"네."

"단골이야."

"네?"

"여기도 내 단골 식당이었다고."

윤희나는 그게 무슨 말인가 싶어서 잠시 머뭇거리다가, 이내 농담으로 간주하고는 맞장구를 쳤다.

"저런, 안됐네요."

"그러게. 이틀 사이에 두 개나 없어지다니."

말투를 들어보니 정말로 농담으로 한 말인지는 알 수가 없었다. 하지만 중요한 이야기라면 나중에 다시 들을 기회가 있을 것 같았다.

"여기도 단골이었어요? 이 집 꽤 유명할 텐데."

"괜찮은 스페인 식당이었어. 아담하고 타파스 맛있고. 크로켓은 아주 그냥."

"잊으세요."

그렇게 말하면서 윤희나는 잠시 기억을 더듬었다. 이게 정말로 아무 일도 아닌 건가 의심이 들어서였다.

'개전 이후에 폭격으로 파괴된 식당이 전부 몇 개나 되더라.'

"데이트 코스 하나가 또 사라졌네."

민소가 혼잣말처럼 말했다. 윤희나는 그 말을 놓치지 않았다. 그리고 그건 흘려 넘길 말이 아니라 꼭 끼어들어야 할 말이었다.

"데이트요? 그때 만나본다던 그분? 잘돼가나 봐요, 그분이랑은?"

"그럭저럭. 왜 관심을 보여?"

윤희나는 대답 대신 미소를 지어 보였다. 왜 이런 상황에서는 꼭 웃는 얼굴이 출력되는 걸까. 버그 같은 미소였다. 자신의 의지와는 전혀 상관없는, 누군가가 프로그램해놓은 무의미한 표정이었다.

'진지하게 만날 줄은 생각도 못 했는데.'

전쟁은 영 상관없어 보이는 사람들을 조금 더 가깝게 이어주는 작용을 하곤 했다. 미사일이 쏟아지는 같은 하늘을 지고 살게 된 덕분이었다. 그걸 아예 국가 규모로 악용하려는 사람도 없지는 않았지만, 일상생활에서도 마찬가지였다. 예전 같으면 아무 일도 일어나지 않았을 개인과 개인 사이에서 느닷없이 어떤 각별한 감정 같은 게 생겨날 가능성이 턱없이 높아진 시대였다.

'소문은 뭐야! 사별한 옛날 여자 친구 때문에 다른 여자는 이제 쳐다보지도 않을 거라더니.'

그 생각을 하면서 윤희나는 괜히 주머니 속에 든 핸드폰을 만지작거렸다.

'얘는 또 왜 연락이 없냐.'

문득 한참 전에 남자 친구에게서 온 메시지에 아직 답을 하지 않았다는 사실이 떠올랐다.

근심이라고는 없는 오렌지 샐러드

민소는 해가 뜨기 전에 일단 집으로 돌아갔다. 차를 갖다 놓고 샤워를 하기 위해서였다. 그는 조금 전 윤희나에게 농담처럼 한 말을 곱씹었다. 단골 식당이 이틀 사이에 두 개나 사라지다니. 더구나 경리단길 근처에 있는 그 스페인 식당은 적어도 열흘 안에 한번 찾아갈 생각을 하던 곳이었다. 그냥 머릿속으로만 한 생각이 아니라 입 밖으로 소리를 내서 누군가에게 분명히 말을 하기까지 한 계획이었다. 불과 사흘 전의 일이었다.

"스페인 음식 맛있어요. 로마 제국에서도 스페인 총독들이 늘 일을 냈잖아요. 뭔가가 있다는 건데, 그 뭔가는 결국 먹을 거였겠죠. 스페인 요리는, 이탈리아 하면 파스타가 생각나는 것처럼 특징적인 뭐가 딱 있는 게 아니어서 인상이 흐릿한 편이지만 사실은 먹을 게 많아요. 일단 사용하는 재료가 다양해서 소꼬리나 삽겹살, 순대 이런 것도 일반적이고, 해산물 쪽으로도 오징어, 문어까지 다 먹어요. 특이한 것만 먹고 산다는 게 아니라 먹을 수 있는 것의 폭이 넓다는 거예요. 그냥 평범한 요리들도 절대 빠지지 않고요. 차갑게 먹는 마늘 수프 같은 건 진짜."

현정 씨가 한마디 거들었다.

"하몬 있잖아요. 하몬 이베리코."

"완전 좋죠. 처음에는 그냥 샌드위치 같은 데 끼워져 있는 걸 먹어봐서 그냥 그런가 보다 했는데, 멀쩡한 식당에서 제대로 내놓는 거 한번 먹어보고는, 그다음에 갔을 때는 그것부터 찾았어요."

"타파스도 있잖아요. 그런 게 대표 음식 아닌가요?"

"아, 그건 음식 종류가 아니고 먹는 방식이에요. 작은 접시로 한 접시를 파는 건데, 그런 거 한두 개 주문해서 술 한잔하면서 저녁이든 점심이든 한 끼를 때우는 거예요. 그냥 때운다고 하기에는 좀 호강스러운데, 아무튼 차려놓고 먹는 것보다야 훨씬 적게 먹겠죠. 그냥 작은 파티처럼 먹는다고 생각하면 될 거예요. 떠들면서 즐겁게. 서서도 먹고. 그렇게 먹으면 하루에 다섯 끼도 먹을 수 있는 게 문제지만. 한국에 있는 스페인 식당들은 타파스라고 팔기는 해도 종류가 그렇게 많지 않으니까 실제로는 타파스 맛보기 정도인 것 같아요. 그래서 타파스에 너무 집중할 필요는 없는데, 뭐 어쨌거나 그 집은 그냥 다 맛있어요. 메뉴가 엄청 다양한 건 아니어도 거기 나와 있는 요리는 다 맛있으니까. 한국 사람이니까 밥을 먹어야 된다며 파에야를 고집하지만 않으면 신기한 먹을 게 많아요. 타파스도 종류는 몇 가지 없어도 다 괜찮고, 크로켓도 고소하고 맛있고, 평범해 보이는 안달루시아식 닭 요리도 재료가 안 평범해서 맛이 깊더라고요. 퍽퍽한 느낌이 들지 않을 정도로 살을 부드럽게 익혀 나오는데 그러면서도 국물이 잘 뱄거든요. 위에 올라가 있는 재료들도 대추며 견과류며 익숙한 맛인데 완전 익숙하지는 않은 게, 한국에서 나는 게 아니라 그런가 봐요. 식감이며 향이 조금씩 다 다르거든요. 가지 좋아하세요?"

"완전 사랑하죠."

"가지튀김도 맛있어요. 떡국 떡 모양으로 얇게 썰어서 바삭바삭 부드럽게 튀긴 가지 위에 꿀이 얹혀 있는데, 접시 가득 꽃잎 모양으로 펼쳐져 나와요. 참 재료도 단순하고 별거 아닌 것 같지만 그 별거 아닌 게 별거잖아요."

"그럼요, 당연하죠. 레시피 있다고 다 그 맛이 나오는 게 아니니까."

"거기 분위기가 그래요. 만만한 것 같은데 먹으면서 가만 생각해보면 좋은 식당인 것 같아요. 테이블이 다섯 개밖에 안 돼서요, 그것도 큰 테이블도 아니고 두 명이나 세 명 정도 앉는 크기의 테이블들이라서 예약 안 하고 가면 못 앉을 수도 있어요. 그렇다고 막 줄을 서서 먹는 데냐 하면 그 정도는 아닌 것 같고. 그래도 만만해 보이지는 않고. 압도적으로 좋다는 생각이 드는 건 아니지만 늘 좋은 인상이 남거든요. 그런 아담한 홀에 또 그것보다 좀 좁은 공간이 주방 겸 카운터예요. 테이블에 앉아서 보면 다 보이는 구조인 거죠. 그냥 남의 집에서 맛있는 거 얻어먹는 기분도 들고 그래요. 거기는 주방에서 일하는 사람부터 서빙 하는 사람까지 직원들이 다 여자분들인데, 그래서 그런가 싶기도 하고요. 공격적이지 않은 느낌을 말하는 거예요. 알바생들하고만 상대해야 하는 식당에서는, 뭐랄까요, 식당에 온 게 아니라 식당놀이를 하고 있다는 느낌이 들 때가 있잖아요. 이해는 되는데 그래도 어쩐지 겉도는 느낌 같은 게 말이에요. 아무리 친절하게 대해줘도 매뉴얼인 게 금방 읽히고, 그렇다고 불만을 제기할 생각도 안 들고. 어떤 구조인지 서로 다 아니까. 그런데 알바생 아닌 직원들이 하는 그런 작은 식당은 식당에 온 것 같은 느낌이 들어요. 서비스 자체는 별다를 게 없겠지만, 식당놀이가 아닌 건 분명히 느껴지거든요. 그것 때문에 안락한 느낌이 드는 것 같아요. 음식의 경우에도 마찬가지로 집중해서 먹을 수 있는 느낌이랄까. 몰입을 강요당하는 정도는 아니고 먹다 보면 어느새 집중하고 있는 느낌. 그러다 문득 정신을 차리면,

어느덧 배 터지게 먹고 있는 거죠."

그의 말에 그녀는 얼굴 가득 사랑스러운 웃음을 지었다. 거의 숨도 안 쉬고 쉴 새 없이 떠들어대는 그의 모습이 새삼 귀여워 보인 모양이었다. 그녀가 물었다.

"제일 인상에 남는 메뉴는요?"

"하나 있는데 계절 메뉴여서 지금은 없을지도 몰라요."

"뭔데요?"

"오렌지 샐러드요."

"맛있겠다. 이름만 들어도 맛있겠네요."

"늦가을쯤에 스페인에 갔었는데, 재밌는 걸 봤거든요. 가로수라고 해야 되나, 우리처럼 길가에 있는 키 큰 나무 말고, 길가에도 있고 도심 광장에도 있고 아무튼 가는 데마다 보이는 나무들 있잖아요."

"네."

"나무는 잘 못 알아보니까 그냥 나무인가 보다 했었죠. 그런데 그 계절에 갔더니 글쎄, 그게 다 오렌지 나무 아니면 레몬 나무인 거예요. 오렌지가 주렁주렁 열려 있는데 어찌나 신기하던지."

"그냥 따서 먹어도 돼요?"

"그건 잘 모르겠어요. 그 대신 오렌지 주스는 많이 마셨어요. 주스 짜는 기계가 다들 있더라고요. 직접 짜서 먹으면 맛있다는 사실을 그때 처음 안 거죠. 심지어 먹을 때마다 맛도 다 다르니까, 오렌지 주스만 얻어먹고 다녀도 행복하다는 생각이 들더라고요."

"그건 몰랐네요."

"그러니까요. '우나 세르베사'만큼이나 '수모 데 나랑하'도 많이 외치고 다녔던 것 같아요. '맥주 한 잔이요, 오렌지 주스요' 하고요. 아무튼 그러고 다닌 기억이 있어서 스페인, 오렌지, 이런 걸 떠올리면 신선하고 시원하고 달착지근한 오렌지 과즙이 자동으로 연상이 되곤 했는데, 그 집에서 그걸 본 거예요. 오렌지 샐러드."

"우와."

"그런데 이게 또 사람에 따라서는 별거 아니라고 할지도 모르는 거라서요. 그냥 딱 보면 오렌지를 가로로 썰어서 접시에 펴놓은 거거든요. 샐러드라고 할 만한 부분은, 양파랑 올리브랑 그 위에 뿌려놓은 거 조금? 그냥 거기서 먹어서 맛있는 건가. 맛이야 어디서 하나 똑같겠지만 다른 데서는 그런 걸 못 봤으니까요. 아무튼 그건 색깔부터가 행복한 색이에요. 근심이라고는 없는 밝고 화사하고 상큼한 한 접시인 거죠."

"그거면 됐죠!"

"네, 그리고 오렌지 과즙이 표면에 흐르는 느낌이에요. 촉촉하게 코팅된 느낌? 식감이 그래요. 인상파 화가들이 색깔 쓰는 것처럼, 이미 알고 있는 음식의 촉감을 입으로 경험하기 전에 표면에 신선하고 행복한 뭔가가 코팅돼 있는 걸 먼저 느끼는 거예요. 그것도 한곳에 고여 있는 게 아니라 흐르는 과즙을 잡아낸 느낌으로. 오렌지에서 터져 나오는 과즙도 맛있지만, 인상적인 쪽은 그 첫 접촉 때의 이미지였던 것 같아요. 표면에 깃들어 있던 긍정적이고 좋은 느낌들이 소화기관을 통하지 않고 바로 몸으로 퍼져나간달까."

"와."

"그러면 그냥 '잘 먹었습니다' 하고 쭈뼛쭈뼛 인사를 하면서 나오게 되는 거죠."

"제가 다 흐뭇하네요. 그럼 거기 가는 거예요?"

"네, 다음 주에 한번 가요. 제가 살게요."

바로 그 식당이 통째로 사라져버린 것이었다. 녹사평, 이태원 일대의 그 많은 식당을 다 놔두고, 다른 데도 아닌 하필 그 집이.

다려놓은 셔츠를 꺼내 입으며 그는 고개를 갸웃했다.

'정말로 이게 우연이라고?'

입증할 수 없는 사르마 돌마

윤희나는 거울을 바라보며 상체를 시계 방향으로 살짝 틀었다. 반대 방향으로도 틀어보고 한 걸음 뒤로 물러서보기도 했다. 두 팔에 힘을 주어 가슴을 안쪽으로 모아봤지만 어깨가 움츠러들어서 자세가 나빠졌다. 다시 어깨에 힘을 빼고 자연스럽게 섰다. 빛이 들어오는 방향에 따라 가슴골이 희미하게 보이는 때가 있는 것도 같았다.

뒤에서 언니가 갑자기 말을 걸었다.

"두식이 미국 갔다며?"

"깜짝이야. 언제 온 거야? 또 싸우고 도망 온 거야? 그리고 두식이 아니고 두헌이라니까."

"그거나 그거나. 누구냐, 그놈은?"

"누구?"

"대평원에서 언덕을 찾아줄 위인."

"뭐래?"

"너 요새 속옷이 완전 버라이어티더라. 맨 위에 걸치는 건 다큐면서."

"다큐나 되면 좋게. 이건 거의 재난 방송 아닌가."

코트를 걸치면서 윤희나가 대답했다. 다시 언니가 캐물었다.

"유사시에 대비하는 거야? 누구 있어? 진돗개 몇?"

"폭격 맞아서 무너진 건물에 깔려 죽었을 때 자존심 안 구기려고 그런다 왜."

"살벌하기는. 또 출근해?"

"뉴스 안 봤어?"

"아빠는 안 나가시던데."

"다른 회사래도. 그쪽이랑 우리 쪽이랑은 아예 서로 대놓고 견제하는 입장이라니까."

"그래봐야 같은 색 낙하산인데 뭐."

선배는 아직 출입증을 발급받지 못한 모양이었다. 차창을 내리고 이름을 부르자 선배가 뒤를 돌아보았다.

"아직도 방문자 출입증이에요?"

"그렇지 뭐."

그날은 일이 많았다. 미사일이 평소보다 많이 떨어져 단순히 현장의 수가 많아졌다고 일이 늘어난 것은 아니었다. 한 번에 열 개에서 스무 개 사이를 오가던 미사일 투척 개수가 두세 배 이상으로 늘어난 건 공격의 성격 자체가 달라진 게 아닌가 의심하게 만들 만한 일이었다. 정 과장이 몇 주 만에 먼저 전화를 해온 것만 봐도 그랬다. 통화 내용은 그냥 안부를 묻는 정도였지만 전화가 왔다는 것 자체에 의미가 있었다. 유명무실하던 에스컬레이션 위원회 직위를 다시금 만지작거리기 시작했다는 뜻이었다. 그리고 다른 건 몰라도 출셋길에 올라선 공무원의 직감은 만만하게 볼 게 못 됐다.

그날따라 선배는 생각이 많았다. 원래도 그랬지만 그날은 더했다. 뭔가 마음에 걸리는 걸 발견한 모양이었다.

'보고서만 보지 말고 이쪽도 좀 보라고. 둘이서 하는 회의인데 눈길 한 번이 안 오네.'

사실 관심이 없는 게 정상이기는 했다. 누군가에게 관심이 있다 해도 그 대상은 윤희나가 아니었다. 선배는 만나는 사람이 있었다. 그런데 우습게도 선배는 그 여자가 스파이일지도 모른다며 의심하고 있었다.

맨 처음 그 이야기를 들었을 때 윤희나는 선배가 농담을 하는 거라고 생각했다.

"그런데 왜 만나요?"

"아닐지도 모르잖아. 진짜로 순수하게 내가 좋은 건지도 모르니까."

"그럼 뭐가 걱정이에요?"

64

"아무래도 스파이일 것 같으니까."

"그래서 거리재기 하고 있어요?"

"지금 아니면 내가 언제 그런 미인이랑 밀당을 해보겠어."

"그 미인이랑 밀당을 하는 게 아니라 머릿속으로 혼자 밀당하는 것 같은데요."

선배의 표정이 너무 진지해서 농담인지 진담인지 알 수가 없었다. 역시 종잡을 수 없는 사람이었다.

그날도 마찬가지였다. 전날 공격으로 가뜩이나 할 일도 많아졌는데 아침부터 영 이상한 소리나 하고 있으니 답답한 노릇이었다.

'저 선배는 또 왜 저런담. 멀쩡하다가 한 번씩 이상한 데로 샌단 말이야.'

선배가 말했다.

"폭격당한 곳 중에서 음식점 같은 게 얼마나 되는지 찾아봤는데, 생각보다 많지가 않더라고. 다른 사람들도 단골집이 몇 개씩 사라졌겠거니 했는데 자료 보니까 별로 그랬을 것 같지는 않던데. 희나 씨도 그렇지? 다니던 데 중에 주인이 스스로 가게 문 닫은 데 말고 미사일 맞아서 없어진 데 있어?"

"글쎄요. 이 일 하느라 맛집 같은 데 찾아다닐 형편이 안 돼서."

"현장 다니면서 본 적은 있고?"

"많지는 않죠."

"그러니까. 나도 별로 본 기억이 없거든. 그런데 이틀 만에 두 군데가 사라졌다니까."

"우연이겠죠. 특히 어제 거기는 적국 입장에서도 위험부담이 너무 크잖아요. 일부러 거기를 정밀 타격한 거라고 해도 그 사람들이 겨우 선배 맛집 없애려고 그 위험을 감수했겠어요? 다른 메시지를 전하려고 그런 거면 모를까, 아무래도 그건 아닌 것 같아요. 제 생각에는 그냥 우연이 아닐까 싶어요. 다른 사람들도 다 그렇게 생각하는 것 같고요. 이해 당사자들도 그런 결론을 내리는 마당에 선배 말을 수긍할 이유가 없지 않나요?"

"아주 없는 건 아닌데."

"설마요."

민소는 무슨 말인가를 하려다가 그만두고 말았다. 아직은 증거가 부족하지만 조만간 제대로 다시 이야기해보자는 의미 같았다.

"그런데요, 선배."

"응?"

"아니에요."

그렇게 한 주가 지나갔다. 일주일 만에 다시 미사일이 날아와 열한 군데 지점을 폐허로 만들었다. 다음 날 아침, 윤희나는 민소의 연락을 받고 현장으로 바로 출근했다. **용산구 이태원로 190.** 현장에 도착하자 그가 부스스한 모습으로 윤희나를 맞이했다. 그리고 간단한 인사말조자 생략한 채 곧바로 자기 이야기로 넘어갔다.

"도로 복구에는 시간이 좀 걸릴 것 같다나 봐. 우회 도로 설정하려면 애 좀 먹겠어."

"인명 피해는요?"

"다섯. 지하철역 바로 근처라 오히려 대피가 늦은 모양이야. 신원 확인 중인데, 시간이 오래 걸리는 걸 보면 상주하는 사람들은 아니었나 봐."

"저런, 그래서 분위기가 좀 무거웠던 거군요. 그보다 여기로 오라고 한 건 역시 식당 때문이에요?"

"그래."

"여기도 단골이었어요?"

"단골까지는 아니고 가끔 오는 데."

"선배, 가끔 오는 데까지 다 포함시켜서 상관관계를 찾는 건 좀 그래요. 그리고 선배 맛집들이 좀, 그러니까, 평소에 외국 음식만 찾아 먹고 다녀요?"

"설마. 한식은 집에서 먹거나 집 근처에서 먹으니까 맛집이라고 할 만한 데를 일부러 찾아다니지는 않거든. 아니면 아예 프랜차이즈엘 가거나."

"누구 만날 때 갈 만한 데들이 없어진 거군요."

"말하자면. 아무튼 들어봐. 다 연관성이 있어. 여기 2층에 터키 식당이 있었거든. 케밥이나 뭐 그런 거 파는. 아주 마음에 드는 스타일은 아니지만 그래도 내가 좋아하는 메뉴가 하나 있었어. 사실은 두 개지만 하나는 덤이고 진짜 중요한 건 사실 하나지. 사르마 돌마라는 건데, 포도나무 잎에 밥 같은 걸 넣어서 찐 거야. 사르막이 감싼다는 말이고 돌막은 채운다는 의미니까, 재료를 바꾸더라도 뭘로 싸고 채우고 길쭉하게 말아서 찌면 사르마 돌마겠지. 내가 먹은 건 야프락 돌마스라고, 야프락은 잎이라는 뜻이니까 결국 비슷한 거야. 그걸 먹은 적이 있는데……."

"터키에서요?"

"터키 안탈리아에서."

"그거네."

"뭐?"

"선배 맛집은 주로 외국에서 먹어본 거 한국에서 비슷한 맛 찾아서 다시 먹는 거네."

민소는 문득 말을 멈추고 기억을 더듬었다. 정말로 그런 것 같았다. 윤희나가 끼어들었다.

"그래서 터키에서 그걸 먹었는데 어땠다고요?"

"터키 음식은 맛있게 잘 얻어먹었다는 기억은 있는데 정확히 뭘 그렇게 맛있게 먹었는지 떠올려보라면 생각이 잘 안 나. 케밥은 한국에서 생각하는 것처럼 좁은 뜻으로 통하는 요리가 아니고 고기 요리가 다 케밥이니까 콕 집어서 뭐라 말하기가 힘들고. 빵이 맛있었던가. 그냥 다 맛있었다고 해야 되나. 그런데 유독 그건 기억에 남았거든. 사르마 돌마. 그 향 때문에."

"그런데 그걸 어디서 다시 먹을 수 있을지 몰라서 헤매다가 여기서 찾았다는 거죠?"

"무슨 블로그에 올라온 이 집 메뉴판 보다가 발견했어. 애피타이저 메뉴에 있었는데, 딱 애피타이저 같은 맛이기는 하거든. 안 데우고 식은 채로 살짝 새콤하고 향긋한 맛으로 먹는 거니까. 딜이라는 허브

와 건포도 향이 핵심인데, 속에 들어가는 재료를 볶을 때 그 향이 배거든. 잎에서도 독특한 향이 나지만. 하여간 그런데, 애피타이저 말고 메인 메뉴 쪽을 넘기다 보니까 거기에도 그게 올라가 있는 거야. 같은 음식인데 양이 다른 거지. 나름 대발견이었는데. 가끔 생각나면 그걸 먹으러 왔어."

"하지만 그 정도로는 좀 약하지 않나요?"

"그런가?"

"정밀 폭격 아니었죠? 이 건물만 공격당한 것도 아니고."

"아니지."

"저 옆 건물은 식당 아닌가요?"

"맞아."

"그럼 그 식당에 얽힌 사연이 있는 사람도 있지 않을까요?"

"있겠지."

"많겠죠?"

"아마도."

"이 터키 식당에서 선배가 특별히 좋아했던 메뉴가 몇 개라고요? 두 개죠? 그런데 이 현장이 전부 선배에 관한 거라고요? 그건 좀 비약인 것 같은데. 그런 짓을 도대체 누가 하는데요? 적국에 아는 사람 있어요?"

이번에도 그는 말문이 막히고 말았다. 열심히 머리를 굴려보았지만 결국 윤희나가 한 말이 맞는 것 같았다. 그렇다고 확신이 사라진 건 아니었다. 지난밤 미사일이 떨어진 직후, 피폭 지점 지도를 보자마자

들었던 확신이었다. 분명 뭔가가 있었다. 세 개의 사라진 식당을 연결할 고리가.

사실 그건 그렇게 어려운 수수께끼도 아니었다. 그 연결 고리란 바로 민소 자신이었다. 그런데 그 대목이 문제였다. 확신은 있으나 입증할 방법이 없었다. 윤희나가 지적한 그대로였다. 민소 하나 때문에 적국에서 일부러 그런 짓을 꾸민다는 건 역시 도저히 이해할 수 없는 일이었다.

'내가 뭔데. 나를 노리고 한 게 맞다 쳐도 나더러 뭘 어쩌라는 건데?'

그쯤 되면 신의 계시를 받았다고 주장하는 자칭 예언자들과 별로 다를 게 없다는 생각이 들었다. 입증할 수 없는 확신이었다.

'설마 그건가. 아니야, 그럴 리 없지. 절대로.'

그는 입맛을 다셨다. 윤희나가 무너진 건물을 바라보면서 한마디 거들었다.

"아무튼 그것도 이제 먹을 수가 없게 됐단 말이죠? 또 어디 찾아보면 있기는 하겠지만, 요즘은 워낙 문 닫은 가게들이 많으니. 어쨌거나 아쉽기는 하네요."

프로테스탄티즘 이전의 탕수육 짬뽕

다시 일상으로 돌아갔다. 조사하고 기록하고 시간이 되면 미련 없이 퇴근하고 아침에 늦지 않게 출근해서 방문자 출입증을 받아 사무실에 들어가고.

폭격 현장에서 시신이 발견된 사건이 있었다. 미처 대피하지 못한 폭격 피해자인 줄 알았으나 조사 결과 다른 곳에서 살해된 다음 시신만 폭격 장소에 버려진 것으로 드러났다. 반대 경우도 있었다. 시신은 발견되지 않았지만 사람은 감쪽같이 사라져버린 사건들. 그렇게 사라져버린 사람들 중 진짜 실종자는 얼마 안 되는 모양이었다. 거의 대부분의 실종자들에게 사라지는 편이 유리할 만한 정황이나 이유가 있었기 때문이다.

그래서 정부는 사람들의 삶과 죽음에 대해 좀 더 적극적으로 통제할 필요를 느끼게 되었는데, 물론 그 정책은 심각한 반대에 부딪혀 표류하고 있었다. 국민의 기본권이나 자유를 꽤 과감하게 제한하는 조항들이 포함된 정책이라는 게 그 이유였다. '긴급한 상황'일 때 정부는 국민의 기본권을 제한할 수 있지만, 그러는 와중에도 정부는 끝끝내 현재 상황이 전쟁이나 혹은 그에 준하는 '긴급한 상황'임을 인정하지 않고 있었으니까.

아무튼 대피하지 않는 사람들을 어떻게 처리할 것인가에 관한 문제는 점점 더 골치 아픈 이슈가 되어가고 있었다. 그리고 문제의 양상도 구체적이었다. 예를 들면 이런 식이었다. 공습경보가 울린 다음에도 공연장이나 영화관에서 대피하지 않는 행위는 처벌의 대상인가 아닌가. 반전시위가 진행되는 와중에 공습경보가 울리면 경찰은 시민들을 해산시킬 수 있는가. 혹은 그 순간 해산을 거부한 시민은 사후에 처벌을 받아야 하는가. 만약 해당 공습경보가 오보였다면 또 어떻게 되는가.

대피 거부는 처벌의 대상이라는 쪽으로 정부의 입장이 정리되어가던 무렵, 민소는 네 번째 단서와 마주쳤다.

'여기도! 먹을 게 점점 없어져가는군.'

용산구 한강대로 202. 이번에는 중국집이었다. 외국에 나가서 먹어본 음식은 아니었으므로 앞의 세 식당과는 패턴이 조금 달랐다. 그러나 민소에게는 여전히 의미가 있는 곳이었다. 긴 설명은 필요 없었다. 사라져버린 식당이 있던 자리를 딱 보는 순간 '또야?' 하는 생각이 들만큼 확실한 연관성이 있었다. 물론 아직은 직관의 영역에 머물러 있을 뿐이었지만.

그는 머릿속이 복잡해졌다. 본인 스스로도 리스트를 뽑기가 애매한 식당들을 누가 어떻게 알고 공격한단 말인가. 역시 말도 안 되는 가설이었다.

틈틈이 찾아본 자료들을 봐도 그랬다. 생각보다 적긴 했지만, 피해를 입은 식당은 수십 군데나 됐다. 보통 동네 식당이 대부분이라 맛집이라고 할 만한 곳은 전체 숫자에 비하면 턱없이 적었지만 어차피 그런 건 주관적인 판단이었다. 평소에는 별 관심도 없다가 사망 소식이 전해지고 나서야 갑자기 자신의 젊은 시절은 그 영화배우에게 오롯이 바친 것이나 다름없다고 고백하는 심경과도 비슷했다. 또 어딘가가 폭격으로 사라지고 나면 바로 그곳에서 팔던 음식 중 하나가 느닷없이 인생 최고의 메뉴로 둔갑해버릴지도 모르는 일이었다.

그래도 막상 뭔가 맛있는 걸 먹으러 가야겠다고 생각하고 보면 갈 만한 데가 별로 안 떠오르는 게 사실이었다.

'하긴 나야 원래 밥 한 끼 먹겠다고 어디를 찾아가는 것 자체가 이해가 안 가는 사람이었으니. 저런 맛집 리스트가 생겨버린 것도 순전히 그 때문인데.'

현장에는 사람들이 꽤 많이 모여 있었다. 피해 규모에 비하면 조사단 규모가 지나치게 컸다. 에스컬레이션 위원회 사람들도 십여 명이나 눈에 띄었다.

민소는 주위를 둘러보았다. 지도에는 아무것도 없는 것으로 표시된 구역이 시야 가득 넓게 펼쳐져 있었다. 물론 그곳은 녹지가 아니었다. 전부 군사시설이었다. 백 년도 넘은 유서 깊은 외국군 주둔지. 그리고 한국군 핵심 시설.

그에 비하면 파괴된 건물들은 소박하기 이를 데 없었다. 지하층도 없는 단층짜리 건물 몇 채가 다였다. 다시 말해 적국 입장에서는 폭격으로 얻을 수 있는 효과에 비해 감수해야 할 위험부담이 너무 큰 곳이었다.

아무리 무차별 공격을 하고 있는 것 같아도 학교나 병원이 있는 구역은 절대 공격하지 않는다는 게 양측의 암묵적인 합의였다. 그래서 병원이 있는 동네는 집값이 비쌌다. 낮 시간에는 학교도 그 기능을 했다. 미군 시설은 말할 것도 없었다. 두 나라 다 미국과는 동맹 관계였으니까.

그런데도 그렇게 아슬아슬한 지역에 미사일이 떨어진 것이다. 처음도 아니고 두 번째로. 그런데 그 두 가지 경우 모두 미사일 공격으로 파괴된 지점이 이렇다 할 의미가 있는 곳이 아니었다. 눈에 띌 만큼 이상한 일은 아니었지만, 눈에 띄지 않을 만큼 자연스러운 일도 아니었다.

사람들이 이야기하는 소리가 들려왔다.

"타겟도 안 잡고 여기를 타격했다고 하기는 좀 그렇지 않아? 그러다 저쪽 담장이라도 넘어갔으면 어쩌려고."

"안 그래도 그쪽으로 조사하고 있습니다. 일단 파편 수거 작업이 진행 중인데 정밀유도장치 흔적은 못 찾은 모양입니다."

"그 정밀유도미사일 없으면 정밀 타격 못 해?"

"꼭 그렇지는 않습니다. 탄도미사일로도 가능하기는 합니다. 유도장치가 전혀 없는 건 아니거든요. 대신 그렇게 했을 경우에 위험부담은 좀 높습니다."

"유도미사일도 오작동은 하잖아. 위험부담이 있다 없다가 아니고 얼마나 되느냐가 문제라는 거지? 부담 자체는 저쪽 정부가 지는 거고. 그거 말하는 거지?"

"그렇습니다."

목소리가 들려오는 쪽을 흘끗 돌아보았다. 군 관계자인지 고위 공무원인지 몰라도 꽤 지위가 높은 사람인 모양이었다. 그리고 바로 그 사람 근처에 아는 얼굴이 있었다. 목소리의 주인공이 그 얼굴을 손으로 가리키며 주위 사람들에게 말했다.

"봐주지 말고 시킬 일 있으면 다 시켜. 나하고는 상관없이 자기가 좋아서 하는 일이니까. 미국에서 학교나 조용히 마치라고 했는데 자기 발로 들어와서 이런 데 쫓아다니고 있는 거니까 나는 모르는 일이야. 나는 상관 안 한다고 마누라한테도 말해놨어. 우리 집 최종결재권자 재가 다 받아놨으니까 쭈뼛거리지 말고 알아서들 하라고."

그 말에 갑자기 굵은 남자 웃음소리가 한꺼번에 터져 나왔다. 윤희나가 그 사이에서 얼굴을 살짝 찌푸렸다.

'부친이시구나.'

"결혼은 안 돼. 그건 다시 결재 올려야 돼."

다시 한 번 웃음이 터져 나왔다. 일사불란하고 경쾌한 웃음이었다.

그렇게 한 무더기의 사람이 빠져나가고 난 뒤 윤희나가 다시 현장으로 걸어오는 모습이 보였다. 손에 든 가방이 인상적이었다. 무슨 용도인지 궁금하기는 했지만 언뜻 봐도 제일 먼저 눈에 띌 만큼 세련된 디자인이었다. 민소가 말했다.

"오늘 가방이 아주 멋지십니다."

"선배까지 또 왜 그래요?"

"오늘따라 훌륭해 보여서. 그런데 그건 뭐야? 선물 받은 거야?"

"남자 친구가요. 무슨 탄두가 날아올지 모른다며 들고 다니라고 준 거예요. 걔는 혼자 미국으로 튀었거든요."

"뭐하는 가방인데?"

"몰라요? 방독면 가방이요. 이 안에 방독면 들어 있어요. 명품 방독면."

"명품? 나는 처음 보는 것 같은데."

"당연히 평소에는 안 들고 다녔죠. 오늘은 아빠 때문에 갖고 나온 거예요. 보통 때는 차 트렁크에 처박아놓고."

아빠 때문에 꺼내 들어야 하는 남자 친구가 선물한 방독면. 국방전략미사일위원회 실세인 부친. 가족사가 짐작이 가는 순간이었다. 그러나 더 이상의 질문은 하지 않았다. 민소는 곧바로 고개를 돌려 폭격 현장을 유심히 바라보았다.

미사일이 떨어진 정확한 지점을 표시하는 조그만 노란색 표지판 두 개가 건물 터 한가운데에 놓여 있었다. 두 개가 놓여 있다는 건 대략 그 두 점 사이 어딘가로 추정된다는 뜻이었다. 살짝 비좁을 정도로 테이블이 가득 들어차 있던 곳. 점심시간이면 문밖으로 길게 줄지어 서 있던 사람들이 먼저 온 순서대로 차곡차곡 들어와서, 성취감마저 느껴지는 뿌듯한 표정으로 밖에서 미리 주문해둔 음식들이 나오기를 기다리던 위치.

작고 낡은 가게였다. 그래서 싫어하는 사람도 있었지만, 오히려 그래서 더 맛있어 보이는 집이기도 했다. 일부러 그렇게 인테리어를 하기라도 한 것 같았다. 메뉴도 몇 개 없었다. 탕수육에 만두, 짬뽕, 짜장면. 사람이 붐빌 때는 줄을 서서 기다리는 동안 미리 주문을 하기도 했다. 홀에서 서빙을 하는 중년 여자들의 기세에 기가 꺾이기도 했지만 그 카리스마 또한 요리의 일부 같았다. 가게 바깥에 줄을 서서 순서를 기다리며 부러운 마음을 애써 감추는 듯한 표정으로 안쪽을 흘깃거리는 그 순간부터 이미 식사가 시작된 것이었는지도 모른다.

주문을 하면 그것은 한국어와 중국어가 섞인 짧은 구호가 되어 넓지 않은 식당 안을 넘나들곤 했다. 탕수육 하나 짬뽕 하나. 짬뽕 하나를 작은 그릇 두 개에 나눠달라고 주문할 수도 있었다.

민소가 입을 열었다.

"막스 베버 책 중에 『프로테스탄티즘 윤리와 자본주의 정신』이라는 걸 보면 그 이야기가 나와. 가톨릭 시대의 합리성과 개신교 이후의 합리성. 숫자는 잘 기억이 안 나지만, 어떤 사람이 생활을 유지하는 데 8의 생산물이 필요하다고 쳐봐. 이 사람은 한 시간에 1만큼 일을 해. 그런데 어느 날 이 사람이 무슨 이유로 생산성이 좋아진 거야. 한 시간에 2를 생산해낼 수 있게 된 거지. 그러면 합리적인 사람은 어떤 식으로 행동하게 될까. 가톨릭 시절에는 시간당 2의 효율로 네 시간 일해서 생활을 유지하는 데 필요한 8을 채우고 나면 나머지 시간은 노는 게 합리적이었다는 거야. 그런데 종교개혁 이후에는 단위시간당 생산성이 두 배로 늘었으니 일하는 시간을 더 늘리는 게 합리적이라는 생각을 하게 되었다는 거지. 열두 시간을 일해서 24만큼을 버는 게 낫다는 계산이 나온 거야. 그전에는 같은 시간만큼 일해도 12밖에 못 벌었으니까. 둘 다 나름 합리적이기는 마찬가진데, 어느 순간 사람들이 후자처럼 하는 걸 더 합리적이라고 생각하게 됐다는 거야. 그게 자본주의식 합리성이 된 거지."

윤희나는 그의 얼굴을 바라보았다. 다음 말이 이어지기를 기다리는 것이었다.

"이 집은 그런 의미에서 가톨릭적이었거든. 종교적인 의미는 전혀 없이 말이야. 문 여는 시간이 왔다 갔다 했는데, 아무튼 돈을 많이 벌 수 있으니 가게를 확장하고 영업 시간도 더 늘리고 그런 게 아니라 반대로 하더라고. 직접 물어보지는 않았지만 아마 그랬을 거야. 돈은 충분할 만큼 벌었으니 평일에는 점심만 하겠다거나, 주말에는 아예 안 하겠다거나, 그런 공지사항을 문에다 턱 불친절하게 붙여놓곤 하던 곳이었거든. '돈은 충분히 벌었으니' 같은 말을 노골적으로 쓰지는 않았지만. 아무튼 이 집 탕수육이 진짜 맛있었는데. 만두도 그렇고."

찹쌀탕수육이 떠올랐다. 쫀득쫀득한 튀김옷. 크게 승리한 전투의 전리품처럼 푸짐하게 아름다운 곡선을 그리며 쟁반 위에 쌓여 있는 고기들. 뜨거운 한 조각을 입에 넣고 입김을 내뿜듯 입안에서 저절로 새어 나오는 열기를 호호 내뱉으며 부지런히 젓가락을 놀렸다. 고기가 하나 들어가면 그 대신 감탄사 하나가 밖으로 나오는 맛. 바삭바삭하지만 두껍지 않은 튀김옷이 씹을 때마다 파사삭 소리를 냈다. 작은 알갱이를 씹는 식감이었지만 일단 몇 번 씹기만 하면 금방 바스러지는 바삭바삭함이었다. 그 살아 있는 튀김옷들이 무뎌지고 나면 뒤에 남는 건 고기의 맛이었다. 절대 튀김옷에 압도당하지 않는, 단순하지만 그것으로 충분한 진짜 고기 맛.

씹고 말하는 게 뒤섞인 상태로 부지런히 먹고 부지런히 입안에 든 것에 대한 감상을 나누었다. 상대가 기막힌 표현을 내뱉기라도 하면 그걸 확인이라도 하려는 듯 얼른 다음 한 점을 집어 들었다.

그는 그 식당에서 맨 처음 짬뽕을 먹은 날을 떠올렸다. 갑자기 튀어오른 기억이라고 하기에는 너무나 생생했다. 물론 기억이란 그런 식으로 조작된다는 사실을 모르는 것은 아니었다. 완전히 사라지고 나면 왠지 더 절절해지는 것. 그게 기억이었다. 사람이나 음식이나 다 그랬다. 그러나 그 생생한 기억을 부정하고 싶지는 않았다.

그 집은 원래는 탕수육이나 만두로 유명한 모양이었지만, 그에게 가장 깊은 인상을 남긴 것은 짬뽕이었다. 먹음직스러운 빨간 국물 안에 속살처럼 숨겨져 있는 하얀 면발. 그 위에 어떤 건더기가 올라가 있었는지는 기억도 나지 않았다. 별반 화려하지 않은 단순한 채소들과 오징어 조각 몇 개 정도가 기억에 남아 있을 뿐. 사실 그런 걸 하나하나 확인하고 분석할 여유 같은 건 있지도 않았다. 그는 평가하려고 그 앞에 앉은 게 아니었다. 목적은 단 하나였다. 오로지 달려드는 것.

젓가락이 열심히 그릇 속으로 파고들었다. 젓가락으로 한두 가닥을 집으면 균일하지 않은 면의 모양이 눈에 띄었다. 뽑아낸 게 아니라 만들어낸 모양, 그 모양에 어울리는 쫄깃한 맛. 면을 집어 먹고 국물을 마셨다. 얼큰하긴 하지만 맛으로만 말하자면 빨간색 느낌은 나지 않는 국물이었다. 그저 짭쪼름한 바다 맛. 그렇게 한참을 파헤치다 보면 어느 순간 그 먹음직스럽던 빨간 국물이 감춰둔 내면을 드러내곤 했다. 빨갛지만 맵지 않은 국물. 맵지 않지만 비어 있지도 않은 맛. 그렇게나 담백하고 고소한 끝맛을 그 속에 감추고 있었으면서도 하나도 지루해 보이지 않던 빨간 첫인상. 마침내 그릇이 가벼워질 때쯤 비로소 정체를 드러내는 진짜 색깔.

'지금 보니까 하나도 안 빨갛잖아!'

윤희나가 팔을 툭 건들며 말했다.

"너무 자세히 복기하지 마세요. 이제 그거 못 먹어요."

그 말에 그는 다시 현실로 돌아왔다. 눈앞에 다시 건물 잔해가 펼쳐졌다. 민소는 눈을 크게 떴다. 그 순간 민소의 머릿속에 무언가가 스쳐 지나갔다. 그는 그것을 놓치지 않았다.

'잠깐. 나 혼자 간 게 아니었잖아.'

기억을 더듬었다. 혼자 간 적은 한 번도 없었다.

'맞은편에 앉아 있던 사람. 허겁지겁 탕수육을 집어 먹으면서 끊임없이 무슨 이야기를 주고받았던 말 상대. 내가 이런 이야기를 하면 늘 그 이야기를 듣고 있었던 사람.'

네 개의 식당, 네 개의 단서를 잇는 연결 고리는 민소 자신이 아니었다. 바로 그 사람이었다.

'맞아. 전부 원래 내가 좋아해서 간 식당이 아니라 그 사람이 좋아했던 식당 중에서 다행히 내 입에도 맞았던 식당들이야. 지금은 그런 거 다 잊어버리고 처음부터 내가 좋아해서 간 식당인 것처럼 기억하고 있지만. 그러니까 몇 안 되지.'

민소는 윤희나 쪽으로 고개를 돌렸다. 윤희나가 물었다.

"왜요? 무슨 일 있어요?"

민소는 방금 머릿속에 떠오른 것을 말로 설명하려다가 말았다. 확신은 있었지만 입증할 만한 증거는 여전히 부족했다.

Made in War

다시 며칠이 지나갔다. 추위가 한풀 꺾였는지 눈 대신 비가 내리는 날이었다. 우산을 든 사람들이 거리를 분주하게 오갔다. 방독면 가방을 든 사람들이 몇몇 눈에 띄었지만 대부분 평소처럼 가벼운 차림이었다.

길 오른편에 미사일에 맞아 무너진 건물이 있던 자리가 보였다. 장막이 쳐져 있어서 안쪽은 보이지 않았고, 그 앞 도로는 이미 깨끗하게 복구되어 있었다. 장막 한구석에는 꽃병이 놓여 있었다. 꽃병에 꽂힌 노란 꽃들이 비를 맞으며 차갑게 식어가고 있었다.

희생자가 있는 전쟁이었다. 평범한 일상생활 한가운데 미사일이 배달되곤 하는 나날이었다. 평범한 사람들의 눈에 시신이 보이는 일이 드물지 않았다. 심지어 아는 사람의 시신인 경우도 꽤 많았다. 무너진 건물을 보는 참담함도 가벼운 충격이 아니었다. 그냥 거기에 놓여 있던 건물이 아니라 생생한 삶의 한 조각이었던 곳이기 때문이었다.

기억을 다시 써간다는 건 결코 만만한 일이 아니었다. 기억 어딘가에 늘 자리 잡고 있던 건물들이 사라지고, 지인들 중 누군가가 갑자기 존재하지 않는 사람이 되는 나날. 사람들은 각자의 기억을 공유할 때마다 그 사람이 혹은 그 가게가 지금도 남아 있는지를 서로 확인하곤 했다. 그러다 단 한 명이라도, 어떤 장소가 더는 존재하지 않는 곳이 되었다는 말을 하면 함께 기억을 공유하던 모든 사람들이 갑자기 침묵에 잠기기 마련이었다. 각자 자기 머릿속에 들어 있는 일상의 공간에서 그곳에 관한 기억을 지우느라 생기는 공백이었다.

육백 개가 넘는 미사일이 쏟아진 지금, 사라진 장소나 사람을 살아 있는 사람이나 아직 파손되지 않은 공간보다 더 의미 있는 것으로 기억하고 기념하는 일은 날이 갈수록 점점 어려워지고 있었다. 기념해야 할 게 너무 많았기 때문이다. 특별하지 않은 기념식. 사라진 것들은 서서히 존재감이 무뎌져가기 마련이었다. 어떤 장소를 떠올릴 때마다 그곳이 아직 남아 있는지 남아 있지 않은지 확신할 수가 없는 난감함. 그렇게 세상이 점점 희미해져갔다. 존재 여부가 확인될 때까지 그냥 흐릿한 기억으로 남겨두는 일이 많아졌다.

민소는 사람들의 분노를 읽을 수 있었다. 좀처럼 실체화되지 않는 잠재적인 분노였다. 그 분노가 실현되지 않는 이유는 단순했다. 상대가 너무 멀리 떨어져 있기 때문이었다. 국경을 접하고 있지 않았으므로, 거기까지 닿을 만한 무력 수단이 그리 많지 않았으므로.

미사일은 거의 유일한 수단이었다. 그런데 그나마도 직배송이 아니었다. 비싼 돈을 주고 사서 쓰는 남의 미사일. 상대도 물론 마찬가지였다. 원래 미사일을 많이 갖고 있던 나라이기는 했지만 냉전 시대에 초강대국이 만들어서 배치해놓은 미사일을 자기네들 마음대로 처분할 수 있는 입장은 못 됐다.

그래도 사람들은 미사일에 보다 치명적인 탄두를 장착하는 상상을 하곤 했다. 상대 또한 마찬가지였을 것이다. 우리야 그런 걸 별로 갖고 있지도 않았지만 구하려고 마음먹으면 못 구할 것도 아니니까. 게다가 그 나라 대중의 상당수는 북한과 남한의 관계를 꽤 비현실적인 방식으로 오해하는 경우가 많았다. 표면상으로는 대치 중인 상태지만 결국은 같은 민족이라는 식이었다.

그러니 어느 날엔가, 일상적으로 떨어지던 미사일 안에 보다 끔찍한 무기가 실려 올지도 모른다는 공포가 두 나라 대중들 사이로 퍼져나가는 것도 당연했다. 보통 폭약을 보내든 대량살상무기를 실어 나르든 물류비용은 별 차이가 없었으니까.

그 공포가 어느 선을 넘으면 사람들은 분명 선제공격 카드를 만지작거릴 것이다. 그게 언제가 되든 이상할 건 없었다. 시체는 이미 충분히 봤고, 생활은 이미 충분히 망가져 있었다. 누가 퍼뜨린 거짓말인지 모르겠지만 이 나라 사람들은 평화를 사랑하는 민족 같은 게 아니었다. 그런 민족이 있기나 하는지는 잘 몰라도, 있다 한들 한국 사람들은 아니었다.

"왜 요격을 안 하나 모르겠어요. 어차피 지금 들어가는 돈도 만만치 않을 텐데."

윤희나가 말했다.

"생각은 하고 있겠지만, 간단한 건 아니야."

"왜요?"

"옛날 이론인데, 이쪽에서 방어체계를 구축한다 싶으면 그 전에 저쪽에서 선제공격을 할 테니까. 냉전 때 군비경쟁 일어난 게 그 때문이야. 그리고 미사일 방어체계는 결국 미국이 만들어주는 건데 미국 입장에서 볼 때는 양쪽 다 똑같은 동맹국이다 보니 입장이 좀 애매해지는 거지. 양쪽에 싸움 붙여서 무기 장사 하는 것 같잖아."

민소는 현장을 다니는 게 좋았다. 즐거워서라기보다는 꼭 해야만 하는 일을 할 수 있다는 데서 느끼는 안도감이 더 컸다. 사라진 것들과 사라지지 않은 것들을 자주자주 확인해서 모두 현실로 만드는 일. 민소는 그게 잘 안 됐을 때의 상실감을 알고 있었다. 그 사람 때문이었다. 언제까지나 함께할 것 같았던 그 사람. 어느 날 갑자기 작별 인사조차 없이 그의 인생에서 완전히 사라져버린 그 사람. 청천벽력 같았던 비행기 사고 소식.

최근에 일어난 이상한 사건들을 떠올렸다. 폭격으로 파괴된 네 곳의 식당. 그 네 개의 단서를 잇는 중요한 연결 고리. 민소는 자신이 세운 가설에서 뭐가 제일 큰 문제인지 잘 알고 있었다. 가장 중요한 연결 고리인 그 사람의 존재 여부였다. 바로 그 사람이 더는 이 세상에 존재하지 않는다는 사실이 가장 결정적인 문제였다.

중구 한강대로 416. 현장에는 사람이 많았다. 경제활동이 활발한 지역에 미사일이 떨어졌으니 처리해야 할 일도 자연히 많을 수밖에 없었다.

미사일은 고층 건물 저층 부분을 비껴 맞은 모양이었다. 건물이 무너질 정도의 충격은 아니었지만, 유리창이 전부 날아간 데다 건물 외벽이 검게 타버려서 마치 건물 자체가 심각한 피해를 입은 것 같은 인상이었다. 현장은 거의 경찰이 통제하고 있었다. 피폭 지점 바로 옆에 있는 남대문경찰서에서 나온 사람들인 것 같았다. 길 건너에는 서울역이 있었다. 건물 앞 차로가 소방차와 구급차로 막혀 있어서 서울역 버스환승센터가 유난히 혼잡스러웠다.

윤희나가 말했다.

"여기도 맛집이 있었어요?"

민소는 말없이 고개를 저었다. 모든 미사일 공격이 그에게 보내는 메시지는 아니었다. 아니, 그 어떤 미사일도 그를 염두에 둔 것이 아닐 가능성은 여전히 높았다.

'만약 메시지 같은 게 있다면 내용은 뭘까. 그 네 개의 단서를 가지고 내가 알아낼 수 있는 건?'

언뜻 떠오르는 한 가지가 있었다. 그 네 개의 현장을 하나로 연결하기 어려운 바로 그 이유. 즉 그 사람이 이미 세상을 떠난 사람이라는 사실이었다. 단서들을 연결 지으려면 반드시 충족되어야 하는 조건은 그 사람이 살아 있어야 한다는 것이었다. 세상에 존재하지 않는 변수를 가설에 집어넣을 수는 없었다. 적어도 이승에서는 해서는 안 되는 짓이었다. 만약 사라진 네 개의 식당과 관련된 메시지라는 게 존재한다면 그 내용은 바로 그 전제 조건이 불가능한 게 아니라는 사실일 터였다.

'말도 안 되는 소리겠지만.'

그것은 확증될 수 있는 논증이 아니었다. 전제가 곧 결론인 논증은 영원히 참이거나 영원히 거짓이 될 위험성이 있었다. 미지수가 너무 많은 방정식이었다. 아직은 단서가 부족했다.

'그런데 무슨 단서가 나타나야 저 수수께끼를 풀 수 있는 걸까.'

사망자가 스무 명에 가까운 현장이었다. 대피하지 않는 사람들, 정지되지 않는 일상이 낳은 피해자들이었다. 일상이 전쟁과 겹쳐 있는 삶은 살기가 어려웠다. 전쟁 전의 삶과 그다지 다를 게 없는 삶이기도 했다. 자기 몸이 아파도 병원 같은 데는 갈 수 없는 사람들은 전쟁 전에도 충분히 많았다. 정시에 출근을 하고 꾸역꾸역 자리를 지켜야 했기 때문이다. 병가라는 게 있기는 했지만 쓰러지기라도 하지 않으면 좀처럼 인정받지 못하는 휴가였다. 쉴 시간은커녕 투표를 할 시간조차 못 내는 사람도 많았다.

전쟁이 나고 공습경보가 울리면 뭔가가 달라질 거라고 생각했다. 그런데 그렇지 않았다. 공습경보가 울려도 대피하지 못하는 사람들이 많았다. 눈치가 보여서였다. 미사일이 하필 거기에 떨어질 가능성은 아직 그렇게 높지 않았으니까. 그런데 그것은 퇴근 시간이 되어도 퇴근하지 못하는 이유와 전혀 다르지 않았다. 전쟁은 그렇게 일상과 겹쳐졌다.

전시와 평시에 대해 사람들이 오해하는 것 중 하나는, 전시가 되면 평시라는 이름이 붙은 시공간에 뭔가 본질적인 변화가 생길 거라는 점이었다. 이를테면 평시를 위해 만들어진 정부조직이나 행정기구나 금융체계 같은 것들이 전시가 되면 완전히 다른 무언가로 변신하리라는 생각이었다. 그러나 그런 일은 일어나지 않았다. 이유는 단순했다. 애초에 국가가 전시 태생이기 때문이었다. 평시 조직을 전시에도 사용하는 게 아니라, 전시 조직을 평시에도 사용하고 있다는 말이었다. 맑은 날에 입던 옷을 비 오는 날에도 입고 나가는 게 아니라, 원래 비옷이었던 것을 맑은 날에도 입을 수 있도록 살짝 손만 봐서 입고 다녔던 셈이다. 그게 바로 사람들이 생각하는 평화로운 삶의 실체였다. 비를 맞아도 젖지 않는 옷. 전쟁이 일어나도 바뀌지 않고 늘 그래왔듯 쭉 이어지는 삶.

건물 1층에 설치되어 있던 보안 시설이 눈에 띄었다. 신분증을 확인하고 사람들의 출입을 통제하는 일을 하던 곳이었다. 마치 작은 국경처럼 생긴 일상의 경계선. 그 앞을 지키고 서 있던 사람들. 제복 역할을 하던 각 잡힌 정장.

그중 한 사람. 민소는 건물 앞 인도에 파란 우산을 들고 서 있는 사람을 유심히 바라보았다. 윤희나가 물었다.

"아는 사람이에요?"

"아니."

"뭐 수상해요? 이런 데서 자주 보던 사람 같은데."

"아니, 그냥 보고 있는 거야."

누구든 수상한 사람일 가능성은 충분히 있었다. 전시였으니까. 게다가 비공식적으로만 전시였으니까. 그러나 그의 시선을 끌 만한 특이한 점은 전혀 없었다. 그런데도 이상하게 그쪽으로 눈이 갔다.

"그럼 저는 다른 선배들한테 가볼게요."

윤희나가 그렇게 말하며 건물 안으로 들어갔다. 사람들이 분주하게 오가는 모습이 보였다. 할 일이 많은 현장이었다. 뭐라도 거들어야만 할 것 같았다. 민소도 그쪽으로 걸어 들어갔다. 한구석에 우산을 던져 놓으면서 민소는 순간 멈칫했다. 뭔가 이상한 것을 본 것 같았다. 그러나 그게 뭔지는 언뜻 떠오르지 않았다.

나중에 자세히 생각해보기로 하고 일단은 안으로 들어갔다. 군인 출신 동료들이 이것저것 지시를 내리는 모습이 보였다. 자신에 찬 움직임이었다.

'왜들 이렇게 활기가 넘치지? 원래도 그랬지만 오늘은 좀 과한데.'

한참이나 사람들을 거들다가 다시 문득 생각이 난 듯 건물 밖을 바라보았다. 파란 우산을 쓴 남자는 사라지고 없었다. 윤희나가 지나가다가 그에게 말했다.

"어디 보험회사 직원이겠죠. 그냥 넘어가세요. 수상한 사람이면 다른 사람들이 벌써 다 조치를 취했겠죠. 이 사람들이 어떤 사람들인데. 선배가 요즘 너무 생각이 많아요. 단순하게 생각하세요. 보이는 대로. 스파이 같은 거 아닐 거예요. 요즘 만난다는 분도 그렇고요. 그냥 만나보세요. 자꾸 이상한 생각 같은 거 하지 말고."

바클라바

민소는 현장 책임자들이 지시하는 대로 이런저런 일들을 처리한 다음 늘 챙기던 자료들이 제대로 업데이트되고 있는지를 확인하며 현장을 떠났다. 잠깐 들여다보니 현장 분위기가 왜 그렇게 들떠 있었는지 알 것 같았다. 미사일 잔해에서 유도장치로 추정되는 부품의 일부가 발견된 모양이었다.

그는 지하철 객실 한구석에 서서 한참 동안 자료를 들여다보았다. 그리고 인적이 드문 역이 나타나자 재빨리 지하철에서 내린 다음 곧바로 윤희나에게 전화를 걸었다.

"기술평가서 봤어?"

"아직 운전 중이에요."

"아, 나중에 한번 봐봐. 꽤 성능 좋은 유도장치 같은 게 나온 모양인데."

"그거 나왔다고 그렇게들 들떠 있었던 거예요?"

"그런 거 아닌가?"

"왜 그 사람들이 신이 나요?"

"그럼 이쪽에서도 그런 거 쏠 수 있으니까."

윤희나는 대답이 없었다. 그러다가 한참 뒤에 입을 열었다.

"거울 같은 거군요."

"거울 같은 거지."

"공습경보가 울리고 하늘에서 미사일이 날아오고 여론이 움직이고 현장조사원들이 움직이고."

"에스컬레이션 위원회가 있고."

"그쪽도요?"

"그쪽이 먼저 아닌가. 그거 보고 미국이 우리도 똑같은 거 만들라고 했으니까. 분쟁을 용인해주는 최소한의 조건으로 말이야. 분쟁 해결 못 하는 바람에 행정부가 타격 입어서 정권 교체될 때까지 군 출신이 주도했던 점까지 비슷할걸. 어차피 둘 다 국가 구조도 비슷해서 충격에 대응하는 방식도 거기서 거기일 거야."

"그럼 선배가 스파이를 의심하는 것도 그런 거예요?"

"우리도 정보원을 붙였으니까."

"누구한테요?"

"이런저런 사람들한테?"

"예를 들면 선배 같은 사람?"

"가능성 있지."

"거기도 선배 같은 사람이 있나요? 그럼 저는요?"

"글쎄. 그 집 같은 경우는 희나 씨보다는 희나 씨 둘째 오빠한테 붙이지 않았을까?"

"하긴, 아빠한테 먼저 붙여놓고 남으면 혹시 저한테도 붙였을지 모르겠네요."

"그래도 오빠한테 먼저 붙였겠지. 희나 씨는 좀 평범하니까."

"저기요. 팀장은 이쪽이거든요."

"계속 운전 중이야?"

"네."

"알았어. 나중에 다시 통화합시다."

그날 저녁, 늦게까지 일을 하고 퇴근하는 길에 윤희나는 민소의 집을 찾아갔다.

"전화로 했다가는 본의 아니게 삼자 통화를 하게 될 것 같아서요. 어느 기관 정보팀 직원들이랑."

두 사람은 느린 걸음으로 밤길을 걸었다. 봄바람인지 겨울바람인지 헷갈리는 쌀쌀한 바람이 이따금 골목을 휩쓸고 지나가는 밤이었다.

"그분 정말로 스파이 같아요?"

"몰라."

"직감 같은 건요?"

"직감은 모르겠고, 실험을 해본 적은 있어. 커피집에서. 자기가 커피 가져온다고 진동벨을 달라길래 휙 던져준 적이 있거든."

"심했다."

"백핸드로 받더라고. 손바닥 부딪치는 소리도 안 나게 살짝."

"다른 건요?"

"너무 티 날 것 같아서 그만뒀지. 예의도 아니고. 그리고 정보원이 꼭 킬러는 아니니까, 그런 거 시험해봐야 뭐. 사실 정보원이어도 별로 문제될 건 없을 것 같기도 해. 우리 회사 겸직 실세들이 무슨 생각을 하고 있는지는 어차피 나야 잘 모르니까."

"개각 완료되고 위원회가 자리 잡히면 중요해지지 않을까요?"

"중요해지려나? 쫓겨나지 않을까? 쫓겨나기 직전 딱 열흘 정도는 중요하겠지. 업무 인수인계하는 순간에."

"설마요."

"다 알고 하는 건데 뭐. 미련은 없어. 대신 일은 희나 씨한테 좀 넘겨야겠지. 희나 씨는 계속 남아 있을 거니까. 희나 씨가 한 거라고 해도 상관없어."

"무슨 말씀이세요? 선배 그만둘 분위기면 저도 뭐."

"하긴, 그냥 그만둬. 뭐가 아쉽다고. 그냥 다 상관없는 것 같아. 역할이고 업적이고 적이고 아군이고, 관심 있는 사람들이야 기회로 생각하겠지만 대부분은 다 역할극 아닌가."

"스파이도요?"

"그런 거 아닌가? 전쟁 끝나면 뭐, 추억으로 남는 거지. 전쟁 끝나도 만나줄지 어쩔지 모르겠지만. 그렇잖아. 그렇게 괜찮은 사람이 뭐하러 나를 만나주겠어? 말주변도 없고 재밌는 데도 모르고."

"그건 그렇지만."

"맛집도 빤하고."

"그나마 몇 개는 날아갔고."

"그러게. 아무튼 멋진 사람이야. 우리 쪽에서 저쪽에 붙여놓은 정보원들을 봐도 알 수 있는데, 누군지 밝힐 수는 없지만 진짜 굉장한 사람들이거든. 인간으로나 이성으로나."

"거울이군요."

"거울이지."

"국가가 주선하는 맞선 같은 건가요? 별로일 것 같은데."

"별로지. 내가 덮어놓고 좋아할 줄 알았어? 별론데, 문제는 사람이지. 국가가 주선했든 누가 주선했든 이게 다 끝나면 그때는 다시 만나보고 싶어."

"그래서 그 식당들이 신경이 쓰이신다? 아마도 어느 구여친과 다니면서 검증을 끝냈을 맛집 리스트들이요?"

"그 식당 이야기는 착각 아니라니까. 그리고 원래 전쟁에서는 그게 제일 중요한 거야. 보급 중요하다는 얘기는 다들 아는 것 같은데 음식이 중요한 건 잘 모르지? 한국은 전쟁 하면 6.25 때 인상이 제일 많이 남아 있어서 그런 것 같은데. 전쟁 나면 피난 가야 된다는 생각도 그렇고. 동원계획은 있어도 피난계획 같은 말은 별로 들어본 적 없는데도 말이지. 1930년대에 찍은 〈서부전선 이상 없다〉 영화 디브이디에 그 시절 영화 홍보에 쓴 영상 같은 게 특전으로 붙어 있거든. 거기보면 무려 '전무후무한 스펙터클' 같은 말들이 나와. 당시 기준으로는 대단한 스펙터클이었을 것 같기는 하지만 그게 어딜 봐서 전무후무하겠어. 그래도 그 당시에는 아마 딱 1차 대전이 전쟁에 관한 제일 지배적인 인상이었을 거야. 2차 대전은 아직 존재하지 않았으니까. 그래서 1차 대전은 영어로 그냥 그레이트 워라고 하거든. 1차라는 건 2차를 겪은 다음에 붙인 말이고, 1930년대에는 그냥 대전쟁이었던 거지. 서양 사람들이 딴에는 문명의 절정기에 올랐다고 생각했던 19세기를 지나서 20세기 되자마자 서로 한판 붙어보자 하고 벼르던 차에 결국 꽝 하고 붙은 거라. 그래서 1차 대전이 공부하기는 더 재밌어. 전에 존재한 적 없는 방식으로 싸우고 전혀 예상하지 못했던 방식으로 근대 국가가 완성되고 마는 순간이었으니까. 역사적으로는 20세기의 시작을 아예 1914년으로 잡기도 해. 그런데 그 1차 대전 종결 원인 분석한 것 중에 재밌는 게 있어. 그놈의 전쟁은 발발 원인도 종결 원인도 수십 가지쯤 되는데, 그중에 제일 설득력 있는 거. 뭐게?"

"미국 참전이요?"

"그것도 결정적이긴 한데, 그것 말고도 결정적인 게 몇 개는 더 있지. 그보다 스토리 자체만 놓고 봤을 때 제일 흡인력 있는 결말."

"뭔데요?"

"음식. 그 전쟁이, 원래는 한 몇 주 정도 하고 말 생각으로 시작됐다는 거야. 나라마다 수백만 명씩 동원한 전쟁이었는데, 당시 모든 정부에서 생각하기로는 자기네 나라나 남의 나라나 그 군비를 몇 달 넘게 감당할 나라는 없을 것 같더라는 거지. 사람도 사람인데, 포탄이 어마어마하게 들어가는 전쟁이었거든. 그렇게 공장을 돌려대면 그만큼 다른 건 생산을 못 하는 거니까. 먹는 건 둘째치고 말이야. 그런데 막상 전쟁을 딱 해보고는 이 사람들이 깜짝 놀란 게, 자기네가 완성시켜놓은 산업화된 근대국가라는 게 그 어마어마한 양의 폭력을 몇 년이나 꾸준히 생산해낼 수 있었다는 거야. 스페인 독감이라는 게 유행하고, 하필 또 젊은 사람들만 발병률이 높았다나, 인구가 엄청 줄고 하면서 사람들 사는 게 말이 아니었는데, 전쟁이 사 년째로 접어들었는데도 마음만 먹으면 몇 년은 더 버틸 수 있을 것 같다는 계산이 나오더라는 거지. 1918년에 독일에서 폭동이 일어나서 전쟁이 끝나기는 하지만, 그게 식량이 없어서 진 게 아니라는 거야."

"그럼요?"

"식량은 있는데 음식이 없었다는 거지. 둘 다 푸드는 푸드지만. 20세기 초 영국이나 독일처럼 문명화된 나라는 배만 불려준다고 버틸 수 있는 게 아니라는 거야. 물론 사 년이나 버텼지만, 더는 안 버틴다는 거지. 여론이 말이야. 그렇다고 그걸 문명 이전으로 돌릴 수 있느냐 하면 그것도 아니야. 민주화된 나라가 독재국가보다 더 잘 싸우거든. 그게 국력이니까."

"재밌네요. 그런데 우리도 그래요?"

"그럼! 삼겹살에 소주가 딱 끊기면 서울이 몇 달이나 버틸 것 같아?"

"그러네요. 아니면 치킨에 맥주."

"아, 치맥! 거봐, 그렇잖아. 치맥도 못 먹을 전쟁, 해서 뭐하냐고. 몇 주 정도야 악으로 끌고 간다 쳐도 몇 달이 넘어가면 그게 되나. 어찌어찌 버틴다고는 해도 리더십을 유지하기가 쉽지 않거든. 국가는 버려도 정권은 무너질 수 있으니까 말이지."

"진짜로 그런가? 그래서 식당에 집착하는 거예요?"

"본격적으로 연구는 못 하고 있는데, 그래도 뭐 거시적으로 볼 가치는 있겠지. 요즘 커피 맛 떨어진 거 알지? 장년층 이상에서는 젊은 세대 욕할 때 맨날 걸고 넘어지던 게 그놈의 비싼 커피였지만, 젊은 층에서는 그 커피 맛이 삶의 수준이잖아. 별거 아니라고 무시하고 싶은 사람도 많겠지만 세대별로 전쟁 지지율 같은 거 조사하면 추이가 나올걸. 전쟁 때문에 불행해진 거니까."

"하지만 식당이 그렇게 큰 피해를 입은 건 아니잖아요. 맛집스러운 데만 집중적으로 타격을 입은 것도 아니고, 그냥 평균적인 수준으로 사라진 건데."

"그렇더라고. 그게 문제야. 본격적으로 연구할 생각도 해봤는데 다른 사람들은 별로 불편한 걸 못 느끼잖아. 어디 유명한 식당 골목이 블록버스터로 날아간 것도 아니고 말이야. 문제는 나야. 나만 불편하다는 거지. 사람들이 전부 다 느낄 만큼 식당들이 사라지면 아마 생활에 영향을 많이 받을 거야. 일단 데이트 코스가 싹 없어지잖아. 그럼 만날 데가 없는 거고, 그만큼 사는 건 팍팍해지고. 사랑으로 버틸 수도 없으면 이런 장마 같은 전쟁을 어떻게 버텨."

"그러니까 연애하세요, 선배도."

"아니, 포인트가 그게 아니고, 나만 불편하다니까. 다른 사람들은 별로 못 느끼고 나만. 같이 가봐야지 하고 마음먹은 데가 하나씩 없어지니까. 진짜로 현정 씨랑 둘이서 그 이야기도 했었어. 경리단길에 있는 그 스페인 식당 말이야. 거기는 진짜, 가기로 약속까지 했었거든."

"그분이 현정 씨?"

"어. 이태원 터키 식당도 그래. 사르마 돌마도 그렇고, 바클라바도 먹으러 갔어야 했는데."

"바클라바요?"

"디저트 종류야. 패스트리 같은 빵에, 안쪽에 견과류 같은 게 들어가고 결정적으로 꿀이 들어가는데."

"너무 달겠다."

"너무 단데, 그게 너무 달아서 헤어날 수가 없거든. 촉촉하게 배어 나오니까. 순간적으로 확 행복해지는 맛이라고 해야 되나. '아, 이러면 안 되는데' 하면서 계속 막 집어 먹게 되거든. 뭐 진짜로 꿀이 들어 있는 건 비쌀 테니까 그 집은 그 정도는 아니었을 거고, 달리 사 먹을 데가 없는 건 아니지만 일단 그런 데는 식당이 아니라 베이커리니까. 테이블이 있는 데서 식사를 마친 후에 디저트로 먹는 거랑은 또 좀 다르지. 알잖아. 디저트라는 게, 이제 더는 아무것도 못 먹을 것 같은 극한의 상황에서도 왠지 저것만은 먹을 수 있을 것 같은 맛을 내는 음식이니까. 이건 그냥 달기만 한 게 아니라 패스트리와 꿀물의 조합이거든. 스며들고 배어나고. 비슷한 말인 것 같지만 방향이 다르잖아. 스며들고 배어나고 스며들고 배어나고. 그게 겹겹이 겹쳐지는 맛이라는 거지. 물리적으로 겹치는 게 아니라 맛이 겹친다고. 그 사이에 미각이 스며드는 거야. 그렇게 마지막 한 겹이 포개지는 거지."

"우와, 선배 진짜, 회사 잘리면 피폭 현장 묘사를 그렇게 열정적으로 한번 해보세요. 어떻게 표정 하나 안 변하고 그래요?"

"내가 뭘?"

"눈빛이 반짝였다니까요. 선배는 그것만 하면 돼요. 없어진 식당 아쉬워할 것도 없고, 그냥 지금처럼만 이야기를 해주시면 돼요. 그러면 그분도 아마 인상에 강하게 남을 거예요. 무슨 이십 대도 아니고, 이벤트스러운 거 너무 신경 쓰지 마세요. 그런 건 그냥 무시해도 돼요. 그러면 진짜 그분이 정보원이었대도 상황 다 지나고 나면 좋은 기억으로 남을 거예요. 다시 연락이 닿고 말고는 그때 가서 생각할 문제고. 어차피 선배도 그러려는 거죠? 딱 거기까지만 어필하고 나머지는 그쪽에 맡길 생각 아닌가."

기대기 좋은 동네 커피집

그날 이후로 두 사람은 어쩐지 조금 더 친해진 것 같았다. 그날의 대화는 윤희나에게 특히 더 각별했다. 이런 걸 물어도 되나 하고 망설였던 것들을 마음 놓고 입 밖에 꺼낼 수 있게 됐기 때문이다.

위원회 사람들은 다들 바빴다. 미사일의 수나 피해 규모, 암묵적으로 공격 대상에서 제외하기로 합의한 지역이 공격 대상이 된 것 등 확전의 징후가 나타났다는 이야기를 들은 고위층 누군가가 구체적인 보고서를 요구한 모양이었다. 보고 날짜가 잡히고, 다른 직원들이 전부 며칠째 밤샘을 이어가고 있던 어느 토요일 오후, 민소는 모처럼 늦

잠을 자다가 윤희나의 전화를 받고는 자리에서 일어났다.

"진짜 안 나오실 거예요?"

"나? 내가 왜? 희나 씨는 출근한 거야?"

"다들 나와 있어요."

"무슨 장군한테 보고하는 거라며. 희나 씨가 거기 왜 있어?"

"다들 바쁘니까요. 뭐라도 거들어주면 좋죠."

"군대 일을? 그 사람들이야 월급이 그쪽에서 나오니까 그쪽에 보고하는 게 우선이겠지. 우리 월급은 그쪽에서 안 나와. 그걸 왜 거들어줘? 우리 바쁠 때 그 사람들이 도와줄 것 같아?"

"그러니까 미움받죠. 진짜 안 나올 거면 아파서 못 나온다고 할게요."

"대나 안 대나 똑같은 변명이구먼. 그냥 잔다 그러지. 그 사람들 어차피 나 있으면 불편해할 거야."

"그래도요. 뻔한 변명이라도 하는 거랑 안 하는 거랑은 다르죠. 그것도 예의라고요. 아무튼 알아서 할 거니까 쉬세요."

전화를 끊고 세수를 한 다음 거울을 보며 생각에 잠겼다. 머리 모양이 지저분했다. 직접 보지 않아도 머리 위에 얹혀 있는 덥수룩한 느낌 때문에 한 주 내내 불편한 마음이 가시지 않았다. 몇 달 전, 늘 가던 미용실이 폭격으로 사라진 뒤로는 계속 그랬다. 새로 찾은 미용실은 뭔가가 마음에 안 들었다.

"어떻게 해드릴까요?"

"커트요."

"커트는 어떤 스타일로 해드릴까요?"

"잘 모르겠는데요."

민소는 머리카락을 매만지며 그 이상한 대화를 떠올렸다.

'만나기로 한 날인데 특별히 할 게 없네. 오늘은 뭐 하지?'

동선이 짧아진 시대였다. 황사나 미세먼지가 중요했던 시절처럼 외출을 자제하라는 경고 메시지가 사흘에 한 번씩 시내 곳곳에 울려 퍼졌다. 어른들 중에는 일부러 공습경보를 무시하고 사는 사람도 있었지만, 아이들의 경우에는 공습경보가 울리면 무슨 일이 있어도 대피소로 가라는 말을 하루에도 열두 번씩 들어야 했다. 선생님들은 귀갓길 근처에 있는 공공대피소를 학생들에게 숙지시키는 게 일이었다. 어차피 아이들끼리만 다니게 하는 일 자체가 거의 없다시피 한 분위기인데도 그랬다.

어른들도 크게 다르지 않았다. 뭘 하러 꼭 어디를 가는 것보다는 집 근처에서 해결하는 일이 더 많았다. 동네 커피집이나 동네 술집이 좀 더 장사가 잘 되고, 동네 슈퍼도 대형 마트에 빼앗긴 주도권을 조금쯤 되찾았다. 직접 피해를 입지는 않았더라도 미사일 수십 개가 떨어진 날에는 누구든 밖에서 더 돌아다니기보다는 일찍 집에 가는 게 일반적이었으니까.

전에 현정 씨와 함께 간 곳은 벙커 카페 같은 곳들이었다. 지하 깊숙한 곳에 위치한 아기자기한 카페들. 공습경보가 울려도 황급히 짐을 싸서 떠날 필요 없이 계속해서 대화를 이어갈 수 있게 해준다는 광고가 틀린 말은 아니었다. 건물 안쪽으로 숨어들어간 색채의 매력이 가장 화려하게 꽃피는 공간이기도 했다.

그래도 공습경보가 울리면 실내 공기가 무거워지는 건 마찬가지였다. 침묵이 깔리고, 애써 외면하는 듯한 시선이 하나둘 천장 쪽을 향하는 시간. 공습이 끝나고 나면 언제나 그렇듯 가족이나 친구들의 안부를 확인하기 위해 분주히 움직이는 전화기, 노트북, 그 외의 개인 통신 장비들. 어디에 있든 대화는 반드시 끊어지기 마련이었다. 한꺼번에 날아오는 열다섯 개에서 서른 개 정도의 미사일은 도시 자체를 불살라버릴 만큼 위력적이지는 않았다. 하지만 도시 구석구석에서 재미나게 이어지던 수백만 건의 대화만큼은 어디에 숨어 있든 반드시 끊어낼 수 있었다. 진짜로 공격을 당하는 것은 건물이 아니라 생활이었다.

'야외로 나가야겠다. 날씨도 좋은데.'

그날 오후에 민소는 현정 씨와 함께 성곽 길을 걷고 있었다. 원래 한국식 성곽은 산이나 언덕의 능선을 따라 그 위에 돌벽을 쌓는 식이어서 주로 산속에 위치하고 있지만 옛 서울의 동쪽 부분, 낙산을 따라 나 있는 성곽 코스는 그리 높지 않은 언덕에 자리하고 있어서 올라가기도 쉽고 시가지에서 접근하기도 편했다.

"이런 데가 있네요. 복원은 좀 티 나게 한 것 같지만. 저 성벽 밑에 있는 조명은 끝까지 다 있는 거예요?"

현정 씨가 말했다. 민소는 현정 씨의 직업을 떠올렸다. 무슨 미술관 부속연구소 연구원. 원래 본인도 조형미술을 전공하기는 했지만 지금은 자기 작업보다는 서류를 가지고 하는 일이 더 많다고 했다. 예술로 시작하든 무기로 시작하든 일이란 어느 순간 다 서류 작업으로 수렴

해버리곤 하니까. 그래도 지나온 궤적이 다른 만큼 그동안 쌓인 경력이나 안목, 전문성 같은 건 무시할 수 없을 것이다. 그리고 그 해외 활동 경력 중에는 적국 인사들과 자연스럽게 인연이 닿은 순간도 포함되어 있을 게 분명했다.

민소는 성벽 쪽을 바라보며 생각나는 대로 대답했다.

"그러려고 성벽을 복원한 게 아닐까요. 다른 이유도 많았겠지만 저걸 할 수 있다는 생각에 결국 공사가 승인이 난 걸지도 모르죠."

"그럴지도 모르겠네요. 그런데 여긴 의외로 안락하네요. 풍수지리는 잘 몰라도 양지바른 땅이라는 건 그냥 이런 데가 아닐까 싶게."

"그렇더라고요. 요새나 공성전 이런 거 공부할 때 서울에는 그런 옛날 요새나 무너진 성벽 같은 게 없어서 별로라고 생각했는데 나중에 보니까 떡 하니 있는 거예요. 그것도 십팔 킬로미터나 되는 성벽이. 성벽 부분은 어차피 복원한 거긴 해도 그게 도시에 섞여 들어간 흔적은 남거든요. 가로망 같은 데서. 성벽 있을 때 사람들이 못 지나다니던 경로는 성벽 다 없어지고 평지가 됐어도 희한하게 한 번에 가는 버스 노선이 없는 데도 있고 그래요. 꽤 가까운데도 한참을 돌아가야 되는 걸 보면, 원래 성 안으로 들어가서 다시 다른 문으로 나가는 게 더 편해서 그랬나 하는 생각도 들고, 재밌어요."

"그렇겠네요. 알고 보면 서울도 엄청 오래된 도시니까. 딱 봐도 유물처럼 보이는 옛날 건물이 많이 안 남아 있을 뿐이지 도시 자체가 새로 만들어진 건 아니니까요."

"맞아요. 처음 여기 보러 왔을 때는 가설 같은 게 있었어요. 성벽과

도시, 뭐 이런 주제로 연구를 할 때였거든요."

"역사도 전공하셨어요?"

"그건 아니고요. 아무튼 일단 성벽 바깥쪽은 도시 중심으로부터 배제된 공간이니까 성벽 안쪽보다 삭막해 보이지 않을까 싶었거든요. 성벽이니까."

"단절의 상징 같은 거군요."

"그렇게 생각했죠. 그런데 막상 와 보니까 아닌 거예요. 희한하게 아늑하더라고요. 오히려 성벽 안쪽보다 바깥쪽이 포근해 보이고."

"그러게요. 저도 딱 그런 생각이 들었어요. 왜 그래 보이는 걸까요?"

"글쎄요. 변하지 않으니까."

"안 변해요?"

"서울은 빨리 변하는 도시잖아요. 십 년만 지나도 낡아 보이는. 유럽 사람들이 한국 식당 간판 같은 데서 'since 2009' 이런 거 보면 막 신기해하고 그러더라고요. 몇 년 되지도 않았는데 저걸 왜 써놓는 거냐고."

그 말에 현정 씨가 웃음을 터뜨리며 말했다.

"하긴 거기는 한 이백 년은 돼야 아, 이 가게 이거 모던한 스타일 정도는 겨우 따라하겠는데, 싶으니까."

"그러니까요. 그런데 여기선 모든 게 너무 빨리 변해서요. 사람들도 같은 집에서 삼대 사대 넘겨가며 사는 경우가 드물고, 건물들도 십 년 이십 년 지나면 확확 변해 있고요. 그런데 성벽은 오래가잖아요. 벽 자체는 없어질지 몰라도 벽이 그 자리에 있을 거라는 기대 같은 건 수십 세대를 넘어서 계속 가니까."

"기억을 수정하지 않아도 되는 거네요."

"네."

"나무 같은 수명이네요."

"나무 같은 시간을 쓰는 거죠. 뱀파이어가 돼서 한 이백 년쯤 다른 대륙에 살다 와도 다른 건 몰라도 저 성벽은 저 자리에 있지 않을까 싶은. 그럼 그 뱀파이어가 돌아와서 기댈 데가 어디겠어요."

"성벽 옆에 와서 기대는 거군요."

길옆에 놓여 있는 벤치에 앉아 성벽을 바라보았다. 아래쪽 어두운 색으로 바랜 돌은 원래부터 있던 성벽이고 그 위에 얹힌 밝은색 돌은 최근에 복원한 것이라는 사실은 누구나 한눈에 알아볼 수 있었다. 그 어두운색이 남아 있던 곳만큼이 성벽 안쪽으로 솟아 있는 언덕의 경계선일 터였다. 더는 관리해주는 사람이 없어진 상태로 수십 년이 흐르는 동안 언덕 위쪽으로 솟아난 인공 구조물은 모조리 무너지고 말았을 테니까.

"벽은 그런 것 같아요. 단절의 상징인 것 같지만 어디가 됐든 전쟁 같은 거 다 상관없어질 만큼 시간이 충분히 흐르고 나서 보면 그 성벽 잔해 밑에 사람들이 집 짓고 살고 있거든요. 이스탄불 성벽 앞에 있는 해자에서 누군가 농사를 짓고 있고, 성벽 무너져서 생긴 좁은 길 쪽으로는 오솔길이 나고."

"변하지 않으니까."

"네, 기댈 수 있으니까요."

현정 씨가 민소의 어깨에 머리를 살짝 기댔다. 민소는 어깨를 몇 번 들썩이다가 그만 호흡이 흐트러지고 말았다. 여자가 피식 웃었다.

민소가 말했다.

"저기 좀 내려가면 커피 파는 데가 있어요. 카페도 뭐도 아니고 그냥 테이크아웃 커피 파는 덴데요, 옛날에 이 동네 살 때 자주 가던 집이에요. 이틀에 한 번쯤."

"남아 있을까요?"

"남아 있을 것 같은데요. 성벽이 있거든요. 진짜 성벽은 아니고 이 성벽 본떠서 누가 만들어놓은 건데, 길이는 한 오 미터쯤 되나. 길지는 않아요. 짓다 만 돌담처럼 보이지 않게 잘 꾸며놨어요. 한 오백 년서 있다가 한쪽이 무너진 느낌으로. 일부러 그렇게 지은 것 같아요. 아마도 커피집 주인이 미술 하는 사람이 아닐까 싶기는 한데, 물어보지는 않았고요. 아무튼 커피집에서 테이블을 빌려줘요. 벽 앞에 놓고 앉아 있을 수 있게. 주인이 어디 가지는 않았을 것 같아요."

"폭격당한 건 아니겠죠?"

"이 동네는 별로 피해가 없었을걸요. 한 개나 떨어졌던가?"

"재밌겠네요."

"거기 가요."

"좋아요. 오 분만 더 있다가. 아니, 십 분. 시계는 보지 말고."

그러나 골목길을 따라 언덕을 내려와 커피집이 있던 곳에 다다른 순간 민소는 그만 그 자리에 우뚝 멈춰 서고 말았다. 그곳에는 아무것도 없었다. 아무것도 없다는 사실을 가리기 위해 장막이 쭉 둘러쳐져 있었을 뿐이다. 마치 공사장처럼 보이는 장막. 피폭 지점의 위화감을 일상 수준으로 끌어내려주는 가장 단순한 시각적 장치.

"잠깐만요."

민소는 장막 안으로 비집고 들어갔다. 요즘은 어디서나 흔히 볼 수 있는 폐허가 펼쳐져 있었다. 커피집이 있던 자리로 다가갔다. 미사일이 떨어진 지점을 표시하는 노란색 표지판이 남아 있었다. 정확히 커피집이 있던 바로 그 자리였다. 이 근방에 떨어진 단 한 개의 미사일.

표지판에 기록된 날짜를 보니 삼 주쯤 전에 떨어진 미사일인 모양이었다. 별로 특이한 점이 없어서 직접 와 보지 않고 서류로만 봤던 현장.

오싹한 느낌이 들었다. 도대체 무슨 일이 벌어지고 있는 걸까.

다섯 번째 단서였다. 네 군데가 아니라 다섯 군데였던 것이다.

'어쩌면 놓친 데가 더 있을지도 모르지.'

윤희나에게 곧바로 메시지를 보냈다. 방금 본 것을 간략하게 이야기한 다음 맨 마지막에 이렇게 덧붙였다.

'이건 절대 우연이 아니야. 분명히 뭔가가 있어.'

2부

소리가 나지 않는 이응

그 여자가 세상을 떠난 날을 생생히 기억했다. 정확히 말하면 맨 처음 그 소식을 전해 듣던 순간을.

"그걸 왜 이제 알려주는 거야!"

자기도 모르게 언성이 높아졌다. 원망을 가득 담아 한 말에, 소식을 전해준 동료가 의아한 얼굴로 그를 쳐다보았다.

"나도 방금 들었는데."

입 밖으로 나오지 않은 질문들이 그 뒤를 따랐다. 민소는 동료의 당황한 얼굴에서 의문의 징후를 읽어내고는 원망스러운 표정을 재빨리 거둬들였다. 그리고 좀 더 차분한 목소리로 다음 말을 이어갔다.

"행방불명이면, 아직 수색 중이래?"

상대방의 얼굴에서 당황스러운 기색이 싹 사라졌다. 앞에 하던 이야기가 뭐든 일단 다음 챕터로 넘어간 셈이었다.

"철수했대."

이어진 대답에 심장이 요동쳤다. 그러나 목소리는 정반대로 침착했다. 아무렇지도 않은 듯 사무적인 목소리. 통제할 수 없는 흥분에 갑자기 목이 잠겼다.

"철수라니?"

"상황 다 끝났다고. 본사에서 할 거 다 해보고 결론까지 낸 다음 이쪽에 통보해온 거라니까."

민아리. 그게 그 여자의 이름이었다. 송민아리. 성이 송이고 이름이 민아리였다. 부모님 성을 하나씩 딴 게 아니었다. 다 큰 다음 만난 사람들은 "혹시 그 미나리?" 하고 조심스럽게 묻곤 하던 그 이름. 바로 그 미나리였다.

"미나리가 깼어. 내가 깬 거 아니야."

"미나리 때문에 늦었는데요. 미나리가 늦잠 자서요."

"그걸 왜 저한테 물으세요? 미나리한테 물어보세요."

"미! 나! 리! 너 이리 안 와? 이거 똑바로 해놓고 가야지! 다 고장내놓고 어딜 도망가?"

어린 민소의 입에 그 이름이 배다시피 한 건 주로 그런 해명들을 하면서부터였다. 민아리는 동네에서나 학교에서나 누구나 알아주는 말썽꾼이었다. 그런데 그 오명의 반은 늘 민소에게로 돌아왔다. 항상 붙어 다닌다는 이유에서였다. 민소는 그런 어른들의 말이 이해가 안 갔다.

"붙어 다니는 게 아니라 자꾸만 너랑 나를 붙여놓는 거잖아. 엄마들도 그렇고 선생님도 그렇고."

"너가 자꾸 나 따라다니니까 어른들이 착각하는 거야. 이제 따라다니지 마."

"안 따라다니거든. 너나 나한테 말 좀 걸지 마. 이 미나리 같은 아줌마야."

민아리 문제에 관해서라면 민소의 태도는 늘 그렇게 단호했다. 자신은 오로지 선량한 피해자일 뿐이라는 것이었다. 그러나 정말로 큰일이 났다 싶을 때면 민소 역시 조금은 헷갈리곤 했다.

"정말 민아리가 한 짓이야? 민소 네가 울린 거 아니고? 똑바로 말해. 누구야? 너야, 민아리야? 어? 거짓말하면 알아서 해!"

정신없이 쏟아지는 추궁을 들으며 민소는 민아리의 얼굴을 살짝 돌아보았다. 늘 보아온 표정, 자기는 상관없으니 하고 싶은 대로 하라는 표정이었다. 그러면 민소는 눈을 딱 감고는 마침내 이렇게 말하곤 했다.

"제가 했어요. 미나리 그때 학원에 있었어요."

고맙다는 말은 들은 적이 없었다. 사실 속는 사람도 아무도 없었다.

그 미나리를 민아리로 부르기 시작한 건 둘이 갓 스무 살을 넘기던 해 가을 무렵부터였다. 가운데에 낀 소리 안 나는 이응마저도 소중하다는 생각이 들기 시작한 건.

특별한 계기가 있었던 것 같지는 않다. 그냥 민아리가 머리를 길렀기 때문인지도 모른다. 어쩌면 치마 입은 민아리의 무릎을 봤기 때문인지도 모른다. 찾아보면 뭔가 나오기는 하겠지만, 기껏해야 그런 시시한 이유일 게 분명했다.

"민아리."

니은 받침의 경계를 확실히 구분 짓고 이응이 들어갈 자리를 분명히 표시해서 부르는 이름. 나중에 민아리가 그렇게 말했다. 맨 처음 민소의 목소리로 그 이름을 들었을 때 얼른 고개를 돌려 그쪽을 볼 수가 없었다고. 그냥 그러면 안 될 것 같았다고. 그런다고 무슨 큰일이 날 것도 아니었지만.

하지만 민아리에게는 남자 친구가 있었다. 거의 언제나 있었다고 해도 과언이 아니었다. 공백 기간이 잠깐씩 생기기도 했지만, 그럴 때면 또 어김없이 여행을 다니고 있었다. 정확히 누가 현재 남자 친구인지는 알 수가 없었다. 때로는 둘, 때로는 셋, 어디서 알아왔는지 외국인이 끼어 있는 경우도 한두 번이 아니었다. 민소가 파고들 틈새 같은 건 존재하지도 않았다는 뜻이다. 그래도 민아리는 적어도 몇 달에 한 번씩은 민소를 찾아오거나 그게 안 되면 전화라도 걸어서 민소가 잔뜩 약이 오를 만한 일들을 만들어내곤 했다. 그의 입에서 나오는 '민아리'라는 이름을 듣기 위해서였다. 민소는 그렇게 믿었다.

그러다 또 사라지는 민아리. 몇 달이고 연락이 두절된 채 또 어디에서 무슨 일을 하고 있는지 알 수 없는 상태로 혼자서 훨훨 세상 저 너머로 사라져버리곤 하던 사람. 영영 돌아오지 않을 것처럼. 그러면 민소는 마치 그런 사람은 처음부터 있지도 않았던 것처럼 몇 달을 그렇게 아무렇지도 않게 살곤 했다. 그렇게 하루하루를 살아가다 보면 어느 날 밤늦게 집으로 돌아가는 길에, 반쯤 잠이 든 채로 문 앞에 쪼그리고 앉아 있는 민아리를 발견하는 일도 생기곤 했다.

"거봐, 네가 나 쫓아다니는 거라니까."

"왔어?"

세상 밖에 놓여 있는 신기한 것들을 물어오는 건 언제나 민소가 아닌 민아리 쪽이었다. 무기체계 코디네이터 같은 이상한 직업도, 초국적 국방컨설팅 회사라는 이상한 직장도 마찬가지였다.

"내가 왜 너랑 같은 곳에 원서를 써야 하는지 모르겠네. 나 이거 붙으면 가야 되는 거야?"

"딱히 하고 싶은 일도 없잖아. 그냥 해. 너는 어차피 사무직이니까 어디서 일하나 비슷비슷할 거야. 이왕이면 아는 사람 있는 데서 하면 좋잖아."

민아리는 전문가였다. 무기체계 코디네이터. 무기체계 연동팀의 막 나가는 막내 컨설턴트. 회사는 꽤 규모가 컸고, 민아리의 팀이 하는 일은 다양한 시기에 세계 곳곳에서 만들어진 무기체계들을 연결하는 일이었다. 냉전 시대 군축 협상에 따라 부품 상태로 해체되기는 했으나 완전히 폐기됐다고 하기에는 애매한 대량의 미사일들, 최근에 퇴역한 어느 나라 핵잠수함, 민간 기업이 매각한 인공위성, 국제기구로부터 사들인 그 위성에 대한 접근우선권, 아직 실제로 만들어지지는 않은 이런저런 나라의 발사체 기술들, 퇴역한 전투기, 암시장으로 흘러나온 첨단 부품들. 기술적인 부분뿐만 아니라 법적인 부분이나 금융 문제에 이르기까지 전문가의 손길이 필요한 일은 차고 넘치도록 많았다. 이런저런 전문 기술을 가진 크고 작은 민간군사업체PMC, private military contractor들을 한데 엮어서 하나의 작전을 수행할 수 있도록 구성하고 유지하는 업무에 이르면 그 일은 정말로 복잡한 컨설팅 서비스로 보일 지경이었다.

그래서 민아리는 출장이 잦았다. 특별히 어딘가로 출장을 가는 게 아니라 아예 고정된 근무지 자체가 없는 것 같았다. 한국은 그저 그런 경유지들 중 하나에 불과했다. 스무 살 이후로 언제나 해오던 그대로였다. 그리고 그건 스무 살 때보다 훨씬 더 자연스러운 일이었다. 민아리가 하는 일에 국적은 그다지 중요하지 않았다. 회사 자체가 그랬다. 다국적 회사도 아니고 미국에서 시작했다가 아예 국적 자체를 벗어던져버린 초국적 군사용역 전문 기업이었으니까. 말하자면 민아리는 꽤 유능한 화이트칼라 용병이었다. 회사가 스스로를 뭐라고 포장하든.

바로 그 수많은 출장 중 하나에서였다. 민아리의 팀이 타고 있던 비행기가 인도양 상공에서 흔적도 없이 사라져버린 것은.

"사고야? 격추된 거야?"

"몰라. 자세한 정보가 안 나와. 사고라고는 하는데 본사에서 무슨 일을 꾸미고 있는지 알 수가 없어. 누구와 무슨 거래를 했는지."

"무슨 출장이었는데?"

"모르지. 작전 지원이었는지 컨설팅 회의였는지. 그냥 단순한 현장 실사였을지도 모르고. 작전 지원이었으면 회사 측으로서도 별로 할

말이 없겠지. 무슨 국제협약이라도 어겨가며 진행한 거면 말할 필요
도 없고.”

　남편이 있었다. 민소는 그 남자가 슬퍼하는 모습을 한참 동안이나
바라보았다. 얼굴에는 표정을 하나도 드러내지 않은 채로, 아무도 알
아채지 못할 만큼 먼 거리에서.

　민아리의 남편은 마음껏 슬퍼해도 좋은 첫 번째 사람이었다. 애도
는 모두 일단 그쪽으로 향했다. 아직 아이가 없었으므로 두 번째와 세
번째 순서는 부모님들께로 돌아갔을 것이다. 그렇게 순번이 정해져
있었다. 슬픔에 대한 지분을 가장 많이 확보한 사람으로부터 거의 아
무 지분도 갖지 못한 사람까지.

　그 지분은 오로지 겉으로 드러난 관계에 따라 배분되었다. 사회적
으로 용인되는 공식적인 관계에 대해서만. 한 번도 사람들에게 알려
진 적 없는 민소와 민아리의 관계에 관해서는 그 어떤 지분도 인정되
지 않았다.

　그 자리에서 민소는 아무도 아니었다. 그 사람의 죽음을 슬퍼하는
그 많은 사람들 가운데 그는 그저 잊혀진 존재일 뿐이었다. ‘바쁠 텐
데 잊지 않고 들러줘서 고마운’ 사람. ‘고인과는 아주 어렸을 때부터
알고 지내던’ 사람. 그냥 그런 사람.

　고인과 사랑하던 사이는 아닌 사람. 너무 늦게, 모든 것을 포기하고
떠나버리기에는 지나치게 번거로운 일들이 많아져버린 나이에, 비로
소 서로가 서로를 세상 그 누구보다 더 필요로 한다는 사실을 깨닫게
된 것까지는 아닌 사람.

울고 있는 남편을 한참이나 바라보았다. 슬픔을 뺏기기라도 한 것처럼. 그 사람이 떠나버린 바로 그 순간에, 가장 부러웠던 건 바로 그 남자의 바보 같은 울음이었다. 전혀 예상치 못한 박탈감이었다. 민소는 거울에 비친 건조하기만 한 자기 얼굴을 바라보았다. 슬픔을 박탈당한 남자의 얼굴. 흘릴 눈물이 없는 게 아닌데.

그 모습을 뚫어져라 쳐다보다가, 언젠가 민아리가 해준 말이 떠올랐다.

"너도 이름에 이응이 있었으면 내가 그 이응을 너만큼 정성스럽게 불러줬을 거야."

언제나 그렇듯 결정적이고도 특별한 계기 같은 건 없는 사이였지만, 민소에게는 그 말이 고백이나 다름없이 들렸다. 민아리는 그런 의미심장한 말 따위를 입 밖에 내는 사람이 아니었으니까.

그 말을 하고 나서 민아리가 이렇게 덧붙인 기억이 났다.

"아, 이응 있구나. 너 이 씨였지 참. 이민소."

절단면 부족

'민아리가 살아 있다고?'

민소는 하늘을 올려다보았다. 날은 이미 어두워져 있었다. 민소가 올려다보는 하늘은 천국을 품고 있는 하늘이 아니었다. 미사일이 날아오는 하늘이었다.

'그 민아리가 살아남아서 미사일을 쏘고 있다고?'

민소는 윤희나를 기다리고 있었다. 확증될 수 없는 가설. 위원회 안에서 공개적으로 떠벌릴 수 있는 이야기가 아니었다. 어쩌면 확증할 수 있는 이야기였다 해도 되도록 비밀로 하는 편이 나을지 몰랐다.

불빛 두 개가 날카롭게 시야를 파고들었다. 윤희나의 차가 다가오는 모습이었다. 윤희나가 모습을 드러내자 민소가 인사조차 생략한 채 말을 꺼냈다.

"확인해봤어?"

"그 회사에 관한 건 없어요. 전혀 연관이 안 돼 있어요. 간접적으로 참여한 내역도 없고, 장비 하나 사람 한 명 안 빌렸어요. 전쟁 내내."

"그게 더 수상한 건가?"

"업계 랭킹이 낮아요. 몇 년 전부터······."

"랭킹이 쭉쭉 하락하고 있지? 사고가 나서 그래. 그 업계에서 꽤 독보적인 분야가 있었는데 핵심 인력들이 다 실종됐거든. 대체 인력으로 유지를 하다가 결국 그쪽 사업을 접었어. 그거 보고 같이 일하던 고객이나 협력사들이 떠나버려서······."

"잠깐만요, 무슨 이야기를 하시는 거예요?"

"그 회사 이야기야. 랭킹이 낮다 그래서. 원래는 그런 소리 들을 데가 아니었는데."

"어떻게 그렇게 잘 알아요?"

"거기서 일했거든. 유학 가기 전에."

"네? 피엠씨에서요? 행정일 했다면서요."

"거기서 사무직 했어. 그 사람들 월급 챙겨주고 출장비 영수증 정리해주고 그런 거."

윤희나는 그의 얼굴을 빤히 들여다보았다.

"그 경력으로 에스컬레이션 위원회 들어온 거예요?"

날이 벌써 저물었다. 공습경보는 한 번도 울리지 않았지만 대신 건조주의보가 내려진 날이었다. 의외로 쌀쌀한 바람에서 먼지 냄새가 났다. 손끝에서도 옷소매에서도 마찬가지였다. 코끝에만 묻어 있는 냄새일지도 몰랐다.

민소가 말했다. 아까 질문에 대한 대답은 아니었다.

"열두 명이 실종됐는데 그중 아홉 명이 그 회사 사람들이었어. 두명 빼고 팀 하나가 통째로 날아간 셈이야. 그 팀이 결국 회생이 안 됐거든. 그런데 팀을 못 살린 건지 안 살린 건지 애매하다는 얘기가 나왔던 것 같아. 나야 뭐 그러고 얼마 안 돼서 회사를 그만뒀으니까 자세한 건 관심도 없었지만. 그때 동료들 말 들어보면 회사가 너무 자연스럽게 정리가 되더란 거야."

"핵심 부서였다면서요."

"그렇긴 한데, 경영진이 그 정도로 맥없는 조직이 아니었거든. 거의 군대였으니까. 국적이 없어서 어디 가서 대놓고 군대라는 소리는 못했지만. 그런데 그렇게 맥없이 정리됐다는 소리를 듣고 좀 이상하긴 했어. 조직이 갑자기 확 늙어버린 건가 싶었지."

"그랬겠죠."

"그랬을 수도 있지. 그런데 아닐 수도 있겠다는 생각이 들어. 희나 씨 기다리면서 생각해봤는데, 아무래도 아닌 것 같아."

"그럼요?"

"굳이 그 회사로 이득을 낼 필요가 없었던 게 아닐까 싶어."

"왜요?"

"다른 사업을 시작한 거지. 큰돈 되는 사업. 회사를 매각했거나 어디랑 합병한 걸지도 몰라. 분위기로 봐서는 팔아치웠을 것 같지는 않아. 어디를 샀으면 샀지 그렇게 힘없이 포기하고 말 사람들이 아니야."

"저기요, 선배. 무슨 이야긴지 따라가지를 못하겠어요."

"그 팀 사람들이 다 죽어버린 게 아니라 팀 자체가 통째로 더 큰 조직으로 옮겨간 것 같다고."

"네?"

"저 미사일 업체 말이야. 우리한테 미사일 날려 보내는 사람들. 거기로 갔어."

"그걸 어떻게 알아요?"

"그 팀에 나 아는 사람이 있거든. 그 사람이 나한테 메시지를 보내고 있으니까."

다시 선배의 얼굴을 들여다보았다. 알 듯 말 듯한 소리였다. 뭐가 됐든 피폭당한 식당 이야기와 관련이 있는 건 틀림이 없었다. 요 며칠 내내 그 이야기에 몰두해 있었으니까. 하지만 미사일 업체라니. 거기에 아는 사람이 있다니. 무슨 말인지 정확히 감을 잡을 수가 없었다.

"알았어요. 나중에 자세히 설명해주세요. 일단 제가 뭘 하면 되죠?"

"허위 신고된 실종자들 있지."

"우리 피폭 현장에서요?"

"신원 감추려고 실종신고 해버린 사람들. 그거 어떻게 추적하지? 진짜 실종자인지 아닌지 가려내려면?"

"경찰에서 찾겠죠. 하도 많으니까 일단 중요한 사람들부터. 주변 인물들 조사하고, 가족들이랑 연락한 흔적이 있는지, 송금되는 계좌가 있는지. 정황상 실종 직전에 주변을 너무 깔끔하게 정리하고 사라졌다 싶으면 의심을 좀 더 해보는 것 같더라고요. 그게 원칙이라기보다는 사례들이 그렇게 나타나서요."

"정리한다는 게 뭐지?"

"연속성이 없다는 거겠죠. 일단락되어 있는 느낌? 생활이 자연스럽게 쭉 이어지다가 갑자기 툭 끊어지는 느낌이 나야 정상이잖아요. 기본적으로 작별 인사는 못 하고 헤어지는 거고, 싸우고 화해하려다가 미루고 있었는데 영영 그럴 기회가 없어졌다거나. 가까운 사람들 만나보고 그런 느낌이 충분치 않다 싶으면 뭔가 인위적인 냄새가 나는 거니까요. 그렇게 파고들다가 어쩐지 매듭이 지나치게 잘 지어진 일이 나타나면 그때부터는 본격적으로 의심스러워지는 거죠. 뭔가가 흘러가는 관다발을 잘라냈는데 그중 하나가 관 양쪽 끝이 새지 않도록 마감이 돼 있다, 그것도 하필 잘려나간 그 지점에서. 그건 누군가 장난친 증거니까요."

민소는 그 말이 무슨 뜻인지 알 것 같았다. 영원히 계속될 것처럼 잘 이어지던 삶이 어느 날 갑자기 툭 끊어져버리는 느낌. 미사일에 맞아 반쯤 파손된 건물처럼 무방비 상태로 단면을 밖으로 드러낸 채 망연자실한 상태로 부식되어가는 일. 그 어처구니없는 상실감. 절대 겉으로 드러나서는 안 되는 삶의 단면이 벌거벗겨진 채로 문밖에 놓여 있는 느낌.

그에게 민아리의 죽음은 절단면으로 가득한 풍경이었다. 이쪽에서는 계속해서 무언가가 흘러가고 있는데 저쪽에서는 그걸 받아들일 수가 없는 상황. 그래서 결국 목표한 곳에 이르지 못하고 그의 삶 주위에 지저분하게 쌓여버린 추억이며 원망, 부질없는 기대나 열흘에 한 번씩 찾아오던 절망, 흘려보지도 못한 눈물 같은 것들.

절단면이 부족한 죽음이 절대 아니었다. 그보다 더 큰 절단면이 있을 수 있을까?

"가족들을 만나보란 말이지?"

그가 혼잣말처럼 중얼거렸다.

두릅이

다음 날이 되어서야 윤희나는 민소에게서 온전한 이야기를 들을 수 있었다. 그는 흥분이 완전히 가라앉은 다음에나 제대로 된 이야기를 꺼냈다. 그 여자와 관련된 이야기를 할 때마다 저렇게 들떠서 떠들어대는 남자라니. 표지 없는 본문 같은 사람이라고 생각했던 일이 떠올랐다. 이제 보니 그 표지를 뜯어간 사람이 누구인지 알 것 같았다.

이야기는 다소 뜻밖이었다. 그전 같으면 꽤나 충격적인 사건이라고 생각했을 법한 이야기였지만, 비 오는 날보다 미사일이 떨어지는 날이 더 많아진 시점에 듣기에는 사실 그다지 충격적이지도 않았다.

그래도 일단 선배의 가설에는 일리가 있었다. 사라진 맛집들의 리스트가 너무 사적이라는 게 그 이유였다. 전에도 들었던 이야기고 여전히 입증할 수 없는 가설이었지만, 케이스가 하나씩 늘어갈 때마다 윤희나 역시 그 가설이 혹시 참이 아닐까 하는 생각을 하게 된 것도 사실이었다. 게다가 선배 혼자서만 알고 있던 이야기를 듣고 나니 이야기가 착착 맞아떨어지는 느낌이 좀 더 분명해졌다. 여전히 입증할 수 없는 가설이었지만.

그게 추론이 아닌 가설에 머무른 건 확증할 방법이 없기 때문이었다. 실종된 이후 그 여자가 어딘가에서 목격되기라도 한 게 아닌 이상 가설은 어디까지나 가설일 뿐이었다.

"실종 당시 정황이 어땠는데요? 격추된 걸로 단정 지을 만큼 충분한 증거가 있었어요?"

"그랬지. 그런 거 평가하는 일도 전문적으로 하는 회사였으니까. 대충 아무거나 던져줘도 믿을 정도로 바보들은 아니었거든."

"하긴, 선배도 내내 그렇게 믿고 있었으니까. 아무튼 확실했다는 거죠?"

"몇 군데 레이더에 포착된 거나 위성에 잡힌 거나 통신 기록 분석한 거나, 격추되었다는 사실 자체는 별로 의심의 여지가 없었어. 문제는 누가 했느냐 하는 건데, 잠수함에서 발사된 미사일인 걸로 잠정 결론을 내렸어. 그 수밖에 없었으니까. 그 잠수함이 누구 건지는 알 방법이 없었지만. 그런데……."

"그렇게 확실한 정황이었는데, 지금 상황은 그걸 뒤집을 만하다는 거군요."

"그 사람이 아니면 보낼 수 없는 메시지니까."

"다른 사람이 보낸 거 아닐까요?"

"왜?"

"송민아리 씨가 살아 있는 걸로 믿게 하려고."

"아니지. 오히려 그 부분 때문에 그 사람이라는 확신이 드는 거니까. 너무 사소한 리스트거든. 이런 상황을 생각해봐. 희나 씨가 죽었어. 그리고 환생을 해. 십 년쯤 지난 다음 나를 찾아오는 거야. 나는 그 열 살짜리 꼬마애 말을 안 믿겠지. 그 상황에서 나를 설득하려면 희나 씨가 나한테 무슨 이야기를 해야 할 것 같아?"

"사소한 것들이군요."

"어딘가에 기록으로 남길 것 같지 않은 사소한 것들이겠지. 나조차도 평소에는 별로 생각도 안 하고 살다가 막상 듣고 나서야 비로소 '아, 그런 일이 있었지' 하게 되는 사소한 일들 말이야. 그 상황이 되면 주변에 있는 사람들이 어쩌겠어? 나한테 묻겠지? 얘가 하는 말이 사실이에요? 다른 사람들로선 그걸 판단할 방법이 없으니까. 나밖에 못하는 거지. 내가 그렇다고 하면 다른 사람들도 믿게 되는 거야. 사적인 일이라면 그렇게 되는 게 맞겠지. 그런데 이건 너무 공적인 일이라 판단하기가 쉽지 않거든. 확실한데 입증할 방법이 없다는 건 그 말이야. 나 스스로가 그걸 입증하는 가장 그럴듯한 도구니까. 그런데 지금 나는 내 머릿속에 들어 있는 거 말고 다른 증거가 더 있었으면 좋겠거든."

"왜요?"

"그래야……."

그가 갑자기 말을 멈췄다. 하지만 생략된 말이 뭔지는 알 것 같았다. 그래야 그 사람이 살아 있다는 걸 확증할 수 있을 테니까. 자기 머릿속이 아닌 실제 세계에서.

'나는 왜 이 사람 말은 아직 하지도 않은 말까지 알아듣는 걸까.'

그 여자에게는 여동생이 있었다고 했다. 남편은 일찌감치 재혼해서 외국으로 가버리고 부모님도 전쟁 나고 얼마 안 돼서 지방으로 내려가고 없었지만, 여동생은 여전히 서울 근교에 살고 있었다.

"연락한 적은 없지만 가끔 어떻게 지내고 있는지 소식은 전해 듣거든."

한 차례 미사일 공격이 지나가고 난 다음 주 수요일에 윤희나는 민소와 함께 그 집을 찾아갔다. 얼굴을 모르는 사이는 아니었지만 밖에서 만나지 않고 집으로 곧장 찾아가는 건 어쨌거나 무리한 방문이 틀림없었다. 그래서 민소는 윤희나에게 동행을 부탁했다.

"운전까지 부탁할 줄은 몰랐어요."

"그쪽이 신입이잖아. 당연한 거야."

"명색이 팀장인데요. 언제는 낙하산이라고 뭐라 그래놓고."

민소는 조수석에 앉아 멍하게 바깥 풍경을 바라보았다. 햇빛이 강렬하게 유리창을 때렸다. 맹렬한 기운은 유리창에 다 걸러지고 날카로움만 남은 광선이 앞좌석을 가득 채웠다. 그 안에 있는 건 뭐라도 탈색되어버릴 것 같은 기세였다.

민소가 갑자기 말을 꺼냈다.

"민아리라는 이름으로 평생을 살았으니 어렸을 때는 얼마나 놀림을 많이 당했겠어."

윤희나가 조금 간격을 두고 대답했다.

"오죽했겠어요. 근데 남 말 아니죠? 선배도 꽤나 거들었을 것 같은데."

"그거야 뭐. 애들이 다 그렇지. 하여튼 그래서 민아리는 자기 이름이 미나리라고 동생 이름도 막 이상하게 불렀거든. 도라지가 집에서 뭘 어쨌다느니, 더덕이가 반에서 일등을 했다느니, 곤드레가 자기 옷을 뺏어 입고 나갔다느니 어쩌고저쩌고."

윤희나는 그 장면을 떠올리고는 피식 웃었다.

"동생을 엄청 아꼈나 보네요."

"그러게. 이름이 한 오십 개는 됐나. 부를 때마다 바꿔 불렀으니까."

"어른 되고 나서도 그랬어요?"

"그럼."

민소는 민아리의 목소리를 지금도 생생하게 떠올릴 수 있었다.

"야, 빨리 용건만 말해. 시금치가 저 앞에 차 대놓고 기다리고 있어!"

"마늘이 요새 연애한다고 아주 난리다 난리."

"죽순 아프대. 감기래. 약 사 가야 돼. 죽 사 갈까."

"아니, 이 생강 같은 놈이 하나밖에 없는 언니 결혼하는 날에 여행을 가겠다잖아. 즙을 내서 마셔버리든지 해야지."

"순무가 너 보고 싶대. 본 지 오래됐다고. 그래서 그때나 지금이나 똑같다고 말해줬어."

"너도 걔 못 알아봤구나. 배추잖아, 배추. 성형은 무슨. 걔 화장 엄청 잘해. 다 못 알아봐. 그래봐야 키 보면 정체가 딱 드러나는데 말이야."

"우와, 걔 어제 술이 완전 떡이 돼가지고, 이름이 괜히 토란이 아니라니까. 누가 지어준 이름인지 참."

그 이야기를 들려주자 윤희나의 얼굴에 웃음이 가득 퍼져나갔다.

"언니 완전 멋지시다! 누구네 집 언니랑은 전혀 다른데요. 부럽다."

"그렇지도 않아. 미나리는 완전 동네 악당이었거든. 어렸을 때 두릅이가 얼마나 많이 울었는데. 그 누명 반은 또 내가 다 썼을 거야."

"두릅이요?"

"당근이, 호박이, 양상추, 브로콜리, 파슬리, 풋고추, 목이, 파프리카, 연근이, 근대, 오이, 깻잎이, 양파, 송이, 고사리, 명이, 곰취, 계피……."

"계피는 아닌 것 같은데요."

"하여간."

"선배도 꽤 친하셨구나. 줄줄 나오는데요."

"친한 게 아니라 마치 친한 사람인 것처럼 지낸 거지. 직접 만나서 이야기한 적은 몇 번 되지도 않아."

"그래도 막상 만나면 하나도 안 어색했죠, 동생이랑도? 마치 쭉 서로 잘 알고 지낸 것처럼."

"그랬지."

"훌륭하네요. 안 봐도 알 것 같아요. 보나마나 좋은 사람일 거예요. 말만 들어도 막 만나고 싶어지네요."

차가 커브 길로 접어들었다. 햇빛 드는 방향이 반대쪽으로 바뀌자 시야가 갑자기 선명해졌다. 침묵이 에어백처럼 터져 있었다. 목적지 까지는 아직 십 분은 더 가야 했다.

무슨 일이 있었냐는 듯 아무렇지도 않은 목소리로 윤희나가 다시 말을 꺼냈다.

"그래서, 그 두룹이는 이름이 뭐예요? 동생 본명이요."

"본명?"

"네."

"혜진이. 송혜진."

혜진 씨는 인상이 좋은 사람이었다. 자그마한 체구에 느릿느릿한 몸짓. 언니하고는 별로 닮은 데가 없다는 선배의 말을 듣기는 했지만, 윤희나는 그 사람 좋은 얼굴에서 언니의 표정을 읽어내려고 애썼다. 아무것도 없는 데서 혼자 터득한 게 아니라 가족 전부가 똑같이 공유 했을 표정 같은 것들을.

선배의 우려와는 달리 혜진 씨는 두 사람의 방문을 불편해하지 않았다. 사고가 난 지 몇 년이나 지난 시점에 새삼 누군가가 자기를 찾아온 이유에 대해서도 별로 궁금하지 않은 모양이었다. 그저 아는 대로 차분하게 대답만 했을 뿐. 혜진 씨는 선배와 언니의 관계를 잘 모르는 눈치였지만, 분명 그 관계를 다 알고 있는 것 이상으로 선배를 신뢰했다.

덕분에 대화 자체는 풀어나가기가 별로 어렵지 않았다. 전문적인 면담 기술 같은 건 필요가 없었다. 하지만 별다른 성과가 없는 게 문제였다. 송민아리와 무기체계 연동팀의 실종을 둘러싼 정황들은 이미 모두가 알고 있는 것처럼 자연스럽기만 했다. 부자연스러운 매듭 같은 건 발견되지 않았다. 제일 가까운 사람들이 들여다본 절단면 근처의 풍경은 건강한 상실감과 자연스러운 슬픔으로만 가득했다. 그걸 저렇게 담담하게 말로 풀어낼 수 있는 사람들이라니.

"도움이 안 됐죠? 미안해요."

"미안하긴. 내가 더 미안하지."

"언니 물건 같은 것도 별로 남은 게 없어요. 어른 되고 나서는 워낙 밖으로 나돌아 다녀서요, 자기 물건이 자기 물건이 아니었어요. 엄마가 치워버려도 뭐가 없어졌는지도 모르고. 엄마는 그래서 받아들이기가 쉬웠대요. 원래부터 어디서 뭘 하고 사는지 잘 모르던 딸이라."

"유품이라고 할 만한 건 남편한테 보냈을 테니까."

"네. 아, 장례식 끝나고 며칠 있다가 회사에서 뭘 보내주긴 했는데, 그냥 수건이었어요."

"수건?"

"알잖아요. 기념품 수건. 그런 건 전부 우리 집으로 보냈거든요. 형부가 별로 안 좋아하는 것 같다고."

"아."

윤희나가 끼어들었다.

"기념품 수건이 뭐예요?"

민소가 대답했다.

"수건에 글자 박아서 돌리는 거. 취미였거든. 경축, 무슨 무슨 기념, 이런 엄청 유치한 문구 박아서 사람들한테 돌리곤 했어."

이야기를 다 끝내고 식탁에 둘러앉아 조용히 차를 마셨다. 볕이 좋은 오후였다. 가을 하늘처럼 파래 보이는 봄 하늘이었다. 거실 밖 베란다 빨랫줄에 수건 몇 개가 나란히 걸려 있었다. 선배는 그쪽에 시선을 둔 채로 무언가 곰곰이 생각에 잠긴 눈치였다. 아마도 하늘을 보고 있는 것 같았다. 아니면 아무것도 보지 않고 있거나.

윤희나는 그 장면을 수첩에 그렸다. 이상한 문구들이 적혀 있는 걸 보니 유품으로 남은 수건이 장례식 끝나고 도착했다는 것 하나만은 아닌 모양이었다. 아마 선배한테도 그런 수건이 몇 개는 있었을 것이다. 어쩌면 지금도 남아 있을지 모른다. 유품이고 뭐고 그런 복잡한 무게감 같은 건 죄다 표백된 채 버려지지도 않고 그냥 원래 쓰임새대로 쓰이고 있을 반소모품.

'뭘 기념했을까, 저 두 사람은?'

끝까지 공습경보가 울리지 않아서 좋은 오후였다. 사실은 공습경보가 울릴까 봐 내내 조마조마한 오후였다. 그림을 수첩에서 찢어서 선배에게 내밀었다. 민소는 그 그림을 빤히 들여다보다가 셔츠 주머니에 말없이 찔러 넣었다.

집을 나와 다시 서울로 돌아가는 차 안에서 선배가 말했다.

"별다른 성과가 없네."

"생각해보면 나올 수도 있겠죠."

"뭔가 흔적을 남겨놨을 줄 알았는데. 민아리가 메시지를 준 게 맞다면 분명히 내가 거기를 찾아갈 걸 알았을 텐데."

"그냥 단서를 찾았다고 생각하고 다음 단계로 넘어가봐요. 송민아리 씨가 살아 있고 저쪽 미사일 발사 팀에 들어가 있다. 그리고 뭔가 메시지를 보내는데 남들은 알아볼 가능성이 별로 없고 선배한테만 의미 있는 메시지다. 아, 그러고 보니 일단 선배가 뭘 하고 있는지는 안다는 거네요. 에스컬레이션 위원회에 있는 게 아니면 알아채기 어려운 수수께끼일 수도 있잖아요."

"혹시 알아채더라도 뭘 어쩔 수 없는 입장이거나."

"그게 단서일 거예요. 저쪽에서도 이쪽을 보고 있다는 거. 그다음에 어떻게 되는지는 같이 찬찬히 생각해봐요."

교량 파괴

그다음 주는 내내 바빴다. 심각한 에스컬레이션이 일어날 조짐이 보였기 때문이다. 에스컬레이션 위원회뿐만 아니라 동원 가능한 모든 인력이 일요일 밤부터 현장에 동원되었다. 아직 발생하지도 않은 현장이었다.

현장은 한강 전역에 걸쳐 있었다. 물론 시 경계 안쪽에만 해당되는 일이었다. 문제의 발단은 날아오는 미사일이 아니라 날아간 미사일이었다. 적 수도로 날아간 아군 측 미사일이 인구 밀집 지역 두 곳 사이를 잇는 주요 교량 하나를 날려버린 것이었다.

언론에는 그 사실 자체가 보도되지 않았지만, 내부용으로 정부에서 발표한 공식 입장은 단순 실수로 인한 오폭이라는 것이었다.

"사실일까요?"

윤희나가 물었다.

"영원히 알 방법이 없을걸."

"저쪽에서는 어떻게 생각할까요? 최대한 안 좋은 쪽으로?"

"최대한 좋은 쪽에서 최대한 안 좋은 쪽까지 전부 다 놓고 검토하겠지. 그게 정답일 거고. 그래도 뭔가를 채택하기는 할 거야. 그중 어떤 걸 채택하게 될지는 그쪽에 있는 우리 동업자들한테 달려 있겠지."

"에스컬레이션 위원회요? 그런데 정말로 미사일이 날아올까요?"

"글쎄. 이렇게 다들 나와 있는 거 보면 각오는 하고 있는 거 아닌가. 일단 한 대는 맞아주자는 건데……."

그렇게 끝나면 에스컬레이션은 일어나지 않는 걸까. 그렇지 않을 것이다. 여론 수준에서는. 그래도 정부끼리는 암묵적으로나마 비긴 걸로 하고 넘어가는 게 가능할지도 모른다. 그런데 문제는 적국 수도에서 파괴된 교량의 위치와 크기였다. 주요 교량치고는 규모가 너무 작았던 것이다. 적국 수도를 가로지르는 '강'에 비하면 한강은 정말 말도 안 되게 폭이 넓었다. 한강 위에도 작은 다리가 있기는 했지만 위치가 문제였다. 주요 교량이라고 하기에는 너무 변두리에 위치해 있었던 것이다. 그러니 어느 다리를 얻어맞든 동등한 교환은 되지 않을 게 분명했다.

그렇다고 거스름돈을 돌려줄 수 있는 상황도 아니었다. 일단 큰 다리 하나에 미사일을 맞은 다음, 다시 이쪽에서 미사일을 쏴서 작은 교량 하나를 더 날려버리는 것 같은. 그랬다가는 정말로 순식간에 에스컬레이션이 일어나고 말 테니까.

아무튼 그들은 다리 앞을 지키고 있었다. 일반인들에게 정부가 그 공격을 미리 알고 있었다는 인상을 주지 않도록 조심스럽게. 그러나 일단 공습경보가 울리면 언제든 교량으로 진입하는 차량들을 최대한 차단할 수 있을 만한 태세로.

하지만 그 순간 두 사람의 머릿속을 가득 채운 문제는 그런 게 아니었다. 어디서 무슨 일이 일어나고 있건 중요한 건 결국 민아리였다. 절대 맞춰지지 않을 것처럼 아무렇게나 흩어져 있는 퍼즐 조각들을 기적처럼 이어줄 것 같은 단 하나의 조각.

윤희나는 시동이 꺼진 차 안에 앉아서 전날 밤에 들은 선배에 관한 이야기를 떠올렸다. 국회 쪽에서 일하는 둘째 오빠에게서 들은 이야기였다.

일단 실종 사고가 났던 그 회사는 국적이 있기는 있는데 회사 자산 규모가 그 나라 전체 예산 규모보다 더 크다고 했다. 즉 법망을 피하기 위해 국적을 세탁했다는 뜻이었다. 그래서 공식적인 방법으로는 추적이 불가능하고 비공식적으로 알아낸 것들 말고는 안보 라인 쪽에서도 아는 게 별로 없는 모양이었다. 하지만 한 가지만은 분명하다고 했다. 이민소라는 직원에 대한 그 회사의 평가.

"키울 생각이었던 것 같더라고. 사무직이지만 컨설턴트로 전환시킬 계획이 있었나 본데, 이런 내용이래. 네가 읽어봐. 그런데 그런 건 알아서 뭐하게? 뒷조사냐? 그놈이 괴롭혀?"

"괴롭혀봤자지."

"그래, 너 알아서 하겠지. 나는 올라간다."

윤희나는 손에 든 서류를 들여다보았다. 원본은 아니었고, 입수한 평가 자료를 옮겨놓은 보고서였다. 누가 어떤 용도로 작성한 보고서의 일부인지는 알아볼 수가 없었다. 아마 군 관련자 중 누군가가 작성한 문건인 듯했다.

평가 내용은 다음과 같았다.

눈에 띄게 탁월하다는 인상을 주지는 않으나 결과물은 항상 기대했던 것 이상임. 업무 처리는 상식적이고 창의성이 돋보이지는 않음. 동료들의 평가는 "개인적으로 업무 능력이 아주 뛰어나다기보다는 어딘가 우리보다 5년쯤 앞서가는 회사에서 이미 일반화해놓은 선진적인 업무 방식을 그저 성실하게 우리 업무에 적용하는 듯함"이라는 의견이 공통적임. 그러나 주목할 점은 평가 대상자가 그런 기관에서 일한 적이 한 번도 없다는 사실임(경력 사항 참조).

그렇게 쭉 이어지다가 익숙한 이름 하나로 끝나는 문건이었다.

추천인 송민아리.

그 여자가 추천서에 쓴 말이 무슨 의미인지 알 것 같았다. 누가 보면 정말 아무렇지도 않은 일인데 그 사람이 하는 걸 보기 전에는 아무도 그런 식으로 일을 해본 적이 없다는 사실. 아울러 에스컬레이션 위원회에서 그를 고용한 이유도 알 것 같았다. 본문에 소개된 업무 능력도 물론 눈에 띄기는 했겠지만, 그보다 중요한 건 아마 맨 끝에 붙어 있는 이름 넉 자였을 것이다. 그렇게 생각한 것은 둘째 오빠가 직접 말로 전한 한마디 때문이었다. 그 회사가 그 사람을 키울 생각이었던 것 같다는 말. 누구한테 물어봤는지는 모르겠지만 정보를 전해준 안보 쪽 담당자는 이민소라는 사람을 그 한마디로 요약했던 것이다.

그리고 아마도 그것은 그 분야 사람들 전체의 공통적인 의견일 가능성이 높았다. 어렸을 때부터 봐서 알지만, 그 사람들은 늘 그런 식으로 생각하고 말하고 행동하곤 하니까.

'그러니까 유능해서 취직시켜준 게 아니라 잘 보이는 데 두고 감시하려고 데려다 놓은 거란 말이지? 그 화이트칼라 용병 엘리트 집단이랑 무슨 네트워크 같은 게 있을지도 모르니까. 정확히 무슨 용도로 활용할 수 있을지는 잘 파악도 못 한 상태에서 말이지. 그래서 출입증을 안 내주는 건가? 의심스러워서? 게다가 그 위에 나 같은 낙하산까지 하나 투하해놓고. 아빠는 좀 더 많이 알고 계시려나.'

밖에는 비가 내리고 있었다. 흐르지 않고 차 앞 유리 위에 점점이 쌓여가기만 하는 정도의 가는 빗방울이었다.

'이 사람은 정체가 뭐지?'

고개를 돌려 선배를 바라보았다.

"저 파란 우산은 여기도 나타났네요."

그 말에 선배가 건성으로 대답했다.

"그러네."

하지만 윤희나에게는 그 모든 것들이 더 이상 예사롭게 보이지 않았다.

그리고 그날 저녁에 공습경보가 울렸다. 계획한 대로 차와 사람들이 나타나 다리 진입로를 막고 빠져나오는 차량의 이탈을 재촉했다. 윤희나는 다리 한가운데 세워놓은 차들을 내보내는 역할을 맡았다. 원래는 윤희나가 운전을 하고 선배가 확성기를 잡기로 했지만 선배는 영 열의가 없어 보였다. 평소 같았으면 불만이었겠지만, 그가 놓인 처지를 생각해보니 이해가 가지 않는 것도 아니었다. 본인이 뭘 얼마나 알고 있는지는 모르겠지만.

거의 텅 비어 있는 다리 위를 차로 달려갔다. 늘 있던 차들이 자취를 감추자 의외로 이국적인 풍경이 나타났다. 양옆으로는 한강이 시원시원하게 펼쳐져 있었다. 차체가 높지 않아서 시야가 탁 트인 편은 아니었지만, 텅 빈 다리 위를 질주하는 기분을 내는 데 지장을 줄 정도는 아니었다.

다리를 빠져나와 임시대피소 입구로 접어들려는 순간 전화기로 피폭 지점 정보가 날아들어왔다. 만약 그 장소에 미사일이 떨어졌다면 대피할 시간이 충분하지 않았다는 뜻이었다. 그래도 상관은 없었다. 어차피 대피 같은 건 그다지 열심히 하지도 않았으니까.

전화기를 확인했다.

"다리에 떨어진 것 같지는 않은데요. 그냥 넘어가기로 한 걸까요? 해명을 받아들인 건가."

"설마."

선배가 말했다. 그 사람이 그렇다면 그런 것이다. 그가 다리 쪽으로 돌아서며 한마디를 덧붙였다.

"그냥 빨리 맞는 편이 나은데."

민소가 말한 대로 긴장이 지속됐다. 미사일이 떨어지는 나날을 일상이라고 불러도 좋을지 모르겠지만, 아무튼 일상적인 수준으로 돌아가기 힘든 본질적인 변화가 일어난 느낌이었다. 군인들이 일사불란하게 움직이는 모습이 눈에 띄곤 했다. 여론은 아직 그 사실을 모르고 있었기 때문에 그다지 동요하지 않았다. 정부는 신경이 날카로워진 듯했다. 정권이 어땠는지는 아직 알 수 없었다. 정권과 정부를 동일시하는 게 항상 정답인 시대는 아니었기 때문이다.

그리고 마침내 정부가 에스컬레이션 위원회를 본격적으로 만지작거리기 시작했다. 정확히 말하면 국방전략미사일위원회라는 국방 관련 정책 결정자들의 비공식적 협의체였다. 언젠가 진짜 확전을 검토해야 할 순간이 오면 정책 결정자들이 에스컬레이션 위원회가 남긴 문건들을 맨 먼저 들여다보게 될 거라던 민소의 말이 드디어 현실로 옮겨지기 직전이었다. 그리고 그 사조직에 가까운 협의체에는 윤희나의 부친이 속해 있었다.

"뭔가 중요한 계기가 딱 하나만 더 생기면 위원회가 제대로 작동하기 시작할걸."

민소는 윤희나의 가족관계 같은 건 신경 쓰지 않는다는 듯한 말투로 이야기했다. 언제나 그렇듯 구경꾼 같은 모습으로 현장을 서성이다가 꺼낸 말이었다. 그는 현장 자체보다 그 뒤에서 일어나는 일들이 더 신경 쓰이는 모양이었다. 직접 눈으로 볼 수 없는 진짜 국가가 움직이는 모습이.

"그래도 정부가 제대로 신경을 써주는 게 좋겠죠?"

윤희나가 물었다. 민소가 고개를 끄덕였다.

윤희나는 자신이 에스컬레이션 위원회에 온 지 얼마 안 됐을 때 선배가 한 말을 떠올렸다.

"클라우제비츠 책에 나오는 건데, 한쪽에 정부, 군부, 국민 세 가지가 있고 다른 쪽에는 무조건적이고 야만적인 폭력, 도박성 혹은 다른 말로는 모험, 그리고 합리성 이렇게 세 가지가 있어. 물론 전쟁의 속성에 관한 거야. 이쪽에 있는 세 개를 저쪽에 있는 세 개에 하나씩 연결시켜봐. 뭐랑 뭐가 짝을 이루는 게 맞을까?"

그러면서 그는 수첩에 정부, 군부, 국민, 그리고 폭력성, 도박성, 합리성이라는 글자를 각각 한 줄씩 위에서 아래로 적어 내려갔다.

"어려운데요. 짝 맞춰서 줄 그으면 되는 거예요? 군부가 폭력이고 정부가 도박성이고 국민이 합리성일까요? 모험은 국민이랑 더 관련이 있나?"

"제대로 연결하는 사람이 별로 없는데 정부가 합리성, 군부가 도박성, 국민이 폭력성이야."

"듣고 보니 그런 것도 같고요."

"다른 답을 보면 또 그것도 맞는 것 같겠지."

"그렇긴 해요."

"정부가 합리적이라는 건 합목적성이나 실용성을 띤다는 의미에 가까워. 무제한적인 폭력을 행사하려고 하지는 않는다는 거지. 정해진 목표를 얻기 위해서 딱 그만큼의 수단만 사용하려고 한다는 거야. 공무원들이 엄청 이성적이라는 뜻이 아니라."

"아."

"군부가 도박성을 띤다는 건, 군인들은 전쟁에 나가서 공을 세우고 싶어 한다는 거야. 판돈이 크게 걸린 상황에서 자기들이 모험의 중심에 서는 걸 바란다는 거지. 그래야 명성을 얻고 성장하는 직업이니까. 헷갈리는 건 폭력성 부분인데, 클라우제비츠가 본 건 나폴레옹 시대의 전쟁이었거든. 그 전까지는 제한전쟁이라고 해서 딱 정해진 목표를 걸고 싸워서 이긴 쪽은 그거 가져가고 진 쪽은 배상금 내고 퇴각하는 식의 전쟁이 일반적이었대. 그런데 혁명을 통해서 국민들이 나라를 장악해버린 프랑스에서는 좀 다른 개념이 생겨났다는 거지. 적국을 절멸시켜버리겠다는 감성 같은 거. 그 전에는 그런 감성이 일반적인 게 아니었거든. 적어도 그쪽 동네에서는."

"왕가들끼리 서로 친척이어서요? 이웃 나라가 전쟁에서 진 나라 왕 정복고 시켜주고 뭐 그런?"

"그렇기도 하겠지. 하여간 클라우제비츠 책에 나오는 절대전쟁은 그런 거야. 뉴턴 물리학에 나오는 마찰이 없는 상태 같은 거. 움직이는 물체를 가만 놔두면 어떻게 되겠느냐, 전쟁이라는 걸 자연 상태 그대로 두면 어떻게 되겠느냐, 뭐 그런 거지. 그렇게 내버려두면 무제한적인 폭력성 같은 게 튀어나오게 되는데, 그걸 이끌어낼 수 있는 건 국민들이라는 거야. 순전히 이론적인 이야기지만. 하여간 국민을 그런 식으로 부추겨서 분노한 상태로 만들어버리면 어마어마하게 강력한 힘을 얻을 수 있는데, 클라우제비츠 시대 사람들이 보기에 그건 너무 야만적이었다는 거야. 그걸 이용하는 놈들이 야비한 놈들이라는 거지."

"나폴레옹 시대에요?"

"메테르니히 시대도 그렇고. 아무튼 백 년이 지난 뒤에야 제대로 알게 된 거지만, 일단 그 상황이 되면 아무도 막을 수가 없거든. 수백만 명씩 죽어나가도 그 흐름을 늦출 수가 없다는 거야."

"1차 대전이 그랬다는 거죠?"

"그래서 그렇게 되기 전에, 정부가 합목적성을 가지고 상황을 하나하나 따지는 편이 안전하다고. 돈 세듯이."

"알 것 같아요. 군부는 돈을 한 장 한 장 안 세고 어느 순간 올인을 해버리니까."

"에스컬레이션을 재촉하지. 그렇다고 판돈을 본인들이 다 낼 수 있는 것도 아니면서 말이야. 결국 국민들이 절대전쟁 상태로 변해야 지불이 가능한 거니까."

그렇게 말하면서 그는 볼펜을 들고 종이 위에 있는 여섯 개의 단어 전체를 큰 동그라미로 묶었다.

"아무튼 오늘의 교훈은, 이걸 다 합친 게 국가라는 거. 에스컬레이션은 이걸 다 합친 국가 안에서 일어나는 거고. 이게 민주주의 체제 안에서 작동하는 거야."

그리고 사흘 후에 미사일 스무 개가 서울을 강타했다. 그중 하나가 에스컬레이션을 재촉하는 결정적인 계기가 되었다. **마포구 서교동 490.** 그 미사일이 강타한 곳은 600세대 이상이 거주하는 세 동짜리 아파트에 각종 의류 브랜드 매장이며 식당, 카페 같은 것들이 함께 들어서 있는, 도심 중에서도 좀 더 도심처럼 생긴 진짜 인구 밀집 지역이었다.

달아날 곳이 없어진 라비앙로즈

"심하네요."

"폭발력이 그릇처럼 이 안에 담겨 있었던 모양이야."

민소는 윤희나의 옆구리에 매달려 있는 방독면 가방을 바라보았다.

140

"그렇게 예쁜 걸 매고 다녀도 된대?"

"특별한 지침이 없어서 물어봤더니 아무거나 매고만 있으면 된대요. 방독면 소지하고 있는 걸 사람들이 보기만 하면 된다고. 우리 생각해서 매라는 건 아니니까요."

"그래? 그런 건 얼마나 해?"

"왜요? 예쁜 거 쓰시게요?"

윤희나는 얼굴에 미소를 머금은 채 선배 쪽을 바라보다가 갑자기 얼굴을 찌푸렸다.

"아, 선물하려고 그러시는 거구나. 현정 씨 아직 만나요?"

대답은 듣지 못했지만 아무래도 그런 모양이었다. 어딘가 살아 있다 해도 송민아리라는 여자는 어차피 다시 만날 수 있는 사람은 아니라고 생각하는 듯했다.

"하나 골라드려요?"

왜 방독면에 관심을 갖는 걸까. 정말로 수상한 탄두가 미사일에 실려 올지도 모른다고 생각하는 걸까. 그럼 큰일인데. 군인들이 하는 말이야 그저 겁주려는 건가 보다 하고 넘어가면 그만이지만 이 선배가 그렇게 생각하는 건 좀 문제가 있는데.

민소는 고개를 저었다. 그리고 피해 현장을 둘러보았다. 언제나 그렇듯 조사 담당자가 아니라 구경 나온 동네 주민 같은 어색한 몸놀림이었다.

미사일은 아파트 건물 세 동 사이, 작은 분지처럼 움푹 팬 쇼핑몰 한가운데에 떨어졌다. 미사일이 떨어진 지점은 바닥이 꺼진 채 처참

하게 망가져 있었다. 깨져버린 바닥 아래로 지하층이 드러나서 분화구 느낌을 주지는 않았지만, 무슨 일이 일어났는지는 대충 짐작할 수 있었다. 쇼핑몰 전체에 흩뿌려져 있는 수백 장의 깨진 유리도 마찬가지였다. 유리창이 깨진 방향이나 시커멓게 그을린 벽, 불에 타다 만 포스터 같은 것들을 가만히 바라보고 있으면 어렵지 않게 폭발 순간의 상황을 머릿속으로 재현해낼 수 있었다.

윤희나는 고개를 들어 위를 올려다보았다.

"여기 유명한 사람 누가 살고 있댔는데. 그런 말 안 나왔어요?"

윤희나는 선배를 대하는 게 조금은 어색해졌다고 느꼈다. 그러다 보니 쓸데없이 가벼운 농담이 튀어나왔지만 선배는 신경 쓰지 않는 눈치였다.

민소는 고개를 들어 위쪽을 바라보았다. 머리 바로 위에는 앙상하게 뼈만 남은 우산 몇 개가 줄을 지어 공중에 매달려 있었다. 피폭 현장 여기저기에 떨어져 있는 우산들이 전부 어디서 왔는지 알 것 같았다.

'여기도 우산이네.'

근처에 우뚝 솟아 있는 세 동의 아파트 건물은 폭발 지점에서 꽤 멀리 떨어져 있는 데다 복잡하게 생긴 다른 구조물들에 가로막혀 있어서 직접 폭발 피해를 입은 것처럼 보이지는 않았다. 유리창이 깨진 층은 더러 있었지만 그냥 그뿐인 것 같았다.

"주민들보다는 놀러 온 사람들이 더 큰 피해를 입었겠지. 대피를 안 했을 수도 있고."

민소는 발끝으로 바닥에 떨어진 우산 하나를 뒤적거리다가 폐허 더미 사이에서 이상한 물건을 발견했다. 그는 허리를 숙여 그것을 자세히 들여다보았다.

"뭐 있어요?"

윤희나가 다가와 그의 옆에 섰다. 그리고 둘이 똑같이 허리를 숙인 채 그 이상한 물건을 가만히 내려다보았다. 손가락이었다. 홀로 몸에서 떨어져 나온 가늘고 긴 누군가의 손가락.

윤희나가 재빨리 허리를 펴고는 당황한 듯 두 걸음 뒤로 물러났다. 그리고 민소의 옆얼굴을 바라보았다. 민소가 말했다.

"이번 공격은 돌이킬 수가 없겠는데. 희나 씨가 그럴 정도면."

원래부터 하늘이 바로 보이는 쇼핑몰 지하 1층, 불길이 지나간 흔적이 남은 골목을 돌아보면서 민소는 곰곰이 생각에 잠겼다. 돌이킬 수 없게 된 에스컬레이션에 관한 것이 아니었다. 그건 이미 기정사실이 된 지 오래였다. 그의 마음을 사로잡는 건 달리 있었다.

우산. 바로 우산이 문제였다. 그런데 왜 우산 같은 게 그렇게 신경이 쓰이는지 알 수 없었다. 늘 현장 근처를 서성이던 파란 우산을 든 남자가 언뜻 떠올랐지만, 그것만으로는 전혀 새로울 게 없었다. 새삼스럽게 온 신경이 집중될 필요가 없다는 뜻이었다.

'그런데 뭘 본 거지? 뭔가 본 게 틀림없는데.'

사무실에 돌아가니 군 출신 직원들이 전부 자기들끼리만 하는 회의에 들어가 있었다. 방아쇠가 당겨지고, 에스컬레이션이 빨라질 모양이었다. 이제 본격적으로 시작인가 하는 생각이 들었다. 텅 빈 사무실을 돌아보며 민소가 윤희나에게 말했다.

"한 일주일에서 열흘쯤 남았을 거야. 나는 당연히 그만두라고 할 테고, 희나 씨는 어쩌면 더 있으라고 할지도 모르지. 그 전에 끝낼 일이 있는데."

"보고서요?"

윤희나는 민소가 몇 달간 작성하고 있던 긴 보고서를 떠올렸다. 국민도 군부도 아닌 정부 입장에서 본 에스컬레이션 보고서. 하지만 그거라면 따로 마무리 같은 걸 할 필요가 없었다. 미사일이 계속해서 날아오면 추가될 부분은 당연히 늘어나겠지만, 지금까지의 전개에 관해서라면 새삼스레 정리할 필요가 없을 만큼 충분히 완결성이 있는 보고서였다. 그러니 끝낼 일이 있다는 건 다른 일을 말하는 것이었다.

"사라진 식당들 말씀하시는 거죠?"

"그때까지 알아낼 수 있으면 그것까지 마무리하고 가려고. 입증할 수 있는 증거가 발견되면 말이야. 아니면 그냥 넘어가야 될지도 모르고."

윤희나는 고개를 끄덕였다.

"그럼 다른 일은 제가 맡아서 할게요."

민소마저 밖으로 나가버린 사무실은 마치 한가한 토요일 오후처럼 평화롭기만 했다. 윤희나는 사무실 텔레비전을 켰다. 하루 종일 뉴스 채널에 맞춰져 있는 텔레비전이었다. 화면이 밝아지자마자 현장에서 본 그 손가락이 나타났다. 아무래도 흉행할 손가락인 모양이었다. 방아쇠를 당길 손가락.

아빠가 뉴스에 나왔다. 무언가에 대해 사과를 하고 있었다.

선배의 말이 떠올랐다.

"고위 공직자들이 사과 같은 거 할 때 정확히 누구한테 사과를 하는지 잘 들어봐."

"국민들한테 하는 거 아니에요?"

"자세히 들어봐. 방금, 들었어? 국민들한테 하는 게 아니라 국민들께 심려를 끼친 데 대해서 사과하는 거잖아. 항상 그래. 굳이 콕 집어서 국민들께 심려를 끼친 데 대해서만 사과를 해. 사람한테 사과하는 게 아니라 심려한테 사과한다는 말이야."

"그게 무슨 뜻이에요?"

"아리스토텔레스 수사학에 그런 게 나와. 사람을 설득할 때 어떤 방식으로 말할 것인가. 이성에 대고 이야기하거나 윤리나 도덕성에 의지하거나 감성에 호소하거나."

"로고스 에토스 파토스요?"

"그래, 그거. 저런 데 나와서 연설하는 사람의 말은 그 셋과 관련이 있어야 된다는 거야. 그런데 신기한 건 어느 시대 어떤 집권 세력에 속한 사람들의 경우에는 합리성이나 도덕성에 문제가 생겨도 흠집이 안 나는 상태가 되기도 한다는 거지. 그게 왜 그런지는 모르겠어. 아무튼 결과는 그래. 그 사람들 반대 세력들은 지금 하는 말이 몇 년 전에 자기가 한 말과 어긋난다는 사실이 밝혀지면 지지 세력을 잃고 낙

마를 하거든. 아주 사소한 거라도 윤리적인 문제가 불거지면 말할 나
위도 없고. 그런데 이 집권 세력에 속한 사람들은 똑같은 문제가 발생
해도 끄떡을 안 해. 그럼 이 사람들이 어떻게 하겠어? 자기네를 포함
해서 모두에게 적용되는 합리성이나 도덕성 이슈 같은 걸 나라 전체
에 퍼뜨리는 거야. 그럼 반대 세력들은 틀림없이 낙마하거든. 극소수
만 빼고. 그러고 나면 로고스와 에토스에 대해서는 절대 책임을 안 지
는 뻔뻔한 우량종들만 살아남는 거야."

"끔찍하네요."

"끔찍하지. 그런데 그 사람들이 무서워하는 게 딱 하나 남아 있거
든."

"파토스요?"

"그렇지. 국민 정서에 대해서만 책임을 지는 정치가가 대량생산되
는 거야. 저쪽이나 이쪽이나 똑같아."

"그럼 어떻게 되는데요?"

"국민을 로고스나 에토스 상태에서 끌어내 파토스 상태로 바꾸는
거지. 거대한 정념 덩어리가 되게 하는 거야."

"그럼 뭐가 되는데요?"

"클라우제비츠가 생각한 버전의 국민."

"다른 버전이 있나요?"

"다른 버전도 있어. 칸트가 생각한 국민. 미국 사람들 좋아하는 민
주주의 평화론의 시조로 받아들여지는 생각. 실제로는 그거랑은 좀
포인트가 다른 내용이지만."

146

"칸트가요? 그 칸트?"

"다른 칸트는 모르는데. 그 칸트 맞겠지? 아무튼 칸트가 쓴 영구평화론이라는 게 있어. 간략하게 이야기하면 그 당시 칸트가 보기에 국가들이 자꾸만 전쟁을 하는 건 전쟁을 하기로 결정하는 사람과 피해를 보는 사람이 다르기 때문이라는 거야. 선전포고는 왕이 하고 죽어가는 건 일반 백성이라는 거지. 그런데 민주화가 돼서 일반 국민들이 전쟁을 결정하는 사람도 되고 전쟁의 피해자도 되는 상황이 찾아오면,"

"전쟁을 안 하게 된다고요?"

"응, 그런데 그렇게 쉽게 학습되는 내용은 아니고, 지겨울 정도로 수도 없이 싸우고 나서야 그런 생각을 하게 된다는 거야. 오래 산 부부가, 하도 싸워서 이제 싸우나 마나 어떻게 될지 빤히 아니까 그냥 안 싸우는 것처럼. 그러면,"

"영원한 평화가 올지도 모른다고요? 죽도록 싸워보고 나서야?"

"그래서 겨우 조금씩 학습이 된다는 거지. 칸트 본인도 그걸 진짜로 믿었는지 어쨌는지는 모르겠어. 좀 블랙코미디 같은 소리라. 아무튼 중요한 건 국민의 상태가 로고스에 가까워져야 평화로 갈 가능성이 그나마 좀 높아진다는 거야. 클라우제비츠 식으로 말하면 폭력성을 대변하는 국민이 합목적성을 대변하는 정부와 일체가 되는 순간을 말하는 거지. 그 접점이 꼭 로고스라는 보장은 없지만. 심지어 파토스에 가까워지면 클라우제비츠의 국민이 될 수도 있는 거고. 절대전쟁을 실제로 수행할 수 있는 무제한적이고 야만적인 폭력성을 갖춘 국민 말이야. 아무튼 핵심은 이거야. 어떤 특정 정치 세력이 특별히 장기적이고 침략주의적인 계획 같은 걸 세우지 않고도, 그냥 평범한 국내 정치 상황에서 개개인이 지극히 단기적인 관점에서 지극히 사적인 이득을 추구하는 선택을 하는 것만으로도 국가를 전쟁 상태로 몰고 갈 수 있다는 거. 마치 누군가 정교한 음모를 꾸미기라도 한 것처럼 말이야."

그 대화를 떠올리며 뉴스에 나온 아빠의 얼굴을 한참 동안이나 들여다보았다. 미사일 공격과 직접 관련해 사과하는 것도 아니었고, 꼭 집어 '심려'라는 표현을 쓰고 있는 것도 아니었다. 하지만 사람에게 사과하는 게 아니라는 점은 분명했다. 선배가 말한 대로 그 사과는 감정으로 재정의된 국민이라는 가상 집단에 대한 사과였다.

'어쨌거나 일단은 무죄란 말이지, 개개인은?'

선배가 입증하려고 하는 그 일이 사실로 밝혀진다면 조금 다른 결론이 나올 수 있었다. 대부분의 개인은 무죄가 되겠지만, 그중 일부는 국가가 전쟁 상태로 전환된 것에 대해 남들보다 더 큰 책임을 져야 할지도 모른다. 누군가 인위적으로 에스컬레이션 과정을 재촉한 정황이 드러난다면.

'그 누군가라는 거, 선배가 목표로 삼고 있는 건 혹시 국방전략미사일위원회인 걸까?'

그 시간에 민소는 현정 씨와 얼굴을 맞대고 서 있었다. 삼십 센티미터가 될까 말까 한 가까운 거리였다.

148

두 사람 근처에는 처음 본 사람들이 가득했다. 그리고 그들 모두가 거의 몸이 닿을 듯 가까운 거리에 서 있었다. 사람들로 빽빽이 들어찬 공공대피소. 옆으로 몸을 틀지도 못할 만큼 갑갑한 공간. 공습경보에 붙들려 일상을 잠시 반납한 사람들. 민소도 그중 하나였다. 현정 씨도 마찬가지였다.

두 사람은 한동안 말없이 서 있었다. 긴장감마저 느껴지는 무거운 침묵이었다. 뭔가 할 말이 있어서 불러냈다는 사실을 눈치채고 있으면서도 현정 씨는 언제나 그랬듯 부담스러운 내색을 하지 않았다. 호감을 사는 게 임무였으니까. 민소가 낮은 목소리로 말했다.

"낙성대 쪽에 와인바가 있어요. 와인바인지 칵테일바인지, 와인바에서 시작해서 메뉴가 조금씩 조금씩 바뀌다가 지금은 그 중간쯤이 된 것 같아요. 카레라이스도 파는 것 같던데, 이름이 야근 카레였나 그래요."

일상적인 이야기가 나오자 현정 씨는 마음을 좀 놓은 듯했다.

"야근하고 집에 가는 길에 들른 사람들 먹으라고 만든 거예요?"

"먹으라고 만든 게 아니라, 그런 사람들이 먹을 걸 내놓으라고 해서 만든 걸 거예요."

현정 씨가 살짝 미소를 지었다. 웃음소리 대신 살짝 새어 나온 숨소리가 딱 정확히 히읗처럼 들렸다. 온라인상에서 웃음소리를 대신하곤 하는 바로 그 히읗. 민소가 계속해서 말했다.

"그 집에 라비앙로즈라는 칵테일이 있어요. 헨드릭스 진 토닉에 장미차 탄 거."

"헨드릭스 진 토닉은 뭔데요?"

"헨드릭스라는 진으로 만든 진 토닉이래요. 레몬 대신 오이가 들어가는데, 오이 향이 그렇게 진한지 몰랐어요. 오이는 잘 드세요?"

"그럼요, 오이도 엄청 좋아해요."

"헨드릭스가 원래 오이 향도 나고 장미 향도 난대요. 저는 잘 모르겠던데. 거기 들어간 오이 때문에 장미 향은 나는 줄도 몰랐어요. 장미차가 들어간 잔을 앞에 딱 놓고 봐야 장미 향이 보이는 수준이라."

"장미 향이 보여요?"

"꽃이 들어 있거든요. 연한 핑크색이 나는 작은 봉오리가 몇 개 띄워져 있어요. 오이도 작은 조각으로 들어가 있고."

"시원하겠네요."

"향도 시원하고 맛도 시원하고 보기에도 시원해요. 투명하게 생겼거든요. 맛도 딱 그런 것 같아요. 향도 그렇고. 무겁지가 않아서 좋아요. 와인이 좋은 자리에 눌러앉아서 오래오래 소파에 붙들리고 싶은 맛이라면, 라비앙로즈는 막 돌아다니고 싶은 맛인 것 같아요. 빙글빙글 돌면서 이리저리 팔랑팔랑. 아무 데도 안 부딪치면서요."

"여기도 어서 그렇게 됐으면 좋겠네요. 오늘은 유독 대피소에 사람이 많아서 좀 갑갑한데, 무슨 일이래요."

"어제 그거 때문에요."

"메세나폴리스? 아, 진짜로 대피하는 사람 자체가 많아졌구나."

"이제 계속 이럴 것 같아요. 사람들이 아예 밖에 안 나올 때까지는."

"정말 그런 거예요? 마음이 무겁네요."

150

"무겁죠."

민소는 피폭 현장에서 발견한 손가락을 떠올렸다. 숨겨버리고 싶었지만 그럴 수는 없었다. 그의 일은 관찰하고 보고서를 작성하는 것이지 개입하는 게 아니었다. 그래도 그 손가락이 어떤 역할을 하게 될지는 쉽게 예상할 수 있었다. 부글부글 끓어오르는 여론. 처음에는 어떻게 해야 할지 몰라 이리저리 산발적으로 튀어 오르기만 하겠지만, 어느 순간 그런 작은 파장들이 모여 거대한 파도를 이룰 게 분명했다. 문제는 그다음이었다. 튀어 나갈 데가 없는 압력. 국경을 접하고 있지 않은 적. 잔뜩 흔들어놓은 콜라 병. 닫혀 있는 병마개. 뜨거운 햇살. 타는 듯한 갈증. 그리고 뚜껑을 여는 손. 튀어 나갈 구멍이 단 하나라도 생겨난다면.

현정 씨가 다시 말을 이었다.

"그 칵테일바는……."

"아, 거기. 거기는 뭐랄까, 일단 편안한 데예요. 혼자 놀러 온 사람도 많고, 많아야 두셋씩. 바에 둘러앉아서 한잔하고 가기 좋고. 동네 바 같은 분위긴데, 평범한 동네 바라고는 해도 사실 한국에는 그런 데가 별로 없잖아요. 조명도 안 어둡고 술집인데 뭔가 밝은 분위기고, 망가지러 가는 게 아니라 쉬러 가는 기분도 나고."

"그러게요. 오히려 낯설게 들리는데."

"네. 편안한 분위기인데 사실 자세히 뜯어보면 좀 마구잡이거든요. 책장에 만화책 같은 거 잔뜩 꽂혀 있고, 보드게임도 막 큼직큼직한 박스 같은 게 여기저기 보이고. 이것저것 주인 취향대로 갖다 놓았는데,

그냥 그게 잘 어울리니까 뭐. 음악도 귀를 기울이게 만드는 것 같지는 않은데 나중에 생각해보면 좋은 것 같고. 아무것도 아닌 것 같은데 그대로 따라해보면 절대 그 분위기가 안 나는 그런 거. 대강 무슨 느낌인지 알겠죠?"

"필터네요. 누군가가 한번 걸러준 무난함 같은 거."

"네, 꽤 잘 걸러낸 편안함이에요."

"거기도 사라졌어요?"

현정 씨가 그의 얼굴을 살짝 올려다보며 물었다. 많은 생각이 담긴 눈빛이었다. 할 말이 있으면 이제 꺼내도 좋다는 신호 같은 표정. 민소는 그 얼굴을 가만히 바라보았다.

'이 사람은 나한테 진짜 호감 같은 걸 가져본 적이 있을까. 이 일이 다 끝나고 몇 년이 지나면 이 사람은 주위 사람들에게 내 이야기를 하게 될까. 만약 하게 된다면 그건 또 어떤 이야기들일까. 추억에 가까운 것일까. 전리품 같은 걸까. 아니면 그냥 일에 관한 이야기일까.'

꽤 오랜 시간 동안 조금도 흔들리지 않고 살짝 미소 띤 표정을 짓고 있는 그 얼굴을 보면서 민소가 천천히 입을 열었다.

"무사해요. 다음에 같이 가자고요. 진심이에요."

그 여자의 얼굴에 웃음이 퍼져나갔다. 이건 분명 좋은 기억이 되겠지 싶은 웃음이었다.

그 웃음이 채 가시기 전에 민소가 물었다.

"그쪽에서는 어떻게 할 생각이래요? 혹시 들은 거 있어요?"

"네?"

현정 씨가 되물었다. 여전히 웃음 띤 얼굴 그대로였다. 다시 민소가 말했다. 이번에는 거의 속삭이듯 작은 목소리였다.

"전쟁이요. 그쪽 정부는 어쩔 생각이래요? 진짜로 이대로 충돌하게 되는 걸까요? 누구한테 물어보면 되죠? 진짜 그쪽 의도가 뭔지 알려면 누구 입을 들여다봐야 좋을까요?"

현정 씨는 민소 쪽을 향해 있던 귀를 거둬들이고는 대답 대신 살짝 굳은 표정을 얼굴에 띠어 보였다. 그리고 가볍게 한숨을 내쉬었다.

"알고 있었어요, 역시?"

"알고 있었어요."

침묵이 흘렀다. 대피소에서 틀어놓은 라디오 소리가 두 사람의 틈새로 파고들었다. 한참이나 시간이 흐른 뒤에 현정 씨가 기어들어가는 목소리로 마지못해 말을 이었다.

"저도 그런 건 잘 몰라요."

"정말이에요?"

"네, 미안해요."

"아니에요, 고마워요. 그리고 아까 그 말 진심이에요. 다음에 꼭 같이 거기 가요."

사이렌은 아직 울리지 않았고, 주위는 여전히 사람들로 가득했다. 달아날 데 없는 곳에서 연극이 끝났다는 신호를 들은 현정 씨가 어떻게도 하지 못하고 가만히 서 있는 모습을 보면서 민소는 괜한 짓을 했나 하고 후회했다.

'다른 데서 이야기할걸.'

민소는 한 발 앞으로 다가가 현정 씨를 말없이 끌어안았다. 그가 서 있던 자리에 빈 공간이 생겨나자 곧바로 누군가의 몸이 그곳으로 파고들었다. 금방 메워져버린 그 빈 공간이 등으로 느껴졌다. 등 뒤에서 방아쇠가 당겨지는 느낌이었다.

에너지대책회의

"현정 씨는 그쪽하고는 관련이 없는 것 같아."

"직접 물어보셨어요?"

"천천히 알아낼 시간이 없으니까. 이것저것 물어봤는데 미사일 통제 부서 쪽하고 직접 닿아 있는 것 같지는 않아. 그래서 민아리가 나한테 메시지를 직접 전달하지 못한 것 같아. 저쪽 정부도 우리처럼 계통이 하나가 아니어서."

"현정 씨는 에스컬레이션 위원회 쪽?"

"정부 쪽 라인. 역시 동업자였나 봐."

"동업자라. 그럼 민아리 씨는 무슨 메시지를 전하려고 한 걸까요? 본인이 살아 있다는 거?"

"그것보다는 좀 더 중요한 게 아닐까. 나한테 굳이 그런 걸 알려줄 사람이 아니거든. 다른 걸 전하기 위해서 어쩔 수 없이 자기가 살아 있다는 사실을 증명해야 하는 거면 몰라도. 그냥 살아 있는 게 아니라 저쪽 미사일 발사팀에 들어가 있다는 것 이상의 뭔가 중요한 메시지를 전하려 한 걸 거야. 그런데 그게 현정 씨를 통해서 전할 수 있는 메시지는 아니었던 것 같고, 어쩌면 누구를 통해서도 전할 수 없는 메시지일지도 몰라."

"왜요?"

"누구도 알아서는 안 되니까. 이를테면 모두가 뭔가를 숨긴 채 어떤 행동을 하고 있다거나. 극소수를 제외한 모든 계통의 모든 관계자들이 말이야."

"그건 좀 확대해석 아닐까요?"

"증거로 뒷받침할 수 있는 부분은 아니지. 그래도 메시지의 성격이 그래. 사라진 식당 리스트, 그건 너무 개인적이거든. 나 혼자만 알아볼 수 있을 정도로. 나 말고 다른 사람은 아무도 모르게 숨겨둔 메시지라는 거야. 아무도 모르게."

"바로 옆에 있는 사람조차도 모르게요?"

그 순간 민소가 눈썹을 살짝 추켜올렸다. 그리고 곧 아무렇지도 않은 목소리로 대답했다.

"수취인 한 사람 빼고는 아무도 모르게. 그러면 메시지를 담는 매체가 너무 한정되니까, 분명 매체 자체에 어떤 메시지가 담겨 있도록 했을 거야. 보는 순간 내가 절로 알아채야 하는 사실 같은 게 있었을지도 모르지."

"어쨌든 송민아리 씨가 살아 있다는 것 자체가 그 비행기 실종 사고가 조작된 사건이라는 걸 말해주는 셈이 되겠죠. 송민아리 씨 혼자만 살아남은 게 아니라 팀 자체가 어디론가 잠적했다는 뜻도 되고. 일단 거기까지를 진실로 가정하고 넘어가보자고요. 그럼 다음 메시지는 뭘까요?"

"정밀 타격했다는 거 아닐까?"

"역시 그렇겠죠? 그 식당들이 우연히 그렇게 사라진 게 아니라면 결국 정밀 타격을 했다는 거고, 다시 말해서 정밀 타격 능력이 있다는 거고, 그리고."

"실제로 그 일을 해왔다는 거겠지."

"음, 확증할 수만 있으면 의미는 있는 가설이겠지만, 그런데 그 생각을 아무도 안 해본 건 또 아니잖아요. 누구나 의심하고 있는 건데. 뭔가 명쾌하지가 않은데요. 메시지가 점점 분명해지다가 갑자기 모호해지는 느낌이에요. 이런 식으로 가기를 원한 건 아닐 텐데."

"그러게. 다른 증거가 있을 텐데. 힌트가 있었을 거야. 어딘가에."

"증거가 있다면 이야기가 달라지겠죠. 어디의 누구를 캐면 무슨 무슨 이야기가 나온다, 그런 거. 혹시 있어요?"

"글쎄."

"그리고 생각해봤는데요, 저쪽 나라랑 우리랑 거울 같은 사이랬죠?"

"제조 과정이 비슷하니까 기본적으로는."

"그럼 말이죠, 저쪽에 대해서 내릴 수 있는 결론은 우리 쪽에도 적용되는 거 아닐까요? 예를 들면, 우리를 제외한 모든 정부 관계자들이 무언가를 숨긴 채로 어떤 행동을 준비하고 있다든지."

"어쩌면 그럴지도 모르지."

윤희나는 목을 길게 빼고 주위를 둘러보았다. 사무실 안에는 두 사람 말고는 아무도 없었다. 군 출신 직원들이 전부 '전체회의'에 들어가 있는 까닭이었다.

'이 상황에서 어쩌면이라니. 저렇게 눈치가 없나.'

밤늦게 집으로 돌아가 샤워를 하면서 민소는 윤희나의 말을 떠올렸다. 거울상처럼 생긴 두 나라. 그 규칙을 적용해서 가설을 세워보는 건 괜찮은 사고방식인 것 같았다. 민소는 다시 생각만으로 알아낼 수 있는 것들에 집중했다.

'정밀 타격 능력이 있고 쭉 그래왔다는 게 첫 번째 힌트야. 그게 시사하는 게 뭐지?'

갑자기 그런 생각이 들었다. 사라진 식당들. 분명 민아리가 정밀 타격 능력이 있다는 사실을 보여주기 위해 폭격한 식당들이었지만, 다른 사람들 눈에는 그냥 우연히 생긴 피해처럼 보였을 것이다.

'아군한테나 적군한테나 무작위로 공격한 걸로 보였다는 거야. 다시 말해서 민아리가 통제하고 있었던 그 미사일들은 어떤 목표를 가지고 날아가서는 안 되게끔 돼 있었다는 거겠지.'

원래 무작위로 떨어지게 되어 있었다는 건 모든 미사일을 정밀 타격에 이용하고 있는 건 아니라는, 즉 모든 공격이 다 의도된 행위는 아니라는 것이었다. 바꿔 말하면 그 말은 곧 이런 뜻이었다.

'어떤 무기는 의도적으로 특정 지점을 노리고 떨어졌다는 말이야. 어쩌면 전쟁 내내. 적어도 꽤 오랜 기간 동안.'

의도했든 아니든 민아리의 메시지는 그런 것이었다. 그런 일이 벌어지고 있다는 게 아니라, 그런 일이 벌어지고 있을 가능성이 충분하다는 것. 그것도 양쪽 모두가 서로에게.

그동안 작성한 현장조사 보고서를 훑어보았다. 무슨 일이 일어나고 있었는지 알아보기 위해서였다. 에스컬레이션이 일어나게 했던 사건들. 우연히 일어난 피해라고 보기에는 너무나 기가 막힌 지점에 떨어진 미사일들.

머릿속에 지도가 그려졌다. 수십 개의 지점이 그 지도 위에 떠올랐다가 다시 사라졌다. 역시 추측일 뿐이었다. 확신이 생긴다 해도 증거가 없었다. 그것만 가지고는 아무것도 할 수가 없었다.

책상 앞에 앉은 채로 잠이 들었다. 한참 후에 고개를 들어보니 한 시간이 지나 있었다. 세수를 하려고 욕실로 들어갔다. 거울에 비친 수건에서 '기념'이라는 글자가 눈에 띄었다. 민아리가 취미로 만든 기념품 수건이었다.

경축 주민예 이경지 결혼 5주년 기념

'별걸 다 기념했네. 모여서 뭘 했는지 기억도 잘 안 날 지경인데.'

그때였다. 갑자기 무슨 생각이 떠올랐다. 수건, 민아리가 남긴 수건. 유품이라는 무게감조차 흐릿해져 원래 갖고 있던 사람들은 그냥 아무렇지도 않게 계속해서 갖고 있는 물건. 빨래통을 뒤져 윤희나가 그려준 혜진이네 집 베란다 그림을 찾아냈다.

'내가 이 집으로 찾아갈 줄 알았을 거야.'

방으로 달려가서 전화기를 찾았다. 꽤 늦은 시간이라 잠깐 망설였지만 다음 순간 곧바로 번호를 눌렀다. 신호가 갔다. 잠시 후 상대편 목소리가 들려왔다.

"여보세요."

밖을 보니 비가 내리고 있었다. 당분간은 계속해서 내릴 것 같은 비였다.

다음 날 아침 해가 뜨자마자 민소는 피폭 현장 몇 군데를 열심히 돌았다. 그런데 현장에 머무는 시간이 짧았다. 일을 하는 것 같지는 않더라는 것이었다. 사무실 사람들이 그 이야기를 하는 것을 듣고 윤희나는 민소에게 전화를 걸었다.

"뭐 하세요, 아침부터?"

민소가 대답했다.

"찾은 것 같아. 증거."

"네? 자세히 말씀해보세요. 아니다, 제가 갈게요. 어디예요?"

현장에 도착하니 그가 차 문을 열고 들어왔다.

"희나 씨 운전 잘해?"

"그럭저럭이요. 저번에도 타봤잖아요?"

"미행도 해?"

"미행은 왜요?"

"저 사람, 어디로 가는지 알아보려고."

"파란 우산이요? 뭣 때문에요?"

선배가 가방을 뒤적거리더니 휴대용 컴퓨터를 꺼내들었다. 위원회에서 지급한 기종이 아닌 개인 장비였다. 그러더니 화면에 사진을 불러냈다. 수건 사진이었다.

"이게 뭔데요?"

"민아리 유품. 동생한테 있던 거."

"혜진 씨네 집에요? 근데 이게 왜요?"

"글자를 봐."

수건에는 글자들이 찍혀 있었다. '축, OOO 기념'이라는 글귀가 박혀 있는 수건을 찍은 사진이 스무 장쯤 계속해서 이어졌다.

"이게 취미였다면서요."

"응, 그런데 진짜 좀 웃기는 취미였거든. 별 희한한 걸 다 기념했으니까. 누구 승진하면 수건 만들어서 사무실에 돌리고, 누구네 강아지 새끼 낳은 것까지 다 챙겼으니까."

"그러네요."

"그런데 이거 봐봐."

"뭔데요? 경축 에너지대책회의 제1차 정기오찬회 기념?"

"에너지대책회의. 그게 걔네 사무실 사람들이거든. 암호 같은 거야. 유래가 있지만 중요한 건 아니고. 그 팀이 어디 출장 갔다가 전압이 안 맞았다던가 그래서 통신장비 충전을 못 하는 바람에 뭘 어쨌나. 그날 일 이야기하는 거야. 그때 있었던 사람들끼리 점심 모임 하면서 만들어 돌린 수건이라는 뜻이지. 그런데 이 수건 봐봐. 이 큰 수건."

"경축 신재생에너지대책회의 제1차 세미나 기념. 이건 뭐예요?"

"나도 몰라. 아무튼 그게 마지막에 두릅이네 집으로 배달된 거야. 남편이 유치하다고 그래서 그런 거 다 집으로 보냈다고 했잖아."

"저도 들었어요."

"다른 건 대충 다 알아보겠는데 이건 나도 모르는 모임이거든. 그래도 모임 이름이 신재생에너지대책회의면 에너지대책회의하고 관련이 있을 것 같지 않아? 거기 찍힌 날짜도 마침 딱 실종 직전이고."

"그러네요."

"희나 씨 그림 보고 생각한 거야. 빨랫줄에 널려 있는 수건 그림. 그 그림에는 문구까지는 안 나왔지만, 희나 씨가 그거 그릴 때 나도 그 수건을 한참이나 들여다보고 있었거든. 저건 또 무슨 모임일까 하고. 그런데 어디서 본 것 같은 거야. 저 말을 어디서 봤더라 한참 생각하다가 말았는데, 어제 갑자기 기억이 나더라고. 어디서 봤는지."

"어디서 봤는데요?"

민소가 손가락으로 어딘가를 가리켰다. 윤희나는 그쪽으로 고개를 돌렸다. 민소가 말했다.

"저 우산. 보여? 뭐라고 적혀 있는지 봐봐."

"저 파란 우산이요? 잘 안 보이는데."

"이걸로 봐."

민소가 전화기를 내밀었다. 파란 우산이 찍힌 사진이 화면에 떠올라 있었다. 윤희나는 전화기를 받아서 화면을 확대했다.

"어디 봐요. 음, 경축, 신재생에너지대책회의…… 제2차 확대……

세미나?"

민소의 얼굴을 돌아보았다. 기다렸다는 듯 그가 말했다.

"제2차 확대세미나 기념. 실종된 무기체계 연동팀이 어딘가에서 다시 살아나 만든 모임 아닐까? 제2차 확대세미나라는 건 새로 사람을 뽑은 걸 기념한다든가 뭐 그런 뜻일 테고. 그 밑에 찍힌 날짜를 봐. 실종 사고 한참 뒤지? 첫 공습 직후. 그때 사람을 새로 뽑았다는 뜻이 되는 거야. 그리고 봐봐. 경축. 저 모임 이름에는 영 안 어울리잖아. 딱 민아리 스타일이거든. 아무 데나 경축. 그렇다면 저 사람은 누굴까?"

"그 팀 사람이라고요?"

"미사일을 쐈으면 누군가 확인을 하러 올 거 아냐. 꼭 그래야 하는 건 아니지만 그럴 수도 있다고. 그러니까 저 사람을 추적하면 어쩌면……."

윤희나는 순간 고개를 갸웃했다. 대강 맞아떨어지는 것 같았다. 그런데 거기에는 한 가지 문제가 있었다. 도저히 앞뒤가 맞지 않는 결정적인 문제가.

윤희나가 입을 열었다.

"그런데 선배, 제가 둘째 오빠한테 저 사람이 누군지 물어본 적이 있거든요. 다른 직원들도 말을 안 해줘서. 선배가 궁금해하는 것 같아서요."

"그래? 누구래?"

"음, 그게 참."

"왜?"

"용역업체 사람이요. 미사일 대행업체 사람."

"그래? 알고 있었어? 그걸 왜 이제 말해?"

"선배한테 말할 게 아니었거든요. 왜냐하면……."

윤희나가 잠시 말을 멈췄다. 머릿속으로 생각을 정리하느라 생긴 공백이었다. 정말로 그런 말도 안 되는 일이 일어나고 있었던 거라고?

선배가 눈빛으로 대답을 재촉했다. 윤희나가 곧 말을 이었다.

"왜냐하면, 우리 쪽 용역업체 사람이거든요. 그러니까 아군 측 미사일 발사 대행업체."

추적

민소는 그만 말문이 막히고 말았다. 윤희나가 곁눈질로 보니 파란 우산을 든 남자가 우산을 접고 차에 오르고 있었다.

"복잡하죠? 네, 저도 뭐가 어떻게 돌아가는지 잘 모르겠어요. 저 사람 지금 차에 타는 것 같은데. 따라가요?"

그 말에 민소가 멍한 얼굴로 고개를 끄덕였다.

윤희나는 천천히 차의 시동을 걸었다. 그리고 거의 놓치겠다 싶을 만큼 멀찍이 떨어져서 파란 우산을 쓰고 있던 남자의 차를 따라갔다. 비가 꽤 많이 내리고 있어서 모습을 숨기는 일은 어렵지 않았다. 눈에 띄는 차를 타고 있는 것도 아니었기에 더 그랬다. 그래도 무리는 하지 않았다. 들키느니 차라리 놓치는 게 나았다.

한참을 따라가다 보니 목적지가 어디인지 알 것 같았다.

"현장으로 가는 것 같은데요. 쭉 한 바퀴 돌려나 봐요."

"그렇겠지. 저 사람 찾으려고 나도 현장을 살피고 다녔으니까."

혹시 들킨다 해도 그다지 이상하게 보이지는 않을 것 같았다. 어차피 현장을 돌고 있는 거라면 수상한 건 오히려 저쪽이니까. 문제는 그가 현장을 떠나 다른 곳으로 향하는 순간이었다. 어쩌면 그들의 근거지가 있는 곳으로.

멀찍이 차를 세워놓고 그가 다시 차에 오를 때까지 조용히 기다렸다. 민소는 몸을 숨긴 채 그를 지켜보다가 그가 현장을 떠나려는 것 같으면 바로 다시 차로 달려왔다. 곧이어 미행이 재개됐다. 거의 놓칠 듯 말 듯 위태로운 추격이었지만 다음 행선지를 대충 짐작할 수 있었기 때문에 아예 놓쳐버릴지도 모른다는 조급한 마음은 들지 않았다.

대신 조바심이 나기 시작했다. 언제까지 이렇게 숨죽이고 기다려야 하는 걸까. 그냥 대놓고 물어보는 게 빠르지 않을까. 정체는 이미 다 알고 있으니 숨길 생각 같은 건 하지 말라고. 송민아리의 팀과는 무슨 관계냐고.

그러나 그 순간 민소는 생각을 고쳐먹었다. 언젠가는 그렇게 할 것이다. 대놓고 묻고 싶은 걸 묻게 될 것이다. 그것도 아주 가까운 시일 안에. 그래도 그 전에 알아낼 수 있는 게 있다면 그 기회를 포기할 필요는 없었다.

물론 언제까지나 기다릴 생각은 아니었다. 시간의 눈금이 더없이 촘촘해진 시기였으니까. 그렇다고 조급해할 필요도 없었다. 시간이 귀해진 건 누구에게나 마찬가지였다. 무슨 일인가가 일어나려 한다면 그 일은 곧 일어나게 될 것이었다. 누구나 발 빠르게 움직여야 하는 아침이었으니까.

차가 다음 현장에 이르렀다. 멀찌감치 현장이 보이는 곳에 차를 세웠다. 빗방울이 쉬지 않고 창문에 내려앉았다. 잔뜩 일그러진 유리창 너머로 파란 우산이 돌아다니는 모습이 보였다. 용역업체 사람이 피해 지역을 보러 돌아다닌다는 사실이 새삼 섬뜩하게 느껴졌다. 미사일을 계획대로 잘 쐈는지 확인하러 다닌다는 말이 아닌가.

윤희나는 달달달 떨고 있는 민소의 다리가 신경 쓰였지만 멈추라는 말은 하지 않았다. 머릿속이 복잡하기는 자신도 마찬가지였기 때문이다. 뭐가 어떻게 된 걸까. 저쪽 나라를 위해 일하는 엘리트 화이트칼라 용병과 관련된 사람을 추적하다가 우리 쪽 용병으로 알려진 사람을 맞닥뜨리게 되다니. 이상한 일이었다. 정말로 짐작도 못 할 만큼 수상한 일이었다.

"혹시 단독으로 활동하는 거 아닐까요? 따라가봐야 커넥션 같은 건 아무것도 안 나올 수도 있고."

"단독으로 자기 할 일만 하고 퇴근하는 거라고? 그렇지는 않겠지."

"왜요?"

"초국적 회사의 한국인 직원이잖아. 한국말을 하는 사람이 필요했던 거 아닐까? 현장에 외국 기관 관계자가 전혀 없는 것도 아니고, 단순히 피해 현장 시찰하는 일에 꼭 한국 사람을 쓸 필요는 없으니까."

"아, 누군가와 말을 주고받기는 하겠군요."

"특히 이런 시기에는."

그때였다. 윤희나의 눈에 누군가가 파란 우산을 든 사람 가까이로 다가가는 모습이 보였다. 피폭 현장으로부터 이십 미터쯤 떨어진 곳. 현장 실무진들이 바쁘게 일하는 곳과는 충분한 거리를 둔 지점이었다.

유리창에 빗방울이 잔뜩 내려앉아 또렷이 볼 수는 없었지만 어쩐지 익숙한 뒷모습 같다는 생각이 들었다. 와이퍼를 켜서 빗방울을 훔쳤다. 빗방울이 번져서 오히려 유리창이 흐려졌다. 다시 와이퍼를 움직였다. 시야가 또렷해질 때까지 몇 번이고.

그 사람이었다. 이제 똑똑히 알아볼 수 있었다.

설마. 뭐가 어떻게 돌아가는 거지?

그 사람이 파란 우산 안으로 들어가 무슨 이야기를 나누고 있었다. 고개를 끄덕이듯 우산이 들썩거렸다. 십 센티미터쯤 위로 올라갔다가 다시 내려앉는 우산.

빗방울이 바쁘게 차 유리창을 때려 순식간에 시야를 다 가려놓았다. 그 사람이 파란 우산을 빠져나가 어딘가로 다급히 걸어가는 모습이 보였다. 손에는 전화기가 들려 있었다. 건물에 가려 시야에 들어오지 않던 모퉁이 뒤에서 누군가가 달려와 그 사람 머리 위에 우산을 씌웠다. 그러더니 둘이 함께 모퉁이 뒤쪽으로 사라졌다.

'뭐하는 거지?'

윤희나가 갑자기 차 문을 열었다. 민소가 깜짝 놀라 그쪽을 돌아보았다.

166

"뭐하는 거야?"

"잠깐 앉아서 기다리세요."

우산도 들지 않은 채 차 밖으로 달려 나갔다. 봄비가 꽤 차가웠다. 빠른 걸음으로 모퉁이 쪽으로 다가갔다. 발밑에서 빗물이 찰박찰박 튀어 올랐다. 차가 보였다. 뒷쪽에 그 사람이 서 있었다. 아직 통화가 덜 끝난 모양이었다.

손바닥을 펴 머리 위에 얹고 그 사람이 있는 곳으로 다가갔다. 또각 또각 발소리를 내며 사람들 사이를 지나 빠른 걸음으로 그 앞까지 걸어갔다. 그 사람이 전화를 끊는 모습이 보였다.

'지금이야.'

윤희나는 거의 달려가듯 속도를 높였다. 우산을 받치고 있던 사람이 흠칫 놀라는 듯했으나 이내 윤희나의 얼굴을 알아보고는 반걸음 뒤로 물러났다. 막 차에 오르려던 그 사람도 움직임을 멈추고 이쪽으로 고개를 돌렸다.

"아빠!"

그 사람의 표정을 읽었다. 눈 깜짝할 사이에 서너 개나 되는 표정이 지나갔다.

'시간을 주면 안 돼.'

틈을 주지 않고 곧바로 손을 앞으로 내밀며 말을 꺼냈다.

"전화기 좀 빌릴게요. 계단에서 떨어뜨렸는데 깨져버려서요."

그의 손에 들려 있던 전화기를 낚아챈 다음 재빨리 몸을 틀었다. 그리고 별일 아니라는 듯 잠금장치를 해제하고 열 걸음쯤 옆으로 물러나며 방금 전 통화내역을 확인했다.

그러자 비서가 황급히 자기 전화기를 내밀며 윤희나의 손에 들려 있는 전화기를 손으로 가렸다.

"제 걸 쓰시죠."

"아, 미안해요. 급해서 그만."

그가 내미는 전화기를 받았다. 손에 들고 있던 전화기는 원상태로 해놓은 다음이었다.

사무실로 전화를 걸었으나 예상대로 아무도 받는 사람이 없었다. 그렇게 삼십 초쯤 서 있다가 전화기를 돌려주며 짤막하게 말했다.

"회의 중인가 봐요. 직접 가봐야겠어요. 저녁에 뵐게요."

비를 맞으며 다시 차로 돌아왔다. 차에 앉자마자 가방에서 전화기를 꺼내 바닥에 집어던지고는 발로 세게 몇 번을 밟았다.

선배가 물었다.

"뭐 하는 거야?"

"잘 안 깨지네요. 선배가 좀 밟아주세요."

파란 우산을 든 남자가 자기 차 쪽으로 다가가는 모습이 보였다. 민소가 말했다.

"저기 움직이는데. 안 갈 거야?"

민소가 전화기를 받아주지 않자 윤희나는 구두를 벗어 들고 굽으로 전화기를 내리치며 대답했다.

"안 따라가도 돼요. 대충 알아냈어요."

"뭘 알아내?"

"우리 쪽 최고위층 인사랑 방금 접촉했어요. 그 최고위층 인사는 이야기 끝나자마자 전화로 벙커에 보고했고요."

"벙커? 그 벙커?"

"네, 그 벙커. 그러니까 우리 쪽 용병 맞아요."

공공재

선배를 현장에 남겨두고 여의도로 차를 몰았다. 둘째 오빠를 만나기 위해서였다. 집안에서 아빠가 하는 일을 제일 잘 알고 있는 사람.

가는 길에 비가 그쳤다. 공습경보가 울려서 길 위에서 한 번 발이 묶였지만 일 분도 되지 않아 해제경보가 울렸다. 공습경보 담당 부서가 예민해진 탓에 생긴 일이었다. 아니면 누군가 의도적으로 일으킨 실수였거나.

지하 주차장에서 오빠를 불러냈다. 오빠는 차 조수석에 오르자마자 뒷좌석에 놓인 전화기를 흘깃 바라보았다.

"전화기로 뭘 한 거야? 그냥 고장 난 게 아닌데."

"망가졌어."

"저절로 저렇게 됐다고?"

"수상한 건 그쪽이 아니거든. 이게 다 무슨 일이야? 뭐가 어떻게 돌아가는 거야?"

"뭐가?"

"방금 이상한 걸 보고 왔거든. 강연강이라는 사람."

"강연강? 아, 전에 네가 알아봐달라고 했던 사람? 미사일 업체 사람이라니까."

"실무급이라며. 방금 아빠랑 직접 접촉하던데?"

"그래? 그럴 일은 별로 없을 텐데. 주로 군 점증위원회 쪽이랑 연락하니까. 무슨 일이 있었나 보지 뭐. 어디서 봤어?"

"현장에서."

"그냥 만난 김에 인사나 한 거겠지."

"고위층이랑 직접 통하는 거 아니고?"

"강연강이? 뭐하러 그래?"

"그럴 일 없다는 거지?"

"중간에 사람 많은데 서로 불편하게 왜 그러겠어. 자력으로 전쟁 하나 못 치러서 용병에 기대는 게 뭐 좋은 거라고. 너 같으면 반갑겠냐? 그보다 군 쪽에서 엄청 싫어해. 다른 사람들이 직접 접촉하는 거. 자기들 존재 가치가 걸린 문제잖아. 어디까지나 군에서 직접 고용한 용역업체로 취급하려고 한다고."

"진짜 그게 다야?"

"그럼. 야, 너는 그리고 하라는 일이나 하지 엉뚱한 거나 캐고 다니냐. 간다. 바빠서. 전화기나 빨리 새로 사."

정말로 그게 다인 것 같았다. 별 대단한 정보는 건질 수가 없었다. 아빠를 만나 단도직입적으로 물어보기 전에 미리 알아둬야 할 정보 같은 건.

'둘째 오빠도 그다지 신뢰받는 자식은 아니었구나. 마음에 드는 자식이 있긴 한가.'

민소는 현정 씨를 찾아갔다. 떠난다는 연락을 받은 직후였다. 몇 달간 일했던 연구실 복도에서 현정 씨가 민소에게 말했다.

"지방에 가 있으려고요. 분위기가 이래서. 원래 제 성격 같았으면 벌써 작년에 도망갔을 거예요. 인간의 본성이니까. 이제 할 일도 없고."

"네."

"잘 지내세요. 몸조심하시고요."

"현정 씨도요."

현정 씨가 미소를 지어 보였다. 어쩐지 편안하게 느껴지는 미소였다.

"작별 인사 하러 와줘서 고마워요. 제가 찾아가기는 어려울 것 같았거든요. 위에 보고를 하셨을지도 모르고."

"보고할 데가 없어요. 아직은."

"누구한테든."

"아직 안 했어요. 현정 씨는요? 그쪽에……"

"노출된 것 같다고만 했어요. 자연스럽게 그만두고 빠지겠다고."

"잘하셨어요."

"고마워요. 기억할게요. 그럼 이만."

"잠깐만요."

민소가 현정 씨를 불러 세웠다. 그러나 현정 씨는 뒤돌아서길 망설

이는 기색이었다. 작별 인사 말고 다른 할 말이 남아 있다는 사실을
미리 다 알고 있는 듯한 몸짓이었다. 민소가 물었다.

"그쪽은 뭔가 이상한 징후 같은 게 없었나요? 아주 최근에."

현정 씨가 곤란하다는 듯한 표정으로 고개를 저었다.

"아무것도 말하면 안 돼요."

"알아요. 그래도 꼭 물어볼 게 있어서요. 빚을 받아내려는 게 아니
에요. 동업자로서 묻는 거예요. 아시죠? 편은 달라도 같은 입장인 거."

"동업자요?"

"네, 이상한 게 있어서요. 그쪽 미사일 업체 사람이요."

"저는 잘 몰라요. 제가 그 나라 사람도 아니고. 군에서 직접 통제할
거예요. 여기도 마찬가지 아닌가요?"

"네. 그래서 말이에요. 이상한 게 있어서."

"저한테 알아낼 수 있는 건 별로 없을 거예요. 하지만 지금 그 말씀
은, 저한테 물을 게 있는 게 아니라 저쪽 정부에 전할 말이 있다는 뜻
인가요? 저를 통해서."

"그렇게 되나요. 네, 전할 말이 있어요. 뭔가 이상해요. 그쪽 정부에
서도 알 필요가 있을 것 같아서요."

"위험한 일인 건 아세요?"

민소는 말을 멈추고 침을 꼴깍 삼켰다. 현정 씨가 말을 이었다.

"제가 스스로 알아낸 게 아닌 줄은 금방 알 거예요. 정체가 드러난
것 같다고 보고했으니까. 일부러 말을 흘린 거라고 의심할 거예요."

"괜찮아요."

"진짜 괜찮아요? 다른 나라에 정보를 넘기는 일이 될지도 모르는데."

"어차피 현정 씨도 진짜 스파이 같은 건 아니잖아요. 저한테 무슨 기밀 정보 같은 걸 알아내려고 한 게 아니라 이쪽 동향을 파악하려고 한 거니까. 서로 정보원이 붙어 있다는 걸 알면서도 그냥 놔두고 있는 거 알아요. 간접적으로라도 늘 서로를 파악하고 있어야 하니까. 이건 정부 측 대리인 자격으로 하는 말이에요. 저쪽 상황은 어떤지 모르겠지만 이쪽은 현실적으로 그 일을 할 사람이 몇 없거든요. 다들 엉뚱한 것만 붙들고 있느라. 물론 이제 곧 제대로 된 대리인들이 생길 거예요. 생기겠지만, 그 전에 에스컬레이션이 걷잡을 수 없을 정도가 될지도 몰라요. 군부 쪽 대리인들 때문에. 그런데 그 타이밍이 아슬아슬해요. 에스컬레이션이 어느 선을 넘어야 정책 결정자들이 진짜 중요한 문제를 직접 건들게 될 텐데, 그 선을 너무 가파르게 넘어버리면 정작 그 사람들이 자기 자리를 찾아갔을 때 할 수 있는 게 아무것도 없어지거든요. 그건 양쪽 다 마찬가지 아니에요? 그러니까 이건 국적 문제가 아니에요. 계산 문제라고요. 애초에 서로 답을 맞춰가면서 풀 수밖에 없는 문제였잖아요."

"좋아요. 뭔데요? 일단 들어보고 판단할게요."

민소는 숨을 한 번 크게 들이쉬었다가 내쉰 다음 낮은 목소리로 천천히 입을 열었다. 현정 씨의 귀가 그의 얼굴을 향했다.

"그쪽 미사일 업체 사람 하나를 알게 됐어요. 방법은 말할 수 없지만. 그 사람과 가장 밀접하게 관련된 것 같은 인물을 추적했는데, 그

인물이 우리 쪽 미사일 업체 사람이었어요."

그 말에 현정 씨가 눈을 크게 떴다. 민소가 대답하듯 말을 이었다.

"둘이 연결돼 있었다고요. 이 이상한 전쟁을 지탱하던 유일한 수단이 사실상 공공재였다는 말이에요."

그날 밤늦게 윤희나는 출근할 때 입는 정장을 입은 채로 거실에 혼자 앉아서 아빠가 들어오기를 기다리고 있다가 미국에서 걸려온 남자 친구의 전화를 받았다.

"걱정했잖아. 전화기는 왜 그래?"

"망가졌어. 미안. 걱정했지?"

"당연하지. 집에도 아무도 없고."

"요즘 우리 집이 그래. 엄마는 이모네 가 있는 날이 더 많고. 그래도 오늘은 미사일도 안 떨어졌는데."

"야, 그걸 말이라고……."

남자 친구는, 일은 이제 그만두고 미국으로 오는 게 어떻겠느냐고 물었다. 원래 약속했던 것보다 훨씬 오래 다닌 거 아니냐고. 혼자서만 생각하지 말고 앞으로 어떻게 할지 슬슬 같이 의논할 때가 되지 않았느냐는 말도 함께였다.

"같이?"

"같이."

그 말에 머릿속이 조금 더 복잡해졌다. 그래도 짜증을 내지는 않았다. 이 중요한 시국에 그런 한가한 이야기나 하고 있는 게 이 사람 잘

못은 아니었으니까. 아니, 그건 누구의 잘못도 아니었다. 그냥 아무 잘못도 아니었다. 아무리 중요한 시기라 해도 일상이 자동으로 정지되는 건 아니니까. 평생을 평균 내서 '내 인생의 하루' 같은 걸 만든다면 그중 한두 시간은 아무 고민 없는 한가한 일상인 게 바람직하지 않을까. 시험이 코앞에 닥쳐왔거나 중요한 인생의 기로에 놓인 순간일지라도, 나중에 삶 전체를 돌이켜봤을 때 행복했다고 말할 수 있게 해줄 그런 작고 사소한 시간이 쓰윽 눈앞에 끼어들어 온다면, 되도록 외면하지 않고 바라볼 수 있는 만큼 바라봐주는 게 행복한 삶을 위한 밑거름이 아닐까.

아닌 것 같았다. 그대로 전화를 끊어버렸더니 얼마 지나지 않아 다시 전화벨이 울렸다. 윤희나는 그 소리가 공습경보 같다는 생각을 했다. 하던 일이 뭐가 됐든 일단 멈추고 정해진 절차대로 행동하게 만드는 소리.

아빠가 집으로 돌아왔다. 전화벨이 울리는 게 마치 일부러 연출한 상황처럼 보였다. 누가 말을 걸든 말든 일단 중요한 이야기부터 해야겠다는 뜻으로 오해받기 딱 좋은 상황이었다. 정장을 입고 있는 것도 그랬다. 어쩌면 표정부터가 벌써 비장하게 보였을지도 모른다. 하지만 정작 중요한 목소리는 전혀 나올 생각을 하지 않았다.

아빠가 소파에 앉으며 먼저 말을 꺼냈다.

"오빠를 찾아갔다고?"

"갔었어요."

"이상한 걸 물었다던데. 나한테 뭐 할 말이 있는 거냐?"

"이상한 걸 알게 돼서요. 오늘 제가 뭘 본 걸까요?"

침묵이 흘렀다. 마침 전화벨 소리마저 뚝 끊겨 침묵이 한층 더 요란하게 들렸다.

알고 있는 사실들을 머릿속으로 떠올렸다. 미사일이 있었다. 두 나라 다 미사일 발사 기술을 개발할 수가 없었다. 북한에, 중국에, 일본에, 군비경쟁에 민감한 주변국들이 잔뜩 있었으니까. 그래서 남의 미사일을 빌려 써야 했다. 미사일을 가진 회사. 국적은 불분명하지만 그래봐야 미국계인 건 누구나 알고 있었다. 미군은 아니지만 미군이 아닌 것도 아닌 국적 없는 군인들. 그들은 국가가 해서는 절대 안 되지만 국익을 위해서 누군가가 대신 해주면 참 좋을 것 같은 일들을 하고 돈을 받았다. 그것도 꽤 큰돈이었다. 돈이 돌았으니 그 돈을 바라보고 간판을 거는 사람들이 우후죽순 생겨났다. 경쟁도 있고 합병도 있었다. 이미 꽤 커진 회사도 있었고, 커졌다는 사실을 숨기는 곳들도 나타났다. 그렇게 영역을 확보한 전쟁 대행사.

미사일은 주로 잠수함에서 발사됐다. 꽤 비쌌지만 할인가로 팔았다. 양쪽 바다에 잠수함 하나씩. 꼭 한 대라는 건 아니었다. 정확히는 알 수 없지만 한 대는 아니었을 것이다.

수면에서 발사된 미사일이 포물선 궤적을 그리며 날아가는 모습을 떠올렸다. 지도를 확대하듯 지표면에 점점 가까이 다가가는 미사일. 여기저기에서 공습경보가 울리는 장면을 상상하는 순간 묘하게도 전화벨이 다시 울렸다.

"잠수함 찾아내서 침몰시키면 안 돼요?"

"그러고 싶기는 하지. 그런데 그 잠수함 있는 데만 해도 우리 힘이 닿는 곳이 아니더구나. 지구 반대편이나 거기나 전쟁 수단으로 따지면 똑같이 원거리라."

"미사일은 날릴 수 있는데 잠수함은 못 잡아요?"

"그러려고 잠수함을 쓰는 거 아니겠냐. 배에서 쏘는 거면 금방 찾았겠지."

"미국은 개입 안 한대요?"

"국제사회가 개입하는 게 간단한 일은 아니지. 미국은 모르겠고. 공식적으로는 한쪽 잠수함이 제거돼서 보복능력을 상실하면 다른 쪽에서 부담 없이 공격 강도를 높이지 않겠느냐고 한다는데, 일리가 있는 것 같기도 하고 엉뚱하게 들리기도 한다. 그런데 무슨 말이 하고 싶은 거냐?"

"알고 있어요. 한쪽 잠수함만 날려버릴 수는 없다는 거."

"뭐?"

"그 잠수함이나 이 잠수함이나 그게 그거라는 거 알고 있다고요."

증거라고는 하나도 없었다. 여전히 입증할 수 없는 이야기. 하지만 상관없었다. 어차피 누구를 법정에 세우려는 건 아니니까. 그냥 확신만으로도 충분했다. 뭐에 충분한 건지는 여전히 알 수 없었지만.

"언제부터 알고 계셨어요?"

아무 대답도 돌아오지 않았다.

"정확히 정체가 뭐예요, 이 전쟁은? 아빠 비난하려고 하는 말 아니에요. 진짜 궁금해서 묻는 거예요."

놀랍게도, 진심이었다. 가족이기 때문일까, 아니면 에스컬레이션 위원회의 정부 측 자리에 앉은 사람이기 때문에 갖게 된 방관자적인 태도 때문일까.

아빠는 아무 말도 하지 않았다. 한참 동안이나 침묵이 흘렀다. 숨소리가 허공을 가득 채웠다.

"불쑥 찾아와서 전화를 빌려 쓰겠다던 게 그 때문이었나?"

윤희나가 고개를 끄덕였다. 매서운 눈빛으로 아빠가 윤희나를 노려보았다. 오랫동안 봐온 눈빛이었다. 자식들에게만 보여준 눈빛은 아닐 게 분명했다. 많은 사람들이 저 눈빛에 기가 질려서 고개를 숙였을 것이다. 그럴 만한 이유가 있든 아니든, 양보해야 할 상황이든 그렇지 않든.

눈싸움에서 이겨야 했다. 그런데 그러기가 쉽지 않았다. 얼마나 버텨야 하는 걸까. 지금 내 눈빛은 어떻게 보일까. 너무 어려 보이는 건 아닐까. 아무것도 모르는 열정이나 패기 같은 게 읽히는 건 싫은데.

뭔가 알고 있다는 사실을 내비쳐야 했다. 하지만 그 전에 저 눈빛을 충분히 견뎌내야 했다. 충분히.

한참 만에 아빠가 먼저 입을 열었다.

"뭔가 오해를 하고 있는 것 같은데……."

눈빛이 흔들리는 게 보였다. 난생처음 보는 균열이었다. 평생을 봐왔지만, 한 번도 상상해본 적 없는 연약한 눈빛이었다. 윤희나는 그 속에서 뿌듯함 같은 것을 보았다. 그래서 당황스러웠다. 져줄 용의가 있다는 걸까. 다른 사람이 그렇게 달려드는 건 용서할 수 없지만 자식이 그러는 건 그래도 받아들여줄 수 있다는 건가.

틈새를 파고들었다.

"강연강과 국방전략미사일위원회 사이에 아빠가 놓여 있다는 데 무슨 오해의 소지가 더 있을 수 있죠?"

다시 침묵이 흘렀다. 하지만 분위기가 조금 바뀐 것 같았다. 미세한 공기의 흐름이 다른 쪽으로 바람을 불러일으키는 듯했다.

"위쪽 분위기를 아직 잘 모르나 본데, 최고위층에서까지 연락 채널을 딱 끊는 게 아니래도."

"저 유치원으로 출근하는 거 아니거든요."

그 바람이 무엇을 의미하는지 알 것 같았다. 그것은 낙하산 위에 부는 바람이었다. 낙하산을 탔으니 줄을 꼭 붙들라는, 어느 기관에서 무슨 직책으로 일하든 우리는 이미 오래전부터 같은 집에서 살아온 같은 편 사람이라는 의미.

틈새에 쐐기를 박아 넣었다.

"이무종, 사연택, 신장환, 주태진, 한명희, 이난영, 박한, 김인영, 이연상, 장정윤……."

틈새가 벌어지는 모습이 보였다. 윤희나는 그쯤에서 말을 멈췄다. 비공식 사교 모임인 국방전략미사일위원회 주요 멤버들의 이름. 그것도 겉으로 드러난 직위의 고하를 무시하고 실제 영향력 순서로 다시 나열된 명단. 그 명단의 앞쪽 어딘가에는 멤버들 중 최근 가장 활발하게 대외 활동을 하고 있는 윤 씨 성을 가진 어느 유력 인사의 이름이 자리해야 했다. 물론 윤희나는 그 사람의 이름이 정확히 어느 칸에 들어가야 하는지 알고 있었다. 아빠도 마찬가지였다.

아빠가 입을 열었다.

"원래는 같은 업체가 아니었다. 경쟁업체였지."

패배감이나 낭패 같은 건 전혀 느낄 수 없는 목소리였다.

"원래는요? 그럼 지금은……."

"컨소시엄."

"네?"

윤희나는 아빠의 목소리에서 자부심을 읽었다. 언제 그것까지 파악
했느냐고 묻는 듯한 표정. 그 뿌듯한 느낌에 전염되지 않도록 재빨리
차단벽 하나를 내려야 했다.

"미사일 공급자들 때문에 그렇게 됐다고 들었다. 미사일 대행업체
가 직접 미사일을 만들지는 않으니까. 출처를 알 수 없는 무기들이라
중간에 도매상이 낄 수밖에 없는 구조인데 그쪽에서 먼저 조합이 생
겼났다더구나."

"공급상이 단일 창구가 된 거였군요."

"그렇지. 그걸 받아서 쓰는 업체들이 가격경쟁에 들어갔다가 결국
도매업체들 쪽에서도 컨소시엄이 만들어졌고."

"단일체까지는 아니라고요?"

"큰 의미 없다."

"왜요?"

"빙산의 일각이잖니. 물 밖으로 봉우리가 몇 개가 나와 있든, 간판
건 사람들끼리 어디에서 무슨 짓을 하면서 싸우든, 돈 대는 사람들은

같이 크리스마스 파티도 하고 사돈도 맺고 그럴 거다. 수면 밑이 어떻게 생겼는지는 아무도 모르지만, 그냥 그럴 거다."

어쩐지 그런 파티 이야기를 들어본 적이 있는 것 같았다. 외국에 있을 때 만난 친구 몇몇은 실제로 그런 파티에 다니고 있을지도 모른다. 윤희나는 숨을 깊이 들이쉬었다. 그리고 참은 숨을 모아 결정적인 질문 하나를 내뱉었다.

"정부는요? 양쪽 정부가 다 그렇게 놀아나는 거예요?"

"우리가 시작한 전쟁이 맞으니까 놀아난 건 아닐 게다. 속아서 하는 전쟁이 아니야. 알고 하는 거지. 그래서 돌아가는 사정이 만만치가 않다. 전화위복의 기회를 잡은 사람들도 있어. 분쟁이 길어지면서 결국 미사일 기술 개발 제한이 서서히 풀려가고 있으니까. 허용된 건 몇 개 안 되지만 그 작은 엄폐물 뒤에서 보이는 것보다 훨씬 많은 것들이 만들어지고 있다. 용병들은 결국 그걸로 대체되겠지. 어느 순간 갑자기."

"미사일 업계에서 그걸 알고도 놔둘 리가 없잖아요."

"알아도 상관없다. 그래봐야 유통업자지. 아무리 커도 그쪽은 회사고 이쪽은 나라니까. 회사가 아무리 커봐야 나라가 더 크다. 이쯤 되는 나라는."

숨기지도 않고 대담하게 말하는 아빠의 목소리가 어쩐지 섬뜩하게 들렸다. 평생을 보고 산 사람이 그런 말을 해서가 아니라, 순전히 그 말의 내용 때문이었다. 누구의 입에 가더라도 똑같이 재현될 수 있는 말이었으니까.

'그리고 나는 저 사람의 딸이고. 그것도 꽤 인정받는 딸.'

마지막 현장

"그런 거 막 흘려도 돼요?"

피폭 현장으로 가는 차 안에서 윤희나가 물었다. 어쩌면 마지막이 될지도 모르는 현장조사였다. 굳이 현장을 직접 방문할 이유는 남아 있지 않았지만 그 마지막 피폭 지점은 조금 특별했다. 그곳은 바로 윤희나의 관할 구역, 즉 서울 이외의 지역에 발생한 최초의 미사일 피해 현장이었다.

실질적인 의미가 있는 건 아니었지만, 이번만큼은 윤희나가 담당자고 민소가 지원 인력이었다. 일지나 보고서에 그렇게 기록될 거라는 뜻이었다. 다른 사람은 몰라도 윤희나에게만은 일종의 졸업장처럼 기억될 현장이었다.

"이적 행위라고 조사받고 그러는 거 아니에요?"

다시 한번 윤희나가 물었다. 민소는 윤희나의 표정을 살폈다. 현정 씨를 통해 그가 적국 에스컬레이션 위원회에 메시지를 전한 것에 대한 질문이었다.

"알 사람은 다 알잖아. 희나 씨 아버지 같은 사람이 저쪽에도 있을 테니까. 정부 쪽 누군가는 어차피 아는 내용이었을 거고, 에스컬레이션 위원회에서 정부 쪽 입장을 대리하는 사람들만 아직 몰랐을걸. 그 사람들한테 전달한 거니까 누설도 아니지 뭐. 그 사람들이 떠들어대지 않는 한 입증도 안 될 테고. 그런데 그런 식의 배신 같은 건 안 당할 거야."

"어째서요? 누군지도 모르는데 신뢰할 수 있어요?"

"나 같으면 배신 안 할 것 같으니까."

그가 무슨 말을 하려는 건지 알 것 같았다. 거울상 이야기였다. 그리 미더운 근거는 아니었지만, 어떻게 생각하면 그럴 듯도 했다.

"그런데 이건 방금한 이야기랑 완전 반대되는 말인데요, 그렇게 말해놓으면 전달이 되긴 해요? 그건 그냥 소문 같은 거잖아요. 입에서 입으로 전해지기를 바라고 던져놓는."

"전달 잘 될걸."

"어떻게요?"

"우리 보고서 서론에 쓴 이야기 있잖아. 클라우제비츠 책에 나오는 정부랑 군대랑 국민 이야기. 에스컬레이션 위원회는 그 셋 중 정부 입장에 설 거라는 거. 또 그 세 개랑 아리스토텔레스 연결하는 것도. 그리고 칸트까지. 국민이 합리성으로 기우느냐 절대전쟁 쪽으로 기우느냐를 제일 민감한 문제로 보겠다고 한 그 ……."

"알죠, 당연히. 그게 왜요?"

"그거, 저쪽 에스컬레이션 위원회 사람이 언론 인터뷰한 거에도 나와."

"정말요? 그럼 그게 현정 씨 통해서 건너갔다는 거예요?"

윤희나는 자기도 모르게 웃음이 났다. 정말로 그런가? 이 일도 알고 보면 그렇게 외로운 건 아니었구나. 메아리가 있는 일이었다니.

"그쪽은 그 정보를 가지고 뭘 좀 해볼 수 있을까요?"

"글쎄, 그래도 거기는 우리보다 선진국이니까."

"선진국이라. 그게 뭘까요? 요즘은 뭐가 뭔지 하나도 모르겠네요."

"이게 공개되면 세상이 발칵 뒤집히겠다 싶은 게 공개되면 정말로 발칵 뒤집혀주는 세상. 그 위에 세운 나라. 그런 거?"

"연약한 나라네요."

"나약한 나라지. 우리처럼 강인한 나라에서는 상상도 할 수 없는 일이지."

길옆에 늘어서 있던 고층 건물 그림자가 차 안 가득 드리워졌다. 그러자 갑자기 시야가 또렷해졌다. 다시 차가 움직이면서 조금 전처럼 환하고 흐릿한 시야로 이내 되돌아가고 말았지만, 그 순간 느꼈던 서늘한 예감은 쉽게 머릿속을 떠나지 않았다.

'그래, 웃을 일이 아니지.'

지난 밤 아빠와 나눈 대화를 떠올렸다. 양측 미사일업체 사이의 커넥션에 관한 이야기. 뭘 알고 있는지 말했고, 그 이상을 알게 됐다. 어차피 대강 여기까지는 알고 있으니 진실을 말하는 게 서로 편할 거라는 협박을 동원해 얻어낸 자백이었다. 하지만 판돈을 전부 걸지는 않았다. 절대 해서는 안 될 이야기가 남아 있었다. 그리고 그 부분이 바로 문제의 본질이었다. 정밀 폭격이 가능하고, 실제로 그런 일이 일어나고 있었다는 사실. 또한 누군가가 그것을 이용해서 에스컬레이션을 인위적으로 조작하고 있으리라는 의심까지.

'자기 나라를 정밀 폭격해서 말이지.'

그걸 알고 있다는 이야기만은 절대 입 밖으로 꺼낼 수가 없었다. 그것은 절대 걸어서는 안 되는 판돈이었다. 지금 조수석에 앉아 있는 선배의 목숨과 바꿔야 할지도 모르는 판돈이었기 때문이다. 선배가 작성하고 있는 보고서의 결론 부분은 바로 그 내용으로 장식될 게 틀림없었다.

내비게이션에 찍혀 있는 목적지 주소를 흘긋 들여다보았다. **고양시 일산동구 장백로**. 피폭 지점은 12층짜리 오피스텔 건물이었다. 그동안 고층 건물이나 주거지역이 공격받은 경우가 없었던 것은 아니다. 그러나 최근 몇 번의 공격을 거치는 동안 적의 주요 공격 목표가 주거지역으로 옮겨간 게 아닐까 싶을 정도로 아파트에 미사일이 떨어지는 경우가 잦아진 게 사실이었다. 인도주의에 어긋나는 상황인 건 분명했지만, 일방적으로 한쪽을 비난할 수 있는 일은 아니었다. 이쪽 역시 그보다 조금도 덜하지 않은 비인도적인 공격 행위를 그쪽 민간인들을 대상으로 자행하고 있을 게 분명했다.

반전시위가 일어나고 자성의 목소리가 심심찮게 들려왔지만, 그래도 국가는 이미 전쟁을 향해 치달아가고 있었다. 뒤따라 올라오는 사람이 너무 많아서 이제는 내려설 수도 없고 뒤돌아서 달려갈 수도 없게 되어버린 에스컬레이터 위에 서 있는 나라.

막을 방법이 있을까. 선배는 별로 그럴 생각이 없는 것 같았다. 바다 건너 동업자들도 마찬가지일지 모른다. 신중론의 입장에 선 사람들이기는 해도 평화주의자들의 모임이라고 할 정도는 아니었기 때문이다. 그래도 그 사람은 생각이 조금 다른 것 같았다. 폭력 수단 자체에 종사하고 있으면서도 계속해서 무언가 메시지를 보내오는 사람.

파란 우산을 붙들고 송민아리에 관해 묻지 않은 건 다행이었다. 그랬다가는 내부 고발자의 정체가 단번에 드러나고 말 테니까. 아무래도 그 파란 우산은 히든카드로 남겨두는 편이 나아 보였다.

하지만 다른 한편으로는 이런 생각도 들었다.

'어쩌라는 거지? 본인도 어떻게 손쓸 방법이 없는 일이면서 왜 자꾸 이쪽에 대고 메시지를 보내는 거지? 결국 떠넘기는 거 아닌가.'

선배는 아까부터 곰곰이 생각에 잠겨 있었다. 아마도 비슷한 고민을 하고 있을 것 같았다. 선배 입장에서는 그 메시지가 내심 반갑기도 할 터였다. 어쩌면 메시지가 끊어지지 않고 좀 더 길게 이어져주기를 바라고 있을지도 몰랐다. 어쨌든 그 사람이 살아 있다는 신호였으니까. 다소 과격한 신호이긴 했지만.

차가 거의 현장에 도착할 무렵 경계경보가 한차례 길 위를 쓸고 지나갔다. 공격 징후가 보일 때 울리는 경보. 공격 징후라는 것 자체가 워낙 애매한 개념인 데다 판단 근거가 정확하지 않더라도 일단 경보를 발령하는 편이 낫다 보니, 서울에서는 이미 반쯤은 양치기 경보로 낙인찍혀서 효력을 상실하다시피 한 어정쩡한 예비경보.

길가에 보이는 사람들의 걸음걸이나 도로를 오가는 차들의 움직임에서 묘한 긴장이 느껴졌다. 서울 밖에 미사일이 떨어진 상황이 처음이어서 그런지 경계경보마저도 새삼 효력을 발휘하는 모양이었다.

마침내 현장 근처에 도착해서 길가에 차를 세웠다. 민소는 차에서 내리자마자 현장 쪽이 아닌 길 반대쪽 도로를 따라 한참을 걸어 내려갔다. 그가 다시 현장으로 돌아왔을 때 윤희나가 물었다.

"거기 맞아요?"

"맞아. 저쪽에 있어. 아직 무사해."

그가 그렇게 말하면서 손가락으로 길 저편을 가리켰다.

"꽤 멀리 떨어져 있네요. 오폭일까요?"

"글쎄. 그럴 수도 있지."

현장은 사람들로 붐볐다. 최근에 본 피폭 현장 중 사람이 제일 많은 현장이었다. 지난번 공격 이후 한껏 고조된 분위기에 피해 상황 자체도 심각하긴 했지만, 그에 못지않게 이전에 피해를 본 적이 한 번도 없었던 지역이라는 점 또한 사람들의 관심을 끄는 요소로 작용한 것 같았다. 첫 공습은 누구에게나 충격적일 수밖에 없으니까.

그리고 그 인파 한가운데에서 한쪽 면이 무너져 내린 건물이 눈에 띄었다. 깨어져 나간 외벽. 이제는 버려질 삶의 공간. 그 안에 들어 있던 삶의 흔적이 적나라하게 모습을 드러내고 있었다.

윤희나는 그런 공간을 들여다보는 게 불편했다. 현장 경험이 쌓여 갈수록 더 그랬다. 처음에는 호기심을 느끼지 않은 것도 아니었지만, 이제는 보면 볼수록 피로하다는 생각밖에는 들지 않았다. 개인의 영역은 그냥 개인의 테두리 안에 잘 보관되어 있는 편이 제일 좋은 것 같았다.

허물어지지 않은 쪽 창문들을 올려다보았다. 밖으로 노출되지 않은 건 천만다행이었지만 저 공간들도 결국은 버려질 게 뻔했다. 건물 자체가 무너지거나 한 건 아니라 해도 계속 사람이 살아도 좋을 만큼 안전한 상태는 아닐 테니까.

반쯤 폐허처럼 보이는 건물 아래로 서울에서 온 현장 담당자들의 모습이 눈에 띄었다. 서울에서 봤을 때보다 더 눈에 띄었다. 묘하게도 사람들의 시선이 모이는 곳마다 꼭 그 사람들이 하나씩 서 있었다. 하지만 그들은 그 현장이 왜 중요한지를 아직 잘 모르는 것 같았다. 나름대로 현장의 중요성을 부각시키려는 계획은 있는 것 같았지만, 진짜 중요한 이유는 눈치채지 못한 듯했다. 그 이유라는 건 물론 송민아리였다.

선배가 눈짓으로 현장 반대편 어느 지점을 가리키며 말했다.

"저기를 노렸는데 잘못 맞았을 가능성이 있어. 그게 아니면 굳이 일산까지 미사일을 날리지는 않았을 거야."

"진짜 오폭일 수도 있잖아요. 서울로 쏜 게 잘못 날아와서."

"저 사람들이야 그렇게 생각하겠지. 그런데 그렇게 생각하기에는 너무 가깝지 않아? 서울에서 여기까지 거리하고 저기에서 여기까지 거리를 비교해보라고. 어느 쪽이 더 그럴듯한지."

일리 있는 말이었다. 윤희나는 민소의 시선이 향하는 쪽을 슬쩍 바라보았다. 그리고 남들이 눈치채지 못하도록 금세 시선을 거두었다. 선배야 뭘 보고 있든 남들 눈에 띌 일이 거의 없었지만 자신의 경우는 그렇지가 않았다. 무슨 옷을 입고 어떤 직책을 맡아 일을 하든 윤희나의 머리 위에는 낙하산이 매달려 있었다. 다른 사람들 눈에는 그렇게 보일 거라는 말이었다.

"아무튼 당분간은 메시지 보내는 걸 그만둘 생각이 없는 모양이야."

선배가 말했다.

"전해졌다는 사실을 확인할 수가 없으니까요."

"이 정도면 아무리 바보라도 도저히 눈치를 못 챌 수가 없지 않을까. 맛집이라는 맛집은 죄다 날려버렸으니. 설마 여기까지 건들 거라고는 생각도 못 했는데 말이야. 서울도 아니고 이 먼 데까지……."

"무리를 한 거겠죠?"

"아마도. 서울 밖으로 날아온 단 한 발이니까. 그렇게 해서라도 메시지를 전하려고 했나 봐."

민소의 입이 다시 굳게 닫혔다. 금세 무슨 생각에 빠져든 모양이었다.

'중요한 메시지라…….'

다른 미사일들이 담고 있는 메시지는 이미 알고 있었다. 그런데 이 한 발의 의미는 조금 다른 것 같았다. 해석하자면 이런 식이었다.

'야, 이 둔해빠진 남자야, 설마 이것까지 눈치 못 채는 건 아니겠지. 나라고, 나! 우주 최강 미녀 미나리 님이시라고!'

민소가 대답하듯 입 밖으로 소리를 내어 중얼거렸다.

"미녀는 무슨."

윤희나가 그의 얼굴을 바라보았다. 민소는 아무 설명도 하지 않았다. 입증할 수는 없었지만 민아리가 전하려는 말은 분명했다.

'누구든 표적만 정해주면 정확하게 거기를 때릴 수 있어. 어차피 표적 없이 공격하는 거나 누군가가 표적을 정해주는 거나 그게 그거니까. 중요한 건 누구나 그렇게 할 수 있다는 거야. 이쪽 편이든 저쪽 편이든 가리지 않는다는 거지. 심지어 나도 정할 수 있을 정도라고.'

한참 뒤에 그가 다시 입을 열었다.

"이 근처를 노린 게 우연일 리는 없어. 다른 데는 몰라도 여기는."

"왜요?"

"중요한 데거든. 나한테는. 그리고 어쩌면……."

민아리 자신에게도.

현장에서 떨어져 나와 그 식당이 있는 쪽으로 걸어갔다. 윤희나가 두세 걸음 뒤에서 그를 따라오고 있었다. 오폭이 아니었다면 지금쯤 피폭 현장이 되어버렸을 지점. 일부러 그곳을 무사히 남겨놓은 게 아닌가 하는 생각이 들었다. 가까이에서 보면 뭔가 알아볼 수 있는 표시 같은 게 남아 있을지도 모른다는 막연한 생각이었다.

쪽지 같은 게 붙어 있다면 글씨까지 알아볼 수 있을 만큼 가까이 다가갔다. 다른 사람들이 눈치챌 만큼 노골적으로 가까운 거리는 아니었다. 곁눈질로 자세히 훑어봤지만 특별한 흔적 같은 건 보이지 않았다.

'그럴 리가 없지. 그렇게 쉬울 리가.'

그리고 그때였다. 갑자기 온 사방에 사이렌 소리가 울려 퍼졌다. 긴박한 상황을 알리는 경보음치고는 너무나 구슬픈 소리. 공습경보였다.

민소는 멍하게 하늘을 올려다보았다.

'뭐지? 공격받을 타이밍이 아닌데.'

시간이 멎은 것 같았다. 어디서든 끊임없이 들려오곤 하는 도시의 소음마저 한순간 고요히 잠든 것만 같았다. 멍하게 하늘을 올려다보는 사람들. 하던 일을 멈추고, 하려던 말을 멈추고, 머릿속마저 하얗게 비워야 하는 순간.

다시 시간이 흘렀다. 아까보다 한 박자 정도 빠르게 흐르는 시간이었다.

윤희나가 고개를 돌려보니 피폭 현장 쪽에서 사람들이 다급하게 자리를 뜨는 모습이 보였다. 바로 근처에 지하철역이 있으니 대피 자체는 그다지 어려운 일이 아니겠지만, 어쩐지 평소 같지 않게 다급해 보이는 광경이었다.

문제는 바로 그 타이밍이었다. 전문가가 판단하기에는 물론, 별로 겪어보지 못한 사람이 느끼기에도 너무나 낯선 공격 타이밍. '설마 여기에 떨어지겠어?' 하는 확률 낮은 베팅이 아니라, 반드시 바로 머리 위에 떨어지고야 말 것 같은, 도저히 말로는 설명할 수 없는 불길한 예감.

"위험해."

선배가 하늘을 올려다보며 그렇게 중얼거렸다.

"대피해야 돼. 이번에는 진짜야."

하지만 선배는 그 자리에 그대로 멈춰 선 채 멍하니 하늘만 바라보고 있을 뿐이었다. 갑자기 발이 땅에 묶여버린 듯, 뒤숭숭한 꿈 한가운데 갇혀 있는 듯.

"그럼 어서 대피해요."

윤희나가 민소의 팔을 끌었다. 그가 따라 걷기 시작하는 게 등 뒤로 느껴졌다. 열 걸음. 많아야 열다섯 걸음.

뒤에서 그가 갑자기 팔을 잡아챘다. 그리고 속삭이는 소리가 들려왔다. 다급하지만 당혹감은 실려 있지 않은 목소리. 침착하지만 마음속 가장 깊은 곳 본능의 영역에까지 망설임 없이 한 번에 가닿는 소리.

"엎드려. 귀 막고 입은 다물지 마."

선배의 손에 이끌려 무게중심이 재빨리 아래쪽으로 쏠렸다. 정확히 무슨 일이 일어나고 있는지는 알 수 없었다. 의식이 아닌 반사 신경이 하는 일이었다. 몸 자체에 각인된 어떤 본능이 한 번도 연습한 적 없는 모종의 동작을 의식에 보고조차 하지 않고 곧바로 강제집행 해버린 것이었다.

날아가듯 지면 위에 살짝 떠 있는 몸. 그 몸이 지면에 막 닿으려는 순간.

폭음이 청각을 강하게 때렸다. 거대한 압력이 몸 한쪽을 누르듯 스쳐 지나갔다. 열기 같은 건 정확히 느껴지지 않았다. 상처가 났어도 전혀 느끼지 못할 것 같았다. 감각들이 한데 어우러져 있었다. 추상화처럼.

주위에 놓여 있던 사물들을 떠올릴 수 있었다. 일상의 소리들도 생생히 기억이 났다. 조금 전까지 감각세포 하나하나가 머금고 있던 그 현실이 스펀지처럼 흠뻑 기억 속으로 묻어 나왔다. 하지만 그 기억 하나하나를 분리해낼 수가 없었다. 공간에 대한 감각도, 작동하는지조차 몰랐던 시간에 대한 감각도, 중력의 방향과 크기를 가늠하고 있던 귀도, 존재를 더듬고 있던 최초의 인식도, 모두 한 덩어리로 뭉쳐져 있었다.

폭발은 마침표였다. 차원이 모두 붕괴되는 순간, 그리고 그 직후에 남은 단 하나의 점이었다. 그 급박한 순간에 윤희나의 머릿속에 한가한 생각 하나가 떠올랐다.

'이건 수첩에 그려도 점 하나밖에 안 남겠다.'

그 생각을 기점으로 다시 차원이 회복되어갔다. 감각들이 하나씩 생겨나고 기억들이 종류별로 분화되어갔다. 청각은 청각대로 후각은 후각대로 촉각은 촉각대로 공간 감각은 또 그것대로. 다시 세상이 생겨났다. 감각 하나하나마다 조금 전 충격에 짓눌린 자국이 선명했다. 그러니 세상도 마찬가지였다. 윤곽선을 하나도 갖지 못한 채 엉망으로 뭉개져 있는 세상.

가까스로 시간이 흐르기 시작했다. 그 시간을 따라 세상이 다시 펼쳐졌다. 그러자 맨 먼저 무게가 느껴졌다. 그 사람의 무게였다. 이 사람이 누구였더라. 기억이 하나씩 윤곽선을 찾아갔다. 삐딱한 그림자. 구경하듯 현장을 돌아다니던 사람. 배울 게 많은 선배. 별거 아니라고 넘겨버리려 해도 자꾸만 새겨지던 기억들, 그리고 인상들.

입을 열어 그 사람을 불렀다. 목소리가 들리지 않았다. 목에 힘을 주고 다시 그 사람을 불렀다.

"선배."

대답이 돌아오지 않았다. 다시 그 사람을 불렀다. 부르는 목소리가 들리지 않았다.

정말정말 잘 먹었습니다

민소는 바닥에 누워 있는 자기 자신을 발견했다. 팔다리가 여전히 존재한다는 감각이 몸으로 전해져오는 걸 보니 다행히 사지는 멀쩡한 모양이었다.

'다른 데를 다쳤을지도 모르지.'

납작해진 감각이 머리와 척추를 오갔다. 납작해진 몸. 납작해진 영혼.

그는 그림자가 되어 있었다. 길바닥에 드러누운 길쭉한 그림자였다. 책받침을 구부리듯 몸을 일으켰다. 두 다리가 휘청휘청하며 간신히 온몸을 지탱했다. 흔들흔들 어딘가로 걸어갔다. 사방이 온통 폐허였고, 그 한가운데에 멀쩡하게 남아 있는 간판 하나가 눈에 들어왔다.

가장 최근에 생긴 현장이었다. **일산동구 장백로 8.** 바로 조금 전에 생겨난 피폭 현장.

'왜 저기는 멀쩡하지?'

흐느적흐느적 그 식당을 향해 걸어갔다. 그리고 불빛이 새어 나오는 창문 쪽으로 그림자 손을 뻗었다. 금 하나 가지 않은 멀쩡한 유리. 그 차가운 감촉이 손에 닿는 순간 납작한 감각들이 몸에서 빠져나갔다. 그렇게 그는 다시 사람이 되었다.

'꿈이구나.'

다시 마음이 납작해졌다.

유리창 안쪽에서 온기가 느껴졌다. 문을 열고 안으로 들어갔다. 테이블보가 깔려 있는 4인용 식탁 몇 개가 놓여 있는 정갈한 식당. 자줏빛 벽지에 떨어지는 노란색 조명이 납작해진 마음을 차분하게 부풀렸다. 테이블 위에 놓여 있는 기묘한 촛대를 바라보았다. 빈 와인 병에 초를 꽂아둔 것이었다. 병 입구 근처에 촛농이 쌓여 마치 와인 병이 초를 뱉어낸 것 같은 모양을 하고 있었다.

가운데 테이블에 그 사람이 앉아 있었다. 민아리. 세상에서 가장 낯익은 타인. 당연히 신경이 연결되어 있지 않은 남인데도 마치 자기 손발이 존재한다는 걸 느끼듯 곧바로 온몸을 통해 감지되는 어떤 존재의 촉감.

"왜 서 있어? 앉아."

의자를 빼서 자리에 앉았다. 눈앞이 온통 민아리였다.

문득 다른 사람들의 목소리가 들려왔다. 식당 사람들 목소리였다. 깔끔하게 하얀 유니폼을 갖춰 입은 식당 사람들. 전부 남자들이었는데, 아르바이트 느낌이 나는 사람은 아무도 없었다. 다른 손님이라곤 없었지만 부담스러운 생각은 들지 않았다. 오히려 잘 대접받겠다는 안도감이 드는 첫인상이었다.

"여기는 프랑스 식당치고 만만해서 좋아. 옷을 막 갖춰 입고 오지 않아도 괜찮을 것 같아서."

민아리가 말했다. 편안한 옷차림이긴 했지만 신경을 전혀 안 쓴 것 같지는 않았다. 그제야 민소는 자기 옷을 내려다보았다. 현장에 나갈 때 입고 다니는 옷. 조금 전 공습경보가 울리던 순간에 입고 있던 옷 그대로였다. 민아리는 그 이야기를 돌려서 하고 있는 셈이었다.

"아, 미안."

"괜찮아. 우리밖에 없는데 뭐. 칼라 있는 셔츠네. 그럼 됐지."

그 식당은 프랑스 코스 요리를 먹을 수 있는 곳이었다. 밥 한 끼 값이라고 하기에는 부담스러운 가격이어서 그런지 평소에도 생각만큼 손님이 많지 않은 편이었지만, 그곳에서의 한 끼는 그냥 저녁 한 끼가 아니었다. 똑같은 식당이 서울에 있었다면 몇 배는 더 비쌌을 게 분명한 근사한 한 끼였다.

음식 자체도 물론 만족스러웠지만 그 한 끼에는 코스에 포함된 음식 목록만으로 환산할 수 없는 만족스러운 포만감이 녹아들어가 있었다. 거의 두 시간이 넘도록 이어지는 식사.

파도처럼 구불구불 굽은 하얀 그릇 위에 놓인 어묵처럼 생긴 졸복 튀김을 시작으로 한 번에 하나씩 음식들이 테이블 위에 놓이기 시작했다. 요리 하나하나가 수공예품이라도 되는 듯 향이며 모양, 음식이 담긴 그릇이나 그 위에 소스로 그어놓은 선 하나까지 모두 세심하게 손질된 모습.

맨 먼저 시선을 사로잡은 건 로모 이베리코였다. 샐러드 위에 놓인 얇게 썬 생햄. 얇은 창호지 같기도 하고 붉은빛이 감도는 꽃잎 같기도 했다. 네모난 접시의 귀퉁이에 놓인 포도 알이 그 접시를 보다 온전하게 만들었다. 한치 타르타르도 인상적이었다. 푸른빛 소스 위에 주먹

밥처럼 둥글게 뭉쳐져 있는 하얀 알갱이들. 작은 한치 알갱이들이 성벽처럼 쌓여 있고, 그 위에는 어린 잎줄기채소가 작은 숲처럼 무성하게 올려져 있었다. 그리고 자그마한 커피 잔 같은 그릇에 담긴 전복 수프. 빵으로 만든 돔이 신전 지붕처럼 잔을 덮고 있었는데 그 돔을 깨면 진한 녹색 수프가 바다 냄새를 퍼뜨리며 모습을 드러냈다.

'내가 이걸 다 기억하고 있었던 건가.'

민소는 그 모든 것들이 자기 기억 속에서 가져온 디테일이라는 사실을 알고 있었다. 그 기억은 생각보다 훨씬 정교했지만 전혀 기억이 나지 않는 부분들도 있었다.

샤베트는 어떤 그릇에 담겨 있었는지, 으깬 감자 위에 광어가 포개져 있던 생선 요리에는 어떤 채소가 곁들여져 있었는지 같은 것은 떠오르지 않았다. 반면 소고기를 먹지 않는 민아리를 위해 부탁한 새우 리소토 그릇에 뿌려져 있던 구운 마늘의 바삭한 질감이나 향은 놀라울 정도로 생생하게 떠올랐다. 디저트로 나온 길쭉한 브라우니, 그 위에 커다랗게 자리 잡고 있던 아이스크림 한 스쿱, 아이스크림에 기대 놓은 딸기 반 조각까지.

한치 타르타르를 한입 떠먹을 때의 고소함 같은 건 하나도 빠짐없이 온전하게 기억해낼 수 있었다. 전복 수프를 덮고 있던 빵 뚜껑을 여는 순간 사방으로 퍼져나가던 뜨끈한 향 같은 것도. 그는 그 맛을 목으로 기억했다. 감동을 받았을 때, 무언가 속에서부터 울컥 치밀어 오르는 것을 느낄 때 그 북받쳐 오르는 마음이 가장 강렬하게 요동치는 바로 그곳에, 기분 좋은 포만감이 가득 들어차는 느낌이었다.

'얼마나 오래 정신을 잃고 있는 걸까?'

두 시간이 넘도록 그 사람과 마주 앉아서 차례차례 이어지는 메뉴들을 맛보며 이런저런 이야기를 나누었다. 두 시간이나. 민아리와 함께 무려 두 시간이나.

근심이나 죄책감 같은 건 기억에 남아 있지 않은 모양이었다. 그 순간 그는 그저 세상 누구보다 민아리에게 잘 어울리는 사람이었고, 민아리 또한 그에게 딱 그런 사람이었다. 아니, 그것은 그 기억의 원본이라고 할 수 있는 순간에도 마찬가지였다. 그 사실을 의심해본 적은 한 번도 없었다. 다만 민아리에게 이미 다른 짝이 있었을 뿐이다.

민아리가 말했다.

"아, 배부르다. 꽉 채워진 느낌이야. 내가 도시락 통이 된 것 같아. 칸이 한 서른 개쯤 되는 도시락 통에 빈칸을 하나도 남기지 않고 꽉꽉 채운 느낌."

민소는 환하게 웃으며 민아리의 손짓이며 표정 같은 것들을 하나도 놓치지 않고 빤히 들여다보았다. 민아리가 다시 말을 이었다.

"그거 재밌지 않아? 메뉴 바뀔 때마다 포크나 스푼 같은 게 다시 놓이는 거. 처음부터 다 깔려 있으면 헷갈리잖아. 전투기를 완전무장시켜 전시해놓은 것 같고. 근데 여기는 연극 같아. 다음 장면이 시작되기 전에 누군가가 나타나서 간단한 무대장치 한두 개를 갖다 놓는 것처럼 말이야. 의자 두 개가 놓여 있는 것만 봐도 다음 장면은 뭘까 상상하게 되잖아. 여기 앉아서 새로 깔린 포크나 나이프나 스푼 같은 걸보고 있으면 이다음 순서는 뭘까 두근두근하게 돼. 같은 포크라도 크기나 모양이나 쓰임이 다 다르니까. 그걸 상상하는 순간이 제일 재미있어. 아무튼 두 시간짜리 전시를 본 것 같아. 아, 이제 한 사흘은 굶어야겠다. 배가 꽉 차서 똑바로 앉아 있지도 못하겠어."

그것은 환상이 아니라 기억 속의 민아리가 한 말이었다. 민아리를 마지막으로 만나던 날. 그게 마지막이 될 줄은 꿈에도 몰랐던 그날.

민소는 민아리에게 할 말이 있었다. 평생을 함께해온 영혼의 짝에게, 새삼스럽지만 반드시 해야 할 말이 있었다. 이제 이렇게 몰래 만나는 건 그만하고 싶다고. 잘못 꿴 단추인 건 알지만, 단추가 스무 개쯤 달린 옷인 것도 알지만, 이제 그 옷은 그만 벗어버리고 원래 입어야 할 옷으로 갈아입지 않겠느냐고.

가방에서 반지를 꺼내 테이블 위에 올려놓았다. 정확히 무슨 말을 했는지는 기억이 나지 않았다. 왜 그런 기억은 다 지워진 걸까. 떠올리고 싶지 않은 기억이어서?

민아리는 반지를 받아 들었다. 상자에서 반지를 꺼내 손에 쥐던 순간, 민아리의 얼굴에 번져가던 행복한 표정을 떠올릴 수 있었다. 그후로도 쭉 마음에 새겨져 있던 너무나 생생한 기억. 분명 그것은 확증이었다. 다른 사람은 몰라도 민소라면 절대 놓치지 않을 분명한 증거. 민아리도 민소의 말에 동의하는 것 같았다. 그렇게 하고 싶다고 말하는 것 같았다. 적어도 마음으로는 분명히 그랬다.

그러나 민아리의 입에서 나온 말은 그 표정과는 정반대였다.

"안 돼. 그러면 안 돼."

거절이었다. 망설임도 모호함도 없는 단호한 거절이었다. 숨이 턱

막히는 것 같았다. 가슴속에서 무언가 뜨거운 것 하나가 분출되지도 가라앉지도 못한 채 한자리에 계속 머물러 있는 것만 같았다.

그리고 민아리가 이렇게 덧붙였다.

"반지 예쁘다. 이건 나 가져도 돼?"

민아리의 두 눈을 말없이 바라보았다. 한참이나 말없이.

심장이 멎을 것만 같았다. 시간도 따라서 정지된 것 같았다.

'반지만 챙기겠다고?'

눈으로 물었다. 그러겠다는 대답이 돌아오는 것 같았다. 이상한 상황이었지만, 전혀 어색해하지도 않고 조금 전까지 그랬던 것처럼 한껏 만족스러운 표정으로 생글생글 웃고 있는 민아리를 보면서 민소는 가만히 고개를 끄덕였다. 그와 동시에 다시 얼굴 가득 웃음이 번져갔다. 어떻게 그럴 수 있었는지는 알 수 없었다. 아마 민아리가 그렇게 웃고 있었기 때문일 것이다. 진심으로 행복해하는 표정이었으니까.

"아, 신난다. 고마워!"

그래도 여전히 이해할 수 없는 순간이었다. 반지만 가져간 여자. 그리고 영원히 돌아오지 않은 사람. 그 순간을 내내 잊을 수가 없었다. 그리고 그날 일을 떠올릴 때마다 늘 이해가 안 됐다.

'해도 해도 이건 너무 이상하잖아. 아무리 민아리라 해도.'

그런데 이제는 이해할 수 있었다. 다행이었다. 정말로 다행이었다. 민아리가 반지를 가져가줘서. 그리고 그날을 기억해줘서. 그가 바로 그 근처에 서 있던 순간에, 잊지 않고 때맞춰 미사일을 날려줘서.

그러니까 그건 확증이었다. 그 식당이 폭격을 당했다는 건. 그냥 맛집 하나가 사라졌다고 하기에는 그 식당에 얽혀 있는 기억들이 너무 많았다.

자리에서 일어나며 식당 사람들에게 인사를 했다. 그때도 그랬고 지금도 똑같은 마음이었다.

"잘 먹었습니다. 정말정말 잘 먹었습니다."

눈을 떴다. 하얀 천장이 보였다. 침대에 반듯이 누워 있는 몸. 병원인 것 같았다. 병원 냄새가 났다. 눈을 돌려 창가 쪽을 바라보니 낯익은 누군가가 다른 환자 보호자들과 이야기를 나누고 있었다. 현정 씨인가? 희나 씨?

뜬금없이 이상한 기억이 떠올랐다. 그날 반지를 주면서 민아리에게 한 말이었다.

"이건 이응이야. 소리가 안 나는 이응. 그게 무슨 뜻이냐면……."

민아리의 대답이 생각이 났다.

"알아."

얼굴이 화끈 달아올랐다. 그렇게 심장이 뛰어대는 걸 보니 다른 세상에서 눈을 뜬 건 아닌 모양이었다.

3부

날개로 추정되는 파편

"좀 살벌하지 않아요?"

"뭐가?"

"저도 헤어진 남자한테 별 몹쓸 짓도 다 해보고 반대로 이상한 일을 당해본 적도 한두 번은 아닌데요, 늘 헤어질 때 뒤끝이 지저분해서, 그래도 미사일을 날릴 생각까지는 해본 적이 없거든요. 뭔가 전할 메시지가 있어서 그런 건 알겠는데, 좀 핑계 같지 않아요? 내내 불쌍하게 혼자 있다가 이제 좀 누구를 만나볼까 마음먹은 순간에 데이트하러 갈 만한 데가 다 폭파돼버렸잖아요. 누가 봐도 스토킹인데. 집착하는 스타일이었어요, 그분?"

"아니라고는 못 하겠지만."

"진짜요? 와, 무섭다. 옆에 있다가 죽는 줄 알았네. 이제 따로 다녀요. 그러다 진짜로 나란히 미사일 맞고 죽으면 아무 사이 아니라고 변명도 못 해요."

"죽었는데 남들이 뭐라 그러건 무슨 상관이야."

"농담 아닌데. 진짜 무서웠어요."

"그 이야기 하려고 온 거야?"

"분위기 좀 풀어주려고 했더니. 에잇, 멋없기는. 일 이야기나 해요 그럼. 어디 보자, 현장 보고서 봤는데요, 큰 건 하나 나왔던데요. 그때 는 선배가 어떻게 알고 저한테 숙이라고 한 건지 궁금했는데, 소리 들 으신 거죠?"

"어, 미사일 날아오는 소리."

"그러니까요. 느리게 날아왔더라고요. 음속 이하 속도로. 그렇다고 그걸 듣고 피할 정도는 아니었을 텐데."

"얼핏 들은 거야."

"그럴 거라고 생각했어요. 어렴풋하게나마 들리기만 하면 표적이 어딘지는 뻔했으니까. 뭐 아무튼 파편이 발견됐어요. 날개로 추정된 대요. 순항미사일이던데, 이제 의심의 여지도 없어요. 누가 봐도 그냥 정밀 타격이었어요. 정확히 그 식당을 노리고 날아왔다고요. 10층짜 리 건물인데 수평 방향으로 날아와서 1층을 정확히 타격했대요. 그러 느라 엄청 느리게 날아왔다는데, 아, 이건 미사일치고 느렸다는 뜻이 래요. 진짜로 느린 건 아니고. 근처에서 살짝 선회를 한 번 했다나. 날 개가 있으니까요. 아무튼 대피가 빨라서 식당 사람들은 무사하고, 마 침 그 앞을 지나던 행인들만 봉변을 당했더라고요. 그때는 그 일대 가 다 날아간 줄 알았는데, 나중에 정신 차리고 보니까 딱 그 근처만 피해를 입었던데요."

"작은 미사일이니까."

"좀 큰 거였으면 지금쯤 다른 세상에서 다른 주제로 이야기를 하고 있었겠죠. 그러거나 말거나, 밖에서는 벌써 난리가 났어요. 정밀 폭격이라고. 그런데 그편이 오히려 덜 위험한 거 아닌가. 무작위로 쏴대는 것보다는. 아무튼 서울 이외 지역에 미사일이 떨어진 데다 원래 피해 지역 바로 근처에 정밀 폭격으로 또 공격을 한 거라 일이 커질 것 같아요."

"무리한 거지?"

"민아리 씨요? 확실히 들쑤셔놨죠. 이쪽이나 저쪽이나, 제3국들도 다 난리 났을 거예요. 원래도 난리 통이긴 했지만."

민소는 자리에서 일어나 앉으려다 다시 침대에 드러눕고 말았다. 오른쪽 갈비뼈와 어깨, 그리고 등에서 통증이 느껴졌다. 무릎도 멀쩡한 상태가 아닌 것 같았다.

"아직 그냥 누워 계시는 게 나을 거예요. 정 과장님한테서 연락이 왔는데 다섯 페이지짜리 요약 보고서 준비하래요. 에스컬레이션 위원회가 제대로 가동될 모양이에요. 이름만 걸려 있던 고위급 위원들이 진짜로 참석을 할 모양인데, 지금까지 해온 건 전부 백지화하고 제로 베이스에서 다시 시작하겠다는 말을 세 번이나 하더라고요."

"그 아저씨 별명이 정백지거든."

"어쩐지. 아주 신나셨더라고요. 진지한 목소리였지만. 이제 본인 차례다 싶으셨는지 어깨에 힘 들어가는 게 목소리에서부터 느껴지던데요. 뭐 일단 요약 보고서는 제가 써보려고요. 나중에 한번 봐주세요. 그리고 이건 삼십 분 전에 들은 이야긴데, 현정 씨가 조사를 받았나 봐요."

"현정 씨가?"

"자세한 건 모르겠어요. 군 점증위원회 쪽에서 나온 이야기예요. 제 귀에 들어온 과정이 너무 어색해서, 일부러 흘린 것 같은데 의도를 잘 모르겠어요. 거래를 하자는 건가. 정확히 뭘 원하는 건지 알 수가 없으니. 그리고 참, 선배 전화기 챙겨왔는데 망가졌더라고요. 화면에 금이 쫙쫙 가 있던데. 아무튼 가방에 넣어뒀어요. 아까부터 진동 소리 같은 게 들리는데 거기서 나는 소리 같아요. 확인해보세요."

"고마워."

"저도요. 아, 아까 여기 올 때 간호사 선생님이 뭐라 그러시던데 들으셨어요? 누가 이쪽으로 전화해서 이민소 씨한테 말 좀 전해달라고 하더래요. 거기 있으면 안 된다고. 밖으로 나가라고요. 그 얘기 전하면서 간호사 선생님이 '절대 안 되는 거 아시죠?' 그러시더라고요. 장난전화 같아서 말을 전해야 하나 말아야 하나 하다가 저한테 알려주시는 거라고."

"밖으로 나가라고? 누구지?"

"남자였대요. 젊은 사람 목소리였다는데요."

"젊은 남자? 더 모르겠는데. 그보다 누구 온 사람 없었어?"

"누구요? 병문안 올 분위기는 아닌 것 같던데. 계속 저밖에 없었어요."

"몇 번 왔었어?"

"네, 잠깐 들렀다가 아직 안 깨어난 것 같아서 금방 갔지만. 아무튼 보고는 여기까지. 하루 만에 꽤 많은 일들이 있었죠?"

"정신없네. 뭐가 뭔지 하나도 못 알아듣겠다."

"다른 건 궁금하면 나중에 다시 물어보세요. 일단 공식적인 업무 보고는 이거예요. 요약 보고서 내라는 거. 백지화하겠다면서 보고서는 왜 내라는지 모르겠어요."

"두꺼운 책은 안 읽어보겠다는 거지 뭐. 솔직하네."

"민아리 씨는 우릴 유인한 걸까요? 잘못 맞힌 첫 번째 미사일이 미끼고 진짜는 두 번째고, 뭐 그런 거 아녜요?"

"글쎄. 살벌한 이야기네. 희나 씨 생각엔 첫 발은 일부러 빗나가게 한 거라고?"

"가능성 없어요? 딱 그래 보이는데."

"그럴 수 있는 위인이기는 하지만, 위치는 그렇다 쳐도 타이밍은 어떻게 재?"

"강연강 있잖아요. 파란 우산."

"현장에 왔었나?"

"보지는 못했지만 왔을 수도 있죠. 그 사람 혼자만 한국에 들어와 있다는 보장도 없고."

"그렇게 따지면 우리가 그 시점에 거기 가 있는 거 아는 사람이 한둘은 아니잖아. 다른 사람이 꾸민 일일 수도 있지."

"누가요? 우리 때문에 거기 나와 있는 사람을 다 없앤다고요?"

"불가능한 건 아니지 않나. 두 번째 미사일은 근처에서 선회했다며. 식당을 노린 게 아니라 우리를 노린 거였어도 어차피 미사일 자체는 건물 보고 날아가는 게 자연스럽지. 순항미사일이 사람 두 명 바라보고 달려드는 건 누가 봐도 수상하니까. 한 명인지 두 명인지는 모르겠지만."

"이미 충분히 수상해요. 거기 뭐가 있다고 정밀 타격을 해요. 군수 공장도 아니고. 수상한 건 맞는데, 에스컬레이션 가속하는 데 이용하느라 그냥 날개 달린 미사일이었다는 점만 강조하는 것 같아요. 언젠가 문제 삼는 사람들이 나타나겠지만 그때쯤이면 벌써 걷잡을 수 없는 상태가 돼 있을 것 같고."

그러나 민소의 머릿속에 떠오른 건 다른 사람이었다. 민아리와 그의 이야기를 알고 있는 세 번째 사람.

그게 동기일 수도 있겠다는 생각이 들었다. 적국 정부 측 에스컬레이션 위원회의 동업자들이 사실은 그가 상상하는 것 같은 사람들이 아니었다면. 혹은 최근에 급진전된 사태로 인해 그가 전혀 예상할 수 없는 종류의 사람들로 인적 구성이 바뀌었다면. 그렇다면 그들에게도 민소는 위협으로 받아들여졌을지 모른다.

물론 그 말은 이쪽 정부에 대해서도 똑같은 동기를 생각해볼 수 있다는 뜻이기도 했다. 정부 안에서 에스컬레이션을 재촉하는 데 가담했던 누군가에 대해서, 그리고 그 배후에 도사리고 있는 국가라는 이름의 거대한 무의식에 대해서도.

그러니 용의자를 쉽게 좁힐 수 있는 단계가 아니었다. 그런데도 일단 현정 씨에 대한 의심이 앞서는 것은 단 한 가지 이유 때문이었다. 만약 이 가정이 사실이라면, 민아리 역시 위험에 처한 셈이 될 테니까.

"현정 씨가 조사를 받았단 말이지."

"네, 거의 강제로 엿듣게 된 이야기라 의도는 잘 모르겠어요."

이쪽에서도 뭔가 알고 있다는 의미인가. 당연히 뭔가를 알고 있기는 했을 것이다. 정보원으로 의심된다는 점 정도는. 그러나 알았어도 굳이 조사를 할 필요성까지는 느끼지 못했을 것이다. 에스컬레이션 위원회라는 데가 원래 서로 얼마나 피해를 입혔는지 조사하고 비교하기 위해 만든 조직이다 보니 눈치 보고 의중을 흘리고 하는 정도는 거의 본업에 가깝다고 할 정도로 일상적인 일이기도 했다.

그런데도 굳이 조사를 했다는 건 뭔가 다른 일이 더 있다는 걸 눈치챘다는 신호일지도 몰랐다. 그런데 왜 그 사실을 다시 이쪽에 흘린 걸까. 정말로 그냥 단순한 협박인가. 협박이라면 무엇에 대한? 보고서 작성을 중지하라는 건가.

"희나 씨, 나 당분간은 이러고 있어야 될 것 같아서, 사무실에서 노트북 좀 갖다주면 좋겠는데."

"일하시게요? 좀 쉬세요."

"끝내놓고 쭉 쉬면 되지. 한 삼 년은 쉬어야겠다."

복도로 나오면서 병실 안을 돌아보았다. 그림자처럼 누워 있는 민소가 보였다. 며칠 새 몇 년은 더 늙어버린 것 같기도 했지만, 오히려 그편이 더 편안하고 행복해 보이기도 했다.

이제 곧 퇴직이었다. 선배한테는 아직 말하지 않았지만, 선배도 이미 알고 있을 게 분명했다. 의외인 건 두 사람 다 퇴직금이 꽤 나올 것 같다는 점이었다. 정확히 말하면 퇴직금이 아니라 성과급을 두둑하게 준다는 것 같았다. 다 백지화할 거라면서 뭘 했다고 성과급을 준다는 걸까.

그때 처음 알았다. 두 사람의 신분이 송민아리나 파란 우산의 신분과 크게 다르지 않다는 사실을. 정부가 지난 몇 달간의 활동을 경력으로 인정해주지 않을 것 같은 분위기였기 때문이다.

'나야 뭐 낙하산이니 별 영향 없겠지만, 저쪽은……'

아무래도 국가는 선배를 공무원으로 고용한 게 아니라 일종의 화이트칼라 용병으로 고용한 모양이었다. 마지막까지 출입증도 발급해주지 않은 야박한 사람들.

역설적이지만, 선배의 가치를 높여준 건 정보원이 따라붙었다는 사실일지도 몰랐다. 즉 현정 씨가 선배의 신분증이었던 셈이다. 저쪽에서 관심을 보이고 있으니 이쪽에서도 잡아둘 가치가 있는 사람이라는 것이다. 선배가 한 일을 보고 그의 가치를 평가해준 사람은 아무도 없었다. 아니, 선배가 한 일을 제대로 들여다본 사람조차 없었다. 그들에게 중요한 건 선배의 액면가였다. 상대가 부른 값이 선배의 시장가치라고 생각했던 것이다. 그게 바로 그들의 결정적인 실수였다. 선배가 작성하고 있던 보고서는 겨우 다섯 페이지로 요약할 수 있는 게 아니었다. 아무도 관심을 갖지 않던 전쟁 초기 몇 달 동안 그는 엄연히 정부를 대리하고 있었다. 에스컬레이션과 확전이라는 무형의 법정에서, 국가가 선임해준 유일한 정부 측 대리인은 오로지 그 사람 하나였다.

'나도 있지만, 솔직히 나는 그냥 조수 정도밖에 안 됐지. 적어도 이번에는.'

지하 주차장에서 차를 빼려는 찰나, 가방에서 전화벨이 울렸다. 번호를 확인한 다음 조수석에 전화기를 던져놓았다. 뭔가 숫자가 떠 있기는 했지만 제대로 된 전화번호가 아니었다. 병원을 빠져나와 큰길에 들어섰을 때 다시 한번 같은 번호로 전화가 왔다. 이번에도 전화를 받지는 않았다.

세 번째로 전화벨이 울렸을 때는 건널목 앞에서 신호를 기다리는 중이었다. 윤희나는 마지못해 전화기를 들고 사무적인 목소리로 전화를 받았다. 그러자 대뜸 이런 말이 들려왔다.

"윤 팀장님이시죠? 통화하기 힘드네요. 여러 번 했는데. 아무튼 거기 있으면 안 돼요. 병원에서 나와야 돼요."

"네?"

"서두르세요. 시간이 많지 않아요. 곧 결정이 날 거예요."

"무슨 결정이요?"

전화가 끊어졌다. 교통신호가 바뀌었다. 한참을 달리다가 왼쪽 차선으로 들어섰다. 건널목을 두 개쯤 더 지난 다음 결국 유턴 차선으로 접어들었다.

누굴까. 여자 목소리였는데. 혹시 그 사람일까.

차를 돌려 병원으로 돌아갔다. 평소보다 급하게 달리지는 않았다. 주차장에 차를 세워놓고 선배가 있는 병실로 올라갔다. 타고 내리는 사람이 많아서 엘리베이터가 거의 층마다 멈춰 섰다. 조금 전의 전화 목소리를 떠올리며 최대한 느긋하게 마음을 다잡았다. 7층이었다. 느린 걸음으로 천천히 엘리베이터에서 내려 선배의 병실로 향하는 복도로 들어섰다. 고개를 갸웃거리며 어두운 복도를 지나는데 멀리서 선배가 걸어오는 모습이 보였다. 진짜 그림자처럼 길쭉한 실루엣이었다.

"어디 갔다 오세요?"

"화장실. 뭐 놔두고 갔어?"

뭐라고 대답해야 할지 떠오르지가 않아서 아무 말도 하지 않은 채 그 자리에 가만히 서 있었다. 그러자 대신 대답해주기라도 하려는 듯 멀리서 사이렌 소리가 들려왔다. 공습경보였다.

"좀 걸을 수 있겠어요?"

"이 정도는."

"그럼 대피할래요?"

민소가 윤희나의 얼굴을 빤히 들여다보았다. 무슨 일이냐고 묻는 듯한 표정이었다. 윤희나는 어떤 표정을 떠올려야 할지 알 수가 없었다. 자기가 생각해도 이상한 말이었기 때문이다.

대피할 필요 없는데. 병원에는 미사일이 안 떨어질 텐데.

저도 알아요. 알면서 왜 왔는지 모르겠네요. 그냥 갈까요?

민소가 먼저 입을 열었다.

"지하에 대피소가 있나?"

다시 복도를 지나 엘리베이터로 갔다. 엘리베이터가 오기까지 몇 분이나 기다려야 했다. 병원은 꽤 느긋한 분위기였다. 엘리베이터 문은 층마다 열렸고 지하 주차장까지는 한참이나 걸렸다.

문이 열리고 드디어 두 사람은 지하 주차장에 도착했다.

"무슨 급한 일 있어?"

내리자마자 민소가 물었다. 윤희나가 전화기를 꺼내들며 무슨 말인가를 하려는 순간이었다.

요란한 폭발음이 사방에서 들려왔다. 건물 전체를 통해 울리는 소리였다. 소리인지 진동인지 명확히 구분되지 않는 충격파였다. 들은 걸까, 느낀 걸까, 아니면 바로 얼마 전에 겪은 충격적인 기억을 떠올린 걸까.

땅이 흔들리는 것 같았다. 일순간 머릿속이 아찔해졌다. 다시 세상의 윤곽선들이 살짝 뭉개지는 게 보였다. 본능적으로 몸을 아래로 숙이고 그리 높지 않은 주차장 천장을 말없이 올려다보았다.

다행히 윤곽선들이 더 뭉개질 기미는 보이지 않았다. 감각들도 아직 예리하게 분리된 채로 남아 있었다. 크고 작은 경보음들이 건물 벽을 타고 사방에서 날아드는 것 같았다. 하나같이 다급한 소리들뿐이었다.

"뛸 수 있겠어요?"

민소가 고개를 저었다.

"차를 이쪽으로 가져올게요."

차가 있는 쪽으로 달려갔다. 탁탁탁 발소리가 사방으로 울려 퍼졌다. 차 문을 여는 손이 살짝 떨렸다.

차를 몰고 엘리베이터 앞으로 갔다. 차에서 내려 선배를 뒷좌석에 앉힌 다음 문을 닫고 다시 운전석에 앉았다.

"다른 사람들 오기 전에 빠져나갈게요."

곧 주차장을 빠져나갔다. 밖으로 나오자마자 멀리서 소방차 사이렌 소리가 들려왔다. 구급차나 경찰차 소리도 들리는 것 같았다.

민소가 고개를 돌려 불길이 솟아오르는 병원 건물을 올려다보았다.

"이제 진짜 전쟁이겠다. 여기 병원인데."

"지금 그게 중요한 게 아니죠. 선배 있던 층 공격당한 거 아니에요? 선배가 표적인 것 같은데."

"나? 왜?"

"전화를 받았는데요, 어떤 여자가……."

민소는 주머니에 있던 전화기를 꺼내 들었다. 피폭 지점 정보를 확인하기 위해서였지만 아직 그런 게 날아오려면 적어도 몇 분은 더 기다려야 할 것 같았다. 대신 부재중 전화가 여러 통 와 있었다. 문자메시지도 몇 건이나 들어와 있었다.

깨진 화면 너머로 이런 말들이 눈에 확 들어왔다.

'왜 전화 안 받아? 거기 있으면 안 돼. 어서 밖으로 나가.'

자연사 미수

버려졌다. 그리고 표적이 되었다.

민소는 차 뒷좌석이 불편했다. 차가 심하게 흔들릴 때마다 갈비뼈나 어깨 어딘가에서 통증이 느껴졌다.

표적이 됐다는 건 상대의 정곡을 찔렀다는 뜻이기도 했다. 만족감이 들었지만 그리 오래가지는 않았다. 그보다는 몸이 아픈 게 더 괴로웠다.

"어디 좀 세워봐."

"힘들어요?"

"추워."

일단은 집으로 가기로 했다. 집이 제일 위험할 것 같기도 했지만, 사무실로 돌아가는 것보다는 그편이 안전해 보였다. 그가 병원을 빠져나왔다는 사실을 확인하기까지 얼마간 시간 여유가 있을지도 몰랐다. 그 안에 보고서와 관련 자료들을 챙겨 와야 했다. 당장 입을 옷가지도.

"그래서 자료 같은 거 반출 못 하게 하는 건데."

윤희나가 말했다.

"어차피 나야 뭐 출입증도 안 내주는 외부인이잖아."

"퇴직금은 못 받으시겠네요."

"그러게. 나 같으면 그냥 미사일 한 개 값 주고 입막음하겠다. 내가 그렇게 꼿꼿해 보여?"

"구부정해 보이죠. 아무튼 말을 잘 들을 것 같지는 않아요."

이제 어쩌면 그 자료들이 생명줄 역할을 하게 될지도 몰랐다. 그는 진실을 팔아서 목숨을 살 용의가 얼마든지 있었다. 다만 상대가 착각하고 있을 뿐이었다. 아니면 그냥 그편이 깔끔하다고 생각한 건지도 모른다. 살려놓고 계속 신경 쓰느니 차라리 그냥 없애버리는 편이 낫다고.

그렇게 된 이상 목숨줄을 챙겨둘 필요가 있었다. 누굴 협박할 생각 같은 건 해본 적 없지만, 이제 그건 그가 선택할 수 있는 일이 아니었다. 무조건 협박을 해야 했다. 살아 있는 것 자체가 협박일 테니. 생존을 포기할 생각은 없었다. 삶에 집착하는 태도로 전쟁 기간을 보낸 건 아니었지만 그런 이상한 이유 때문에 목숨을 공짜로 던져주고 싶은 생각은 더더욱 없었다.

집에서 조금 떨어진 곳에 차를 세웠다. 윤희나가 집 근처까지 걸어가서 주위를 살피고 돌아왔다.

"괜찮아 보여요. 수상한 사람은 안 보이는데."

"그런데?"

"안 수상해 보이는 사람들은 좀 있어요. 그걸 구별을 못 하겠어요."

"하긴."

"그냥 들어가볼까요? 머뭇거릴 시간 없을 텐데."

"그러자."

다시 시동을 켜고 집 앞으로 서서히 차를 몰았다. 주차장이 아닌 길가에 차를 댄 다음 민소를 부축해서 계단으로 올라갔다. 엘리베이터가 없는 4층 건물. 다행히 민소가 사는 집은 2층에 있었다. 3층이나 4층이 아닌 게 다행이었다.

문을 열고 안으로 들어갔다. 누가 다녀간 흔적 같은 건 없었다. 노트북 컴퓨터와 저장장치를 챙긴 다음 종이에 출력한 자료 뭉치들을 추려서 봉투에 넣었다. 그것만 있으면 보고서는 충분히 완성할 수 있을 터였다. 그런데 완성한 다음에는 어디로 보내야 목적을 달성할 수 있을까. 아니, 그보다 그 달성해야 할 목적이라는 건 도대체 뭘까?

'저 사람들이 바라지 않는 일을 하면 되겠지 뭐. 아니면 민아리가 바라는 일을 하거나.'

민아리가 뭘 바라는지는 알 수 없었다. 그가 살아 있기를 바라는 것만은 분명했다. 연락을 한 게 민아리가 맞다면.

옷을 대충 챙겨 입었다. 바지에 다리를 꿰고 상의에 팔을 꿰는 데만 시간이 한참 걸렸다. 서두르면 서두를수록 더뎌지는 일이었다. 느긋하게 한다고 빨라지지도 않았다. 어떻게 해도 아프기만 할 뿐이었다.

"도와드려요?"

"아니, 다 됐어."

"대충 하고 나와요."

"그러고 있어."

"그보다, 어디로 갈까요, 이제?"

민소는 아무 대답도 하지 못했다. 아무 데나 멀리. 그런데 그건 또 어딜까.

침대를 보니 눕고 싶은 생각이 간절했다. 그러나 그럴 수는 없었다.

인간의 본성에 어긋나는 일이지만 지금은 밖으로 나가야 살아남을
수 있는 시간이었다.

누군가 그의 목숨을 노리고 있었다. 전에는 상상도 못 해본 일이었
다. 그는 그렇게 중요한 사람이 될 생각이 없었다. 맨 앞에 서서 눈에
띄기보다는 두 번째나 세 번째 자리에 서는 게 더 좋았다. 운동선수였
다면 금메달보다 은메달이나 동메달을 더 좋아했을 것이다. 결승에서
아깝게 지는 2등보다는 그냥 속 편하게 3등을 하는 편이 낫다고 생각
했을지도 모른다. 이런 자세로는 3등은 어림도 없겠지. 그래서 그는
운동을 하지 않았다. 경쟁을 해야 하는 분야는 잘할 수 있다 해도 일단
피하고 봤다. 그랬던 그가 이번에는 제대로 표적이 되고 만 것이었다.

병원에서 지급한 환자복을 벗어놓고 보니 피가 묻어 있었다. 옆구
리 쪽에 상처가 있었다. 등 쪽으로 나 있어서 잘 보이지도 않았다. 어
느 정도 상처인지는 자세히 듣지 못했다. 들었는데 기억을 못 하는 모
양이었다. 거기만 다친 게 아니기에 그랬을 것이다. 피를 보니 덜컥
겁이 났다.

'원래 이렇게 계속 피가 나는 건가.'

별로 크게 다쳐본 적이 없어서 뭐가 뭔지 알 수가 없었다.

전쟁 중에는 미사일에 맞아 죽는 게 너무나 자연스러웠다. 어떤 죽
음이건 반드시 조사가 뒤따르기는 하지만 전시에 미사일에 맞아 죽
는 건 교통사고로 죽는 것보다도 관심을 덜 받는 경우가 많았다. 거의
자연사에 가까운 죽음이었다. 누군가 다른 사람을 암살할 생각을 하
고 있다면 그보다 더 좋은 기회는 없을 것 같았다. 결국 자연사로 처

리되고 말 테니까. 사망자 통계에 분명히 들어가기는 하겠지만, 원래 집계되어야 할 곳이 아닌 다른 칸에 들어갈 숫자 하나를 더해주는 꼴이 되고 말 테니까.

"병원에 미사일 쏜 거, 민아리는 아닌 거 확실하겠지?"

"네. 저한테 일부러 전화까지 해서 선배를 피신시키려고 했으니까요."

"일산에 떨어진 건?"

"표적은 민아리 씨가 정했을 수도 있겠지만, 타이밍은 우연 아닐까요? 그걸 어떻게 알고 쐈겠어요."

"그렇겠지? 진짜로 다치게 할 생각이 있는 건 아니었을 테니까. 병원으로 전화했다는 남자는 강연강인 것 같고."

"그런 것 같죠?"

"희나 씨는 목소리 기억나, 통화한 사람?"

"들으면 알 정도는 돼요. 민아리 씨 목소리 녹음해둔 거 있어요?"

"글쎄, 없을걸. 두릅이네 집에는 뭔가 있을지도 모르겠다."

옷을 대충 걸치고 다녀간 흔적을 최대한 없앤 다음 밖으로 나갔다. 윤희나가 노트북과 서류 뭉치를 차에 실어놓고 다시 계단을 올라와 그를 부축했다. 서두르고 싶었지만 그럴 수가 없었다. 좁고 비탈진 계단은 난간이 있어도 위험해 보였다.

간신히 차에 다다른 민소가 한숨을 내쉬었다. 민아리의 목소리가 담긴 물건 하나가 떠올랐다. 거의 녹음기처럼 쓰던 옛날 엠피쓰리 플레이어. 몇 년은 지난 목소리이기는 해도 목소리라는 게 갑자기 확 변하는 건 아니니까.

윤희나 쪽을 바라보았다. 목소리를 확인할 수 있으면 좋을 텐데. 안 해도 거의 확신할 수 있지만. 그래도 확인할 수만 있다면. 민아리가 살아 있다는 걸 직접 확인하는 건 분명 의미가 있는 일일 텐데.

계단을 올려다보았다. 다시 찌르는 듯한 고통이 몸통을 조여왔다. 그는 생각을 고쳐먹었다.

'느긋하게 여유 부릴 때가 아니야. 누군가 따라붙기 전에 집에 들어갔다 나온 것만도 행운인데.'

문을 열고 차에 몸을 구겨 넣었다. 윤희나가 뒤에서 문을 닫았다.

'이제 어쩌지? 어디로 가서 뭘 해야 진짜 위험인물이 되는 걸까.'

피로가 의자에 빨려 들어가는 게 느껴졌다.

차가 움직였다. 위험부담이 큰 일 하나를 해냈다는 안도감이 졸음처럼 밀려왔다. 현정 씨는 어떻게 됐을까. 이제 만날 일 없겠지. 의심을 하긴 했지만, 현정 씨가 꾸민 일이 아니어서 다행이었다. 사과할 기회 같은 건 없을 테니까. 그가 의심했다는 사실을 현정 씨가 알 리 없지만 그래도 막상 만나게 되면 사과를 하고 싶어질 것만 같았다.

창밖으로 눈을 돌려 집 근처 익숙한 풍경들을 찬찬히 바라보았다. 곧 전쟁이 선포될 것이다. 공개적으로 전쟁을 선포하지 못할 사정은 여전하겠지만, 아무튼 확전이 될 건 확실했다. 그러면 미사일이 더 날아오겠지. 혹은 좀 더 파괴력 있는 탄두가 배달되거나. 우리는 왜 그걸 막을 수 없을까. 별 이득 볼 것도 없는, 분노와 복수밖에 건질 게 없는 전쟁 따위를. 하긴, 그런 전쟁이 제일 막기 어렵지.

민아리로 추정되는 여자가 윤희나에게 했다는 말을 떠올렸다. 곧 결정이 날 거라 시간이 별로 없다는 말. 그 결정이란 아마 병원을 공격해도 괜찮은가 하는 결정이었을 것이다. 결국 영원히 누군지 알 방법이 없을 그들은 공격을 감행했고, 표적을 제거하는 데는 실패했지만 에스컬레이션을 재촉하는 데는 확실히 성공을 거두었다. 그리고 민아리는 그 결정 과정에서 배제되고 말았겠지. 이쪽에 연락을 취하느라 다소 무리한 행동을 해야 했을 테니까. 이제 민아리에게서 메시지를 받는 일은 없을 것이다. 그걸 전해 받을 수 있는 위치도 아니고.

골목을 빠져나가려는데 택시 한 대가 앞에서 멈춰 섰다. 좁은 삼거리에서 차들이 엉켜 길이 뚫리기를 기다리고 있는 모양이었다. 윤희나가 뒤를 돌아보며 말했다.

"선배, 전화기 버리는 게 좋지 않을까요?"

"꺼두긴 했는데, 그래도 추적당하나?"

"그렇지 않을까요? 저도 잘은 모르지만."

창문을 내리고 주위를 살폈다. 버릴 만한 곳이 당장 눈에 들어오지 않았다. 누가 추적을 했을 때 길 위에 가만히 서 있는 걸로 찍히는 것보다는 어딘가 실내 공간에 있는 것으로 나오는 편이 시간 벌기에 더 유리할 것 같았다.

창문을 올리면서 무심코 뒤를 돌아보았다. 집이 있는 쪽이었다. 언제까지가 될지는 모르겠지만 당분간은 돌아오지 않을 집.

그때였다. 거짓말처럼 그의 시선이 닿는 바로 그곳에서 섬광이 일어났다. 그리고 그와 동시에 거대한 폭발음이 골목을 뒤흔들었다. 불길이 위로 솟아오르고 일부는 골목을 따라 옆으로 퍼져나갔다. 무너지는 벽돌, 사방으로 튀어 나가는 무언가의 파편.

건물이 무너지는 소리가 났다. 4층 건물 전체가 먼지구름을 일으키며 땅 밑으로 사라지듯 아래로 푹 꺼졌다. 땅이 흐르륵 건물을 빨아들이는 소리가 울려 퍼졌다.

충격과 혼란이 골목을 가득 메웠다. 차에 타고 있는 두 사람의 머릿속도 마찬가지였다. 퍼뜩 그런 생각이 들었다.

'전화기! 이게 아직 집 안에 있을 때 발사된 미사일이야. 내가 집에 좀 더 머무를 줄 알고.'

자연사 미수였다. 전화기를 처리해야 했다.

"후진해. 어서 빠져나가야 돼. 우리 여기 와 있는 거 벌써 알고 있어."

차가 집 쪽으로 후진해갔다. 폐허가 가까워졌다. 한참이나 그렇게 후진을 하다가 다음 사거리에서 길 안쪽으로 접어들었다. 윗집 여자는 무사할까. 얼굴보다 발소리가 더 익숙한 누군가의 안위가 궁금했다. 집에 있을 시간이 아니긴 하지만.

다시 차가 앞으로 나갔다. 아직 충격이 채 가시지도 않은 골목길을 헤치고 차가 빠르게 속도를 높였다.

그때 공습경보가 울렸다. 윤희나는 운전대를 잡고 있는 팔에 소름이 번져가는 것을 느꼈다. 머리카락이 쭈뼛 서는 듯했다.

떨리는 목소리로 민소에게 말했다.

"공습경보를 늦췄어요! 어떻게 저럴 수가 있지?"

민소가 힘겹게 몸을 틀어 뒤쪽을 바라보며 말했다.

"용의자가 확 좁혀졌어. 아직 누군지는 모르겠지만."

그게 정확히 누군지는 상관이 없었다. 어차피 일개인은 아닐지도 모른다. 아무튼 한 가지는 분명했다. 범인이 우리 쪽 누군가라는 것. 우리 쪽 기관이든 우리 쪽 정부든, 아니면 국가 자체든, 아무튼 경보 발령에 영향을 미칠 수 있는 누군가여야만 했다. 미사일 업체나 적국에서 하는 일은 확실히 아니라는 의미였다.

손에 든 전화기를 내려다보았다. 버려야 할까. 갖고 있는 게 좋을까. 당분간은 버리지 않기로 마음먹었다. 위치가 노출되어 있다는 사실을 잘만 활용한다면, 어쩌면 용의자의 범위를 조금 더 좁힐 수 있을 것 같았다. 더 이상 좁힐 필요가 없을 만큼 충분히.

구급차나 보내주세요

라디오를 들었다. 어느 주파수를 맞추든 비슷한 뉴스였다.

전쟁이 선포되었다. 바깥에서 거센 압력이 들어왔는지, 표현이 살짝 거칠어서 오해가 있었을 뿐 전쟁 선포는 아니라는 정정보도가 금방 뒤따랐지만, 그러거나 말거나 전쟁은 이미 돌이킬 수 없는 국면으로 넘어가고 있었다. 이미 진행 중인 전쟁이었으므로 그런 빤한 눈속임은 그다지 어려운 일도 신기한 일도 아니었다.

그러나 공습경보를 빠뜨린 데 대해서는 예상보다 훨씬 강력한 저항이 있었다. 전시라고는 하지만 일반 국민들이 할 수 있는 일이라고는 사이렌 소리에 맞춰 일사불란하게 반응하는 것밖에 없는 상황이라는 점을 생각하면 당연한 일이었다. 그러니 조금 전과 같은 고의적인 공습경보 조작은 이제 두 번 다시 시도하지 못할 것 같았다. 어차피 그 사람들 입장에서도 두 번 이상 그런 짓을 저지를 생각 같은 건 없었을 것이다. 말하자면 딱 한 번 쓸 수 있는 카드를 이미 꺼내버린 셈이었다.

윤희나는 민소를 데리고 낯선 아파트 단지로 들어섰다. 민소가 알려준 대로 찾아간 집이었다. 최근 며칠 나라 분위기가 영 심상치 않다고 판단하고는 정말로 외국으로 도망가버린 친구네 집이라고 했다.

"친구 집인데 막 써도 돼요? 위험할 텐데."

"괜찮아. 하나 또 사겠지. 돈도 많은데. 그리고 무슨 일이라도 생기면 오히려 좋아할 거야. 자기가 선견지명이 있어서 제때 도망쳤다고 뿌듯해할 위인이라."

윤희나는 현관에 붙어 있는 사진을 들여다보았다. 신혼부부쯤 되는 것 같았다. 아직은 결혼의 흔적을 마구마구 과시해도 거리낄 게 별로 없는 시기인 것처럼 보였다. 영원히 거리낄 게 없을 수도 있겠지만, 좀 더 시간이 지나면 결혼이 두 사람 인생 최대의 업적은 아니라는 생각이 드는 날이 올지도 모른다. 물론 오지 않을지도 모른다.

'무슨 상관이람. 얼굴도 모르는 사람들 결혼 생활 따위.'

민아리와 그 남편의 결혼 생활을 떠올렸다. 본 적이 없으니 기억이 아닌 상상으로만 이루어진 장면들이었다. 상상 한구석에 선배가 그림자처럼 드리워 있었다.

고개를 흔들어 쓸데없는 생각들을 날려버렸다. 민소가 그 모습을 보고 있었다. 얼굴에는 묘한 표정이 떠올라 있었다.

"힘들죠? 일단 앉으세요. 어디 누울래요? 저쪽에 침대도 있고……."

"누우면 바로 잘 것 같은데. 한 석 달쯤."

그는 소파에 등을 대고 바닥에 앉았다. 그것만으로도 이미 유혹적일 만큼 편안했다. 그러나 아직은 편히 앉아서 쉴 때가 아니었다.

"이제 어쩔 생각이에요?"

윤희나가 물었다. 민소가 전화기를 소파테이블 위에 올려놓으며 말했다.

"할 수 있는 일이 별로 없지 뭐."

"그렇다고 일이나 하고 있을 수는 없잖아요."

"그러게. 음, 할 수 있는 일이 하나밖에 없어. 낼 카드가 이것밖에 없네."

"가만히 있는 거요?"

"응. 미사일을 불러야지. 이게 가만히 있는 걸 보면 다시 미사일을 쏠 생각을 하게 되겠지. 아마 마지막 기회라고 생각하지 않을까. 판단하고 결정하는 데 얼마나 걸릴지 모르겠네. 한 십 분? 그리고 미사일 업체 쪽에 표적 전달하는 데 한 십오 분? 날아오는 시간은, 잘 모르겠네."

"그럼 죽잖아요. 왜 나까지 데려다 놓고 이래요? 그게 계획의 일부예요?"

"응."

"네? 진담이에요?"

"사실 낼 카드는 두 장인데 따로 한꺼번에 내야 되는 거라서. 일단 공습경보를 어쩌지는 못할 거야. 아까 라디오에서도 들은 것처럼 그건 진짜 용납이 안 되는 거거든. 하루에 두 번이면 누군가 책임을 져야 할 텐데, 꼬리 자르고 대충 덮어서 끝날 일은 아닐 거야."

"그래서요? 공습경보가 울리면?"

"전화를 하는 거야."

"누구한테요?"

"지금 제일 유력한 용의자한테."

"전화해서 뭐라고 할 건데요?"

"내가 할 거 아닌데."

"그것도 내가 하는 거예요? 다 나보고 하래. 운전도 내가 하고 전화도 내가 하고."

"나 나름 환자잖아. 그리고 그런 건 원래 팀장님이 하는 거야."

"나 참, 이럴 때만 팀장이래. 그래서 전화를 하면 어떻게 되는데요?"

"내 생각이 맞으면 무사할 거야. 내가 생각하는 그쪽 라인에 있는 사람들이 꾸민 일이 맞으면."

"음, 좋아요. 그런데 그쪽 라인이 아니면요?"

"응?"

"선배 지금 좀 몽롱하죠? 정신이 아주 맑은 상태는 아니죠?"

"그거야 뭐."

"미사일 불러놓고 기다린다면서요. 공습경보가 울리고 나서 누구한테 전화를 해서 뭐라고 하는 것까지는 좋아요. 그런데 선배 가설이 틀리면 어떻게 되는데요?"

"그 생각을 못 했네."

"그 생각을 왜 못 해요?"

왜인지 알 것 같았다. 대답이 돌아오지 않았다. 그는 앉은 채로 잠이 들어 있었다. 뭔가에 취했는지 부상당한 몸을 이끌고 무리를 해서인지는 알 수 없었다. 출혈이 있는 것도 같았다. 바닥에 눕혀놓고 상의 단추를 풀어보니 상처 부위가 터졌는지 생각보다 피가 많이 보였다. 얼마나 피가 나야 위험한 걸까. 일단 피가 나면 다 위험한 거겠지 하는 생각이 들었다.

선배를 돌려 눕힌 다음 소파테이블 위에 있는 전화기를 바라보았다. 저게 가만히 있는 걸 보면 선배가 쓰러졌거나 잠들었다고 생각할 거란 말이지? 부상자니까. 그러면 미사일을 쏠까 말까 고민을 할 테고. 선배가 일부러 그러는 건지 아닌지 궁리하다가 그러거나 말거나 상관없다는 결론에 이르게 될 거야. 하루에 오십 개씩 미사일이 쏟아지는 판에 하나쯤 표적을 놓친다고 해서 문제 될 건 없으니까. 티도 안 나겠지.

공습경보를 생략할 상황은 아니고, 벨을 먼저 누른 다음에 배달이 오겠지. 사실은 배달이 출발한 다음에 벨이 울리는 거지만. 그런데 이번에는 느리고 정확한 배달이 될 거야. 날개 달린 순항미사일이 날아오겠지. 확실히 처리하고 싶을 테니까. 탄도미사일로 때릴 수 있는 건물 구조도 아닌 것 같고. 게다가 아까처럼 마지막 순간에 표적이 움직여서 먹잇감을 놓쳐버리는 건 바라지 않을 거야.

마지막 순간까지 공격 여부를 통제할 수 있는 미사일이어야겠지. 선배는 그 말을 하려던 거였어. 바로 그 점을 이용하라고.

'그러니까, 공습경보가 울리면 그 사람한테 전화를 하란 말이지? 콕 집어서 그 사람이 아니라 그쪽 라인에 속해 있는 사람한테.'

선배의 계획을 다시 한번 머릿속으로 되짚어보았다. 가능한 이야기였지만, 전혀 엉뚱한 가설이 될 수도 있는 이야기였다. 문제는 어느 대목에서 예상이 빗나갈 것인가 하는 점이었다. 영 앞쪽에서 빗나간다면 별로 걱정할 게 없었다. 미사일이 날아오지 않을 테니까. 문제는 뒤쪽에서 빗나가는 경우였다. 순항미사일이 아니거나, 전화 받는 사람들이 실제로 일을 꾸민 사람들과는 다른 라인에 있는 사람들일 경우.

지금이라도 전화기를 던져버려야 되는 건가. 하지만 일부러 부른 미사일인걸. 이게 그 사람들의 정체를 알아낼 수 있는 마지막 기회일지도 몰라. 정상적으로 보고서를 공개하고 조사단의 조사를 기다려봐야 진실 같은 건 절대 밝혀낼 수 없겠지. 저쪽 나라는 어떤지 몰라도 이쪽은 그런 나라니까. 보고서 자체가 완결되어야 해. 마지막 챕터에 누가, 어느 라인이 이걸 덮으려고 했는지, 오늘 떨어진 세 발의 미사일에 관한 이야기가 다 들어가 있어야 되는 거야.

잠든 민소의 얼굴을 들여다보았다. 표정 없이 안색이 창백했다.

'마지막 챕터는 내가 써야겠네.'

가만히 앉아서 공습경보를 기다렸다. 일거리를 꺼내 들지도 않고, 무슨 생각을 골똘히 한 것도 아니고, 그냥 아무 생각 없이 그때가 오기를 기다렸다. 시간이 얼마나 흘렀을까. 한 시간? 한 시간 반?

마침내 공습경보가 울렸다. 구슬픈 메아리가 사방으로 퍼져나갔다. 그렇게나 시간이 소요된 걸 보면 다행히 탄도미사일이 아닌 순항미사일이 날아오는 모양이었다. 미사일은 이미 한참 전에 출발한 게 틀림없었다. 미사일을 쏠지 안 쏠지 결정하는 데 걸린 시간은 십 분이 채 안 됐을지도 모른다.

윤희나는 숨을 한 번 크게 들이쉬었다 내쉰 다음 선배의 전화기를 집어 들었다. 그리고 전화를 걸었다. 전화 연결이 안 될지도 모른다는 생각이 들었다. 하지만 다행히 정상적으로 신호가 갔고, 오래지 않아 익숙한 목소리가 들려왔다.

"여보세요."

받지 않을 수 없는 전화였을 것이다. 그 일이 바로 아빠가 속한 라인에서 계획하고 있는 일이 맞다면. 전화기 너머로부터 어떤 공허한 울림 같은 게 전해져오는 것 같았다. 다른 소리는 별로 들리지 않았다. 다른 말소리나 소음 같은 것들은 조금도 섞여 들어오지 않았다. 전해진 건 다만 공간의 느낌뿐이었다. 목소리가 울리는 넓은 공간.

하지만 생각해보면 그게 더 이상했다. 이 시간에, 공습경보까지 울린 시점에, 그렇게 한적한 공간에 혼자 앉아 있다고?

다시 아빠 목소리가 들려왔다.

"여보세요."

누구 전화기에서 걸려온 전화인지는 알지만 전화를 건 사람이 누구인지는 모르는 것 같은 목소리였다. 윤희나가 말했다.

"저예요. 희나예요."

대답 대신 침묵이 돌아왔다. 딸 목소리를 들은 사람의 반응치고는 꽤 긴 침묵이었다. 당황하는 표정이 전해져왔다. 보이지는 않지만 실제로 보는 것처럼 생생한 표정이었다.

"너구나. 무슨 일이냐. 전화기는 아직 말썽이냐."

곧바로 대답을 하지는 않았다. 그 조금의 간격이 말보다 강렬한 메시지가 될 게 분명했다.

"새로 샀는데 신호가 잘 안 잡혀서요. 선배 전화기 빌렸어요."

"선배? 이민소 말이냐? 위험한 일을 당했다고 들었는데."

"아, 공습경보 무시하다가 큰일 날 뻔했대요. 다행히 무사해요. 지금 저랑 같이 있어요. 일 마무리할 게 있어서 쭉 같이 있을 거예요. 정 과장 아저씨가 뭐 제출하라는 게 있어서요."

다시 침묵이 이어졌다. 전화 통화가 아니라 체스나 장기 같다는 생각이 들었다. 초침이 재깍재깍 움직이는 소리가 들릴 것만 같았다. 누군가 두 사람 사이에 앉아서 시간을 재고 있을지 모른다는 생각도 들었다.

"그게 용건이냐?"

"네, 걱정하실 것 같아서요. 별로 걱정 안 하시겠지만, 두헌이가 저랑 통화 안 되면 자꾸 가족들한테 전화를 해대는 것 같더라고요. 혹시 전화 오면 그렇게 말해주세요."

"알았다."

"끊을게요."

"그래."

전화를 끊고 긴 한숨을 내쉬었다.

선배 쪽을 바라보았다. 아직 정신이 들 기미가 보이지 않았다.

'저대로 둬도 되나. 병원으로 데려가야겠어. 하지만 혼자 차까지 끌고 갈 수 있을까. 구급차를 불러야 되나. 공습경보가 울렸는데. 미사일이 또 몇 개씩 떨어지고 나면 구급차 같은 거 불러도 잘 안 올 텐데.'

눈을 감고 가만히 하늘 쪽으로 귀를 기울였다. 공습경보가 계속해서 울려대고 있었다. 너무 애매하게 말했나 하는 생각이 들었다. 좀 더 확실하게 말할걸. 미사일 이쪽으로 보내지 말라고.

하지만 그렇게 아무렇지도 않게 통화하길 잘했다는 생각도 들었다. 그 한 통의 전화로 미사일의 방향이 바뀔 수 있다면, 그건 곧 미사일의 진로에 대한 결정권이 그 그룹의 사람들에게 있다는 확증이나 다름없었다. 아빠 입장에서 그건 별로 자랑스러운 이야기가 아니었다. 그 사실을 딸에게 들키고 싶은 생각은 없을 것이다. 그러니 이쪽은 아무것도 모른다는 인상을 주는 편이 생존에 유리할 것이다. 미사일을 돌리려면. 결정권을 마음껏 발휘해도 딸한테 부끄러울 일은 없을 거라는 확신을 주려면.

새삼 어떤 생각이 떠올랐다. 그 순간에 떠올릴 수 있는 가장 무서운 생각이었다.

'그쪽 라인에서 하는 일이 아니면 어쩌지?'

어디선가 비행기 소리 같은 게 들려왔다. 쿠글쿠글 하늘 한쪽을 갈아대는 것 같은 소리. 베란다로 나가서 하늘을 올려다보았다. 어느 방향에서 들리는 소리인지 알 수가 없었다. 뒤쪽에서 나는 소리일지도 몰랐다. 벌써 지나가버린 비행체에서 나는 소리일 수도 있었다. 그래도 그게 순항미사일이면 건물 반대쪽을 때리지는 않겠지. 굳이.

그 말은 곧 정면으로 날아오는 미사일을 보게 될지도 모른다는 뜻이었다. 그걸 빤히 쳐다볼 용기는 나지 않았다. 다시 안으로 들어가서 블라인드를 내렸다. 그리고 귀를 쫑긋 세웠다. 나중에 이 장면을 그림으로 그리게 된다면 방 안에 혼자 앉아 있는 토끼를 그리게 되겠다는 상상을 했다.

"좋겠네요. 속 편하게 잠이나 자고 있고."

선배에게 말했다. 물론 대답 같은 건 돌아오지 않았다. 독백처럼 되어버린 말이 쓸쓸하게 느껴졌다.

미사일 소리가 점점 더 크게 들려왔다. 아무래도 이쪽을 향해 다가오고 있는 모양이었다. 느리게 날아오는 미사일이라고는 하지만 삶 전체를 돌아볼 시간 여유를 줄 만큼 느리지는 않았다. 그저 심장이 요동칠 정도의 시간밖에는 없었다. 미사일의 기운을 몸으로 느낄 수 있었다. 바로 근처까지 다가와 있는 게 분명했다.

눈을 질끈 감았다. 감겨 있는 선배의 눈을 손으로 가려주었다.

'나쁜 놈, 왜 나한테 이런 일을 시키고 그래!'

바로 머리 위에서 무슨 소리인가가 들려왔다. 밖에서 정확히 무슨 일이 벌어지고 있는지 알아들을 수 있을 만큼 가까이에서 들려오는 소리였다. 도플러 효과 같은 게 일어난 것 같았다. 다가오는 소리와 멀어지는 소리의 경계가 분명했다. 머리 위를 스쳐 지나가는 비행체가 남긴 흔적. 그것도 아주 가까운 거리에서.

아파트 바로 근처에서 날개 달린 미사일이 방향을 선회했다. 구체적으로 얼마나 가까운 거리였는지는 알 수 없었다. 적어도 어느 정도 거리에서 방향을 틀어야 무사히 공격을 취소할 수 있는지도. 아무튼 거의 죽을 만큼 가까운 거리였던 건 확실했다.

괴상한 신음 소리가 저절로 터져 나왔다.

'아, 사는 건 좋은 거구나. 공습경보 무시하고 살면 안 되겠다.'

눈물이 날 것 같았다. 거칠어진 호흡을 가다듬느라 한참이나 엎드린 듯 어정쩡하게 앉아 있어야 했다.

정신을 차리고 겨우겨우 몸을 일으켰다. 아직 떨림이 남아 있는 손으로 전화기를 집어 들어 전화를 걸었다.

"여보세요."

다시 아빠 목소리였다. 수화기 너머로 안도감이 느껴졌다.

"고마워요. 애쓰셨어요."

다시 침묵이 끼어들었다. 그리고 아무렇지도 않은 듯 이런 말이 이어졌다.

"뭐가?"

윤희나는 아는 티를 내려다 그만두었다. 꼭 말로 하지 않아도 이미

한 거나 다름없었다. 대신에 아직 진정되지 않은 목소리로 이렇게 말했다.

"아니에요. 구급차나 좀 보내주세요. 선배 상태가 많이 안 좋아요. 제가 부르면 너무 늦게 올 것 같아서요."

풀 옵션

지하에 벙커가 딸린 집에 살고 있었다. 숨어들어가 있기 좋은 풀 옵션 벙커였다. 하루 종일 그 안에 숨어 있을 필요는 없었지만 굳이 바깥으로 나가고 싶지도 않았다. 전처럼 안팎을 들락날락하는 사람들이 생활에 필요한 것들을 챙겨다 줬기 때문에 지하 생활은 그다지 힘들지 않았다. 아니, 솔직히 말하면 살면서 제일 속 편하고 좋은 시절이었다. 해야 할 일도 없고 읽어야 할 책도 없고 외워야 할 영어 단어도 없고 만나야 할 애인도 없었다. 하고 싶으면 하고 말고 싶으면 말고. 하고 싶어도 할 수 없는 일이 많은지도 몰랐지만, 다행히 하고 싶은 일이 별로 없어서 그 한계를 시험할 기회 같은 건 좀처럼 오지 않았다.

바깥세상은 나날이 살벌해져갔다. 미사일이 한 번에 백 개씩 떨어지는 날도 있었다. 수상한 탄두가 떨어지는 경우도 더러 있었지만, 그게 이슈가 된다는 건 그만큼 드문 일이라는 증거이기도 했다.

서울은 날마다 지도가 수정되곤 했다. 다 따라잡을 수 없을 만큼 빠른 변화였다. 다시 지상으로 올라가면 먼저 서울 지리부터 새로 공부해야 할 것 같았다. 그렇게 하는 편이 효과적일 것이다. 그러니 벌써부터 따라잡을 필요는 없었다. 그렇게 한 달이 지났다. 어떻게 그렇게 오래 버틸 수 있었을까. 선배라면 이렇게 말했을지도 모른다.

"그거 오 년쯤 계속해도 버틸 수 있을걸. 국가라는 게 그래. 건물이란 건물은 다 부서진 것 같은 상황에서도 계속 사람이나 물자가 조직되고 그걸 바탕으로 반격이 시작되곤 하거든. 나라는 그걸 다 버텨낼 수도 있고 감당할 수도 있지만 정부는 절대 감당을 못 해. 그래서 자주 무너지고 하는 거겠지. 그런다고 국가가 무너지는 건 절대 아니지만."

아무튼 더 자세한 것은 알고 싶지 않았다. 다른 사람들이 처리하게 놔뒀다가 상황이 끝나고 나서 누군가 정리해놓은 요약본 정도나 읽으면 그만일 것 같았다. 전쟁은 그냥 다 피곤했다. 그 와중에도 누군가는 자기 자리를 지키고 할 수 있는 일을 해야 하는 게 맞겠지만, 그런 의무감은 별로 느끼지 못했다. 기여할 수 있는 만큼은 이미 다한 기분이었다. 뭘 더 어쩌란 말인가. 이제 제발 아무 일도 하지 말고 좀 쉬어달라는데.

전쟁이 없는 시절에 만들어진 영화를 보며 시간을 보내곤 했다. 그 시절에 만든 전쟁영화는 생각보다 잔혹하지 않았다. 그래서 마음이 이상했다. 화석 같은 영화들이었다. 그중에는 직접 영화관에 가서 본 것들도 꽤 있었다. 지질시대 하나를 건넌 사람이 된 것 같았다. 나이를 좀 더 먹은 듯도 했다. 그런데 가만히 생각해보면 별로 한 일은 없었다. 그냥 여기저기를 쫓아다녔을 뿐이다. 다니면서 뭘 했는지는 잘 기억도 나지 않았다.

그림을 그렸다. 미사일 같은 걸 많이 그렸다. 일부러 검열을 하지는 않았다. 떠오르는 대로 다 내버려뒀다. 그림은 꿈 같은 것이었다. 이상해 보여도 분명 무슨 기능이 있을 것이다. 뭐 하고 지내나 구경하러 온 언니가 물었다.

"무슨 기능?"

"음, 글쎄. 그림을 그리게 되는 기능?"

"너 요새 좀 미쳤구나."

"요새? 옛날부터 미쳤다며."

"광기가 양성화됐구나."

미사일을 계속 그렸더니 점점 더 미사일을 잘 그리게 됐다. 미사일 그림이 어느 수준에 이르자 그 뒷배경도 점점 좋아졌다. 미사일을 뱉어내고 다시 바닷속으로 사라지는 핵잠수함. 그 핵잠수함을 찾아다닌다는 미군 전투기, 구축함, 인공위성. 가끔 그런 것들이 수첩에 등장하곤 했다. 만약 전쟁이 끝난다면 그런 식으로 끝날 거라고 했다. 에스컬레이션 위원회가 보고서를 통해 밝혀낸 진실에 의해서가 아니라, 미군 함대가 핵잠수함들을 색출하고 미사일 공급 네트워크를 무력화하는, 또 다른 전쟁의 결과로.

진실은 별로 효과가 없었다. 적국에서는 그래도 반향이 좀 있었던 모양이다. 이쪽에서는 진실이 유예됐다. 폐기되지는 않았지만 발표되지도 않았다. 그냥 기록물로 남았을 뿐이다. 그러다 한 오십 년쯤 뒤에 학자들이 전쟁 발발 과정에 대해 한참 열띤 논쟁을 벌일 무렵 그 모든 논의를 잠재울 결정적인 문건으로 세상에 나오게 될지도 모른다. 그때가 되면 사람들은 그 보고서가 간단하게 부정하거나 무시할 수 있는 문건이 아니라는 사실을 알게 될 것이다. 증거가 꽤 탄탄했으니까.

그 보고서는 이미 여기저기 공개되어 있는 사실들에 대한 해석이었다. 누구나 접근할 수 있는 그 방대한 자료들 중 우연, 오폭, 실수, 오차 같은 말들로 분류되어 금세 사람들의 관심에서 멀어지거나 영원히 기억에서 지워질 운명에 처해 있던 부분들에 관한 꽤 설득력 있는 재해석. 게다가 그 보고서를 작성한 인물은 별 특별해 보이는 노하우 같은 건 아무것도 없는데도 결과물을 놓고 보면 이상하게도 다른 사람들보다 늘 오 년은 앞서 있는 것처럼 보이는 사람이었다. 그래도 진실은 별로 인기가 없었다. 적어도 당장은 그래 보였다.

책이고 영화고 그림이고 잡지고 옷이고, 전쟁 발발 이전에 나온 것들만 반입을 허용했더니 벙커 안은 꽤 평화로웠다. 그리고 옷들이 꽤 화려했다. 미사일이 등장한 이후에는 겉은 칙칙하고 안감만 화려한 옷들이 유행했는데, 그 이전 시대 옷들은 거짓말처럼 화사했다. 무채색인 경우에도 장식이 많았다. 하다못해 재미있어 보이는 곡선이라도 하나쯤은 품고 있었다. 분명 그 시절을 한국에서 보낸 게 맞는데도 다시 보니 새삼 신기했다.

책장에는 언제나 보고서가 꽂혀 있었다. 클라우제비츠와 아리스토텔레스와 칸트와 바보 같은 에스컬레이션, 그리고 사라진 맛집들. 이제는 정부를 대신하는 자리에 있지 않아서 그런지 전쟁을 그때처럼 그렇게 건조하게 볼 수가 없었다. 그래도 그 보고서는 경전처럼 중요한 자리에 모셔져 있었다. 다시 펴보지는 않았지만.

지하에 갇히고 나서야 맨 처음 전쟁이 일어난 원인을 자세히 들여다보게 되었다. 반입이 허용된 잡지들 가운데 전쟁 발발 직전 시기의 잡지들이 제일 떠들썩하게 다루고 있는 게 그 이야기여서 읽다 보면 자연스럽게 그쪽 주제로 흘러갈 수밖에 없었다.

정말 말도 안 되게 사소한 일이었다. 발단은 동맹국의 요청에 따라 우연히 같은 지역에 배치된 두 나라의 소규모 해외파병부대였다. 현지 적응이나 물자 조달을 위해 거래하던 무국적 군사 컨설팅 업체들이 있었는데, 그 업체 중 하나가 일으킨 사고로 다섯 명의 군인이 사망했다. 다섯 명의 군인과 스무 명의 경비업체 직원. 피해를 입은 경비업체가 상대 쪽 용역업체를 공격했고 그 과정에서 일곱 명의 상대편 군인이 죽었다. 열다섯 명의 용역업체 직원도 함께였다. 그렇게 에스컬레이션이 시작되었다. 그러니까 맨 처음 에스컬레이션은 용병회사 둘 사이에서 일어난 셈이었다. 그 와중에 이런저런 오해가 더해지고, 점차 불길이 양쪽 정규군에게까지 번져나가면서 일이 걷잡을 수 없을 만큼 꼬여버렸다.

문제는 아무도 그 사태를 걷잡으려 하지 않았다는 점이다. 수습하기보다는 부채질한 사람이 더 많았다. 그래봐야 워낙 멀리 떨어져 있는 나라들이라 전쟁 같은 건 하려 해도 할 방법이 없을 줄 알고 한 일이었다. 그때 누군가가 수단을 제공했다. 사라진 송민아리의 팀이 소

240

속된 초국적 용병회사가.

"그때 뭐 하고 있었어요? 이 잡지 나올 무렵에?"

민소에게 물었다.

"나? 엉엉 울고 있었겠지. 사람 같지도 않았을걸."

"민아리 씨 때문에?"

"그렇지 않을까."

"다시 만나고 싶은 생각은 안 들어요? 살아 있다는 것도 아는데."

"됐어. 나보다는 그쪽이 더 문제지. 만날 생각 같은 거 없을 거야."

"그래도 병원에 전화도 했는데."

"그만큼 무리를 한 거지. 과했어. 그것 때문에 그 뒤로도 쭉 영향이 있었을 거야, 그쪽은 그쪽 나름대로."

벙커에 들어오기 전, 바깥세상에서 보낸 마지막 날 두 사람은 파란 우산 든 남자, 강연강을 만났다. 이미 알 만한 건 다 알고 있다는 사실을 밝혔는데도 그는 자신의 역할이나 국방전략미사일위원회가 한 일에 대해 언급을 하지 않았다. 다만 선배가 병원에 있을 때 누군가를 대신해서 전화를 건 사람이 자기가 맞다는 것만 확인해줬을 뿐이다. 그 일 때문에 송민아리의 입장이 난처해지지 않았느냐는 선배의 물음에 그는 이렇게 대답했다. 누나야 뭐, 제거됐겠죠.

민소가 뭔가 심각한 고민에 잠기려는 순간, 윤희나는 눈치 빠르게도 손에 든 잡지를 눈높이로 들어 올리며 다시 화제를 과거로 돌렸다.

"그 상탠데 일은 왜 시작했어요?"

"엉엉 안 울려고 그랬나. 그냥 누가 일을 하라 그러니까 한 것 같은

데. 별로 깊이 생각한 적 없어."

"하긴, 피할 방법도 없었겠죠."

"무슨 소리야. 안 하겠다는 사람한테 어떻게 일을 시켜? 그런 경우도 있나."

"성실하니까."

"그게 문제긴 하지. 망가진다고 망가져봐야 남들이 보면 그냥 모범생이니까. 조금만 방심하면 어느새 약속을 지키고 일정을 맞춰서 뭘 제출하고 저금을 하고 그러고 있다니까."

"저금이요?"

그는 사치로 흥청망청 저금을 하는 사람이었다. 퇴직금 받아서 뭐 할 거냐고 물었더니 저금이라고 대답했다. 저금해서 그 돈으로 뭘 할 거냐고 물으니 한참이나 곰곰이 생각하다가 딱히 떠오르는 게 없다고 했다. 그래서 다시 저금을 할 거라고. 그래도 저금이라는 게 결국 돈을 모아서 뭔가를 하려고 하는 거 아니냐고, 하고 싶은 것도 없으면 저금은 왜 하느냐고 되물었다. 별 뾰족한 대답은 돌아오지 않았다.

"선배, 그거 때문에 민아리 씨가 안 받아준 거 아닐까요?"

"왜? 걔는 그거 좋아했는데."

"재미라고는 하나도 없고. 돈이 생기면 뭘 하겠다 상상도 한번 안 해보고."

"꼭 쓰려고 저금하나? 버티려고 하는 거지. 만일의 사태에 대비해서. 실직을 한다거나, 일이 잘 안 풀린다거나."

"저금해놓은 거 까먹고 산다고요? 그래본 적 있어요?"

"별로 없지만."

"통장 잔고 줄어드는 거 못 견디죠? 좀 까먹는다 싶으면 바로 일거리 찾아서 열심히 하죠?"

"당연하지."

"그럼 저금은 왜 해요?"

"불안하니까."

"아유, 답답해라. 무슨 프리랜서도 아니고, 월급 꼬박꼬박 나오는 데서만 일해놓고 무슨 쓸데없는 걱정이람."

아빠는 그 일을 주도한 사람은 아니었다. 다만 그 라인에 속해 있는 사람 중 하나일 뿐이었다. 그들이 선배를 미사일로 저격하는 계획을 세웠을 때, 자기 딸이 표적 바로 옆에 내내 붙어 있었다는 사실을 모르고 있었던 한심한 아빠. 어떻게 그걸 모를 수가 있었을까. 어쩌자고 그 사람들이 하는 말을 다 믿은 걸까. 저 똑똑하고 의심 많은 양반이.

진범은 아직 구체적으로 밝혀지지 않았다. 조사를 하면 금방 알아낼 수 있겠지만 당분간 그럴 일은 없을 것 같았다. 그래도 대충 누가 꾸민 일인지는 짐작이 갔다. 우연히 떨어진 것처럼 보이던 미사일들. 하지만 그 미사일들이 전부 다 정해진 목표 없이 아무렇게나 날아온 건 아니었다. 그 표적을 지정해준 사람들을 찾아낼 방법이 있을 것이다. 전쟁 초기까지 전부 추적할 수는 없다고 해도 적어도 마지막 몇 발은 추적해낼 수 있을 게 분명했다. 선배가 입원해 있던 병원에 떨어진 미사일, 고의로 공습경보를 생략한 채 날아온 미사일, 그리고 마지막 순간에 방향을 틀었던 날개 달린 미사일까지. 그렇게까지 무리해서 개입한 폭격이라면 반드시 결정적인 증거 몇 개쯤은 남아 있을 것이다. 언제든 마음만 먹으면 쉽게 추적할 수 있는 증거가.

선배가 말했다. 국방전략미사일위원회도 처음부터 양국의 미사일 업체가 하나라는 사실을 알았던 건 아니라고. 단지 남들보다 훨씬 일찍 알았으면서도 그 사실을 다른 사람들에게 알리지 않았을 뿐. 물론 에스컬레이션 위원회 소속 현장조사관이 그 사실을 알게 되었다는 사실을 눈치채자마자 그를 제거하려고 했다는 점을 생각하면, 그들도 결코 순진한 것은 아니었다. 사실 악당이 맞았다. 선배도 그렇게 말했다. 그 전쟁에서 제일 중요한 악마는 아니지만 아무튼 악당은 맞다고. 진짜 악마는 에스컬레이션 그 자체였지만.

그날, 선배의 전화기로 미사일을 유인하던 날, 마지막 순간에 전화를 걸어 미사일 방향을 돌리게 한 건 아빠가 맞았다. 병원에서 나오자마자 선배를 빼돌려 내내 이 지하 벙커에 머무르게 한 것도 아빠였다. 보고서를 파기하지 못하게 한 것도, 늦지 않게 구급차를 보내 선배를 살린 것도, 하다못해 퇴직금을 챙겨준 것도.

선배를 지하 벙커에 보호한 건 자연사를 당하지 않게 하기 위해서였다. 전쟁은 그만큼 선배에게 적대적이었다. 아빠는 그 상황을 그냥 방치해두지는 않았다. 심경의 변화를 일으키게 된 건 역시 딸이 지나치게 깊이 연루된 사건이기 때문이었을까. 동기야 어떻든 적어도 그건 꽤 훌륭한 일이었다. 무언가를 희생해야만 관철시킬 수 있는 일이었으니까.

하지만 그 뒤로 아빠와 대화를 나눈 적은 한 번도 없었다. 가슴에 맺힌 게 있는 것도 아닌데 이상하게 그랬다. 도저히 아빠와는 대화를 나눌 수가 없었다.

읍참양파

민소는 가끔 그 보고서 표지를 볼 때마다 아쉬운 마음을 감출 수가 없었다. 미완성인 채로 급하게 마무리를 하고 만 데서 생긴 허전함 때문이었다. 단지 그 보고서뿐만 아니라 에스컬레이션 위원회 일을 생각하면 다 그랬다.

물론 무슨 대단한 사명감 같은 것 때문에 한 일은 아니었다. 그냥 그 일이 눈에 들어왔을 뿐이다. 누군가는 꼭 해야 되는 일인데 아무도 관심을 갖지 않는 일. 그걸 외면하지 않았을 뿐이다. 죽을 만큼 열심히 한 것도 아니었다. 오히려 때가 되자 그냥 안전하게 도망치는 쪽을 선택한 셈이기에 충분히 노력했다고 말할 수도 없을 정도였다.

그래서 그런지 성과가 영 시원찮았다. 전쟁을 막아낸 것도 아니고 감추어져 있던 누군가의 음모를 만천하에 시원하게 공개한 것도 아니었다. 세상은 그냥 원래 가려던 길을 가고 있었다. 에스컬레이터를 타고.

벙커에서의 은둔 생활은 안락했다. 일단 밤에 잠을 잘 자게 되었고, 공습경보 스트레스에 시달릴 일도 없었다. 그러나 그 소리가 들려왔을 때는 민소와 윤희나 두 사람 다 하던 일을 멈추고 숨죽인 채 천장 쪽을 올려다볼 수밖에 없었다.

그건 정말로 어마어마한 소리였다. 그냥 좀 가까이에 떨어진 미사일 소리 같은 게 아니었다. 도저히 무심하게 넘어갈 수 없는 소리. 세상 모든 소리들을 잠재울 마지막 소리 같은 폭발음.

'뭐가 떨어진 걸까.'

가만히 귀를 기울인 채 한참이나 위쪽을 올려다보았다. 위쪽에서는 아무 소리도 들려오지 않았다. 비명 소리도 사이렌 소리도, 쿵쿵거리는 발소리나 자동차 바퀴 굴러가는 소리조차도.

"뭐지?"

윤희나가 그를 바라보았다. 목소리가 들리는 걸 보니 귀가 먼 건 아닌 것 같았다.

텔레비전 리모컨을 집어 들었다. 아무리 눌러도 전원이 켜지지 않았다. 텔레비전으로 다가가서 직접 전원 스위치를 눌러도 마찬가지였다. 컴퓨터도 전화기도 다 먹통이었다. 귀 기울여 들어보니 냉장고도 어느새 조용해진 것 같았다.

민소는 1층으로 나 있는 출입문 쪽으로 다가갔다. 그리고 계단을 올라가 으리으리하게 생긴 잠금장치에 손을 댔다. 문 너머에서 열기가 느껴졌다. 깜짝 놀라 손을 떼고 출입문 너머로 초점 없는 시선을 던졌다.

'진짜 핵폭발인가? 이엠피EMP, 전자기 펄스 효과까지……'

한숨을 깊이 내쉰 다음 다시 문 쪽으로 손을 뻗으려는데 뒤에서 윤

희나가 그의 등에 가볍게 손을 얹었다. 그가 고개를 돌리자 윤희나가
말했다.

"선배."

"응?"

"우리 좀 있다가 열어요. 몇 시간만."

"응? 아, 그래."

"이탈리아 식당 같은 데 가면, 입구에 딱 들어서자마자 맛있는 냄새
가 나잖아. 짜장면보다 파스타가 고급인 이유가 뭘까 하다가도 그 냄
새 맡아보면 다른 건 몰라도 중국집 손님이랑 파스타집 손님이 어떻
게 다른지 알 것 같은 그런 거."

"화덕 냄새요?"

"그러니까 내가 하려던 말이 그거야. 화덕 냄새. 아니면 오븐 냄새.
오븐에 뭘 구우면 그 냄새가 나더라고. 요리는 사람이 하는 게 아니라
오븐이 하는 게 아닐까 싶은 맛있는 냄새."

"그거 집에 사람 불러놓고 파티 같은 거 할 때 좋아요. 재료 준비하
고 오븐 예열해놓은 다음에 손님들한테 와인이나 샴페인이나 뭐 마
실 거 한 잔씩 내주고 기다리게 하면서 메인 요리를 오븐에 돌리면
뭔가 막 맛있는 냄새가 나잖아요. 엄청 대단한 요리 하는 것 같고."

"그렇지, 그거. 재료 큼직큼직하게 썰어 넣고 대충 양만 좀 많아 보
이게 쌓아놓으면 꺼내놓기만 해도 그냥 와 소리 나오고."

"감자 같은 거. 양파도."

"피망도."

"토마토. 토마토가 오븐에 익히면 또 근사하잖아요."

"오븐 요리나 해 먹을까?"

"아무거나 대충 이것저것 넣어서요? 아, 냉장고에 양파 많던데. 양파 많이 넣고 토마토 소스 파스타 같은 거 해 먹을까요?"

"그럴까? 양파 다져서 볶아볼까?"

"아, 요리 냄새 하면 또 양파."

"그렇지. 또 양파가 이게, 이게."

"양파만 기름에 볶아도 뭔가 엄청 맛있는 거 하는 것 같잖아요."

"나 그거 좋아하는데."

"그거 안 좋아하는 사람도 있어요?"

"카레나 하이라이스 같은 거 할 때도 양파 많이 썰어 넣으면 맛있는데. 덩어리 안 보이게 다져서요."

"그럼 그걸로 할까? 다는 못 먹겠는데."

"남으면 나중에 또 먹죠 뭐."

양파를 썰었다. 칼질이 그렇게 익숙하지는 않았다. 토막을 낼 때마다 조금씩 사방으로 흩어지는 조각들을 손으로 잘 정리해서 자잘한 조각이 될 때까지 자르고 또 잘랐다. 손가락을 다치지 않도록 손끝을 오므리고 잘 드는 칼로 탁탁탁 가볍게 도마를 두드렸다. 잘게 다져진 조각들이 칼에 달라붙으면 가끔 손으로 칼날을 쓸어내렸다.

"눈 맵다."

눈물이 났다.

"저도요."

"아, 눈물 나."

옆에서 다른 재료를 준비하고 있던 윤희나가 뭔가를 한참 만지작거리다 피식 웃음을 흘렸다.

"왜?"

"아니에요."

계속 웃음이 났다. 그러면서도 눈에서는 눈물이 찔끔거리는 게 더 우스웠다.

'이 말을 해야 하나, 말아야 하나.'

오븐을 쓸 수가 없었다. 가스레인지도 마찬가지였다. 조리할 수 있는 도구가 하나도 없었다. 텔레비전도 안 켜지고 컴퓨터도 먹통이니 일단 그것부터 확인했어야 했다.

'이게 무슨 풀 옵션 벙커야. 다 외부에서 끌어다 쓰는 주제에.'

민소는 계속해서 양파를 다지고 있었다. 저렇게 많이 다질 필요까지는 없을 텐데. 눈에는 눈물이 글썽글썽했다. 그런데 표정이 아무렇지도 않아서 더 이상해 보였다.

"선배 지금 표정이 엄청 웃겨요."

"그래? 아, 나는 막 슬픈 것 같은데."

"제가 방금 엄청 슬픈 사실 하나를 깨달았는데 나중에 이야기해줄게요."

"그래? 지금 해도 되는데."

"한 오 분만 더 있다가요."

"그러든지. 그런데 이거, 내가 다쳤으니까 내가 볶는다."

"특별히 양보할게요. 근데 선배 손이 참 느리네요. 슬근슬근 썰지 말고 깨끗하게 잘 좀 탁탁 끊어보세요."

"칼이 너무 잘 들어서. 위험하잖아. 조심조심 해야지."

눈물 때문에 시야가 흐려졌다. 눈물을 집어넣으려 고개를 뒤로 젖혔다. 눈을 깜빡이자 눈 옆으로 눈물이 주르르 흘러내렸다.

위에서는 여전히 아무 소리도 들리지 않았다. 소리가 남아 있는 곳은 오로지 그 지하 벙커 안밖에 없는 것 같았다.

'저 위에 있는 내 저금은 무사하려나.'

일상은 통조림 한 캔에 간신히 담겨 있었다. 그나마도 이제 얼마 지나지 않아 뚜껑을 따야 할 통조림이었다. 무슨 일이 벌어진 걸까. 궁금했지만 당분간은 궁금해하지 않기로 했다. 지금 이 순간이 세상에서 누릴 수 있는 마지막 행복일지도 모르니.

그렇다고 영영 외면할 생각까지는 없었다. 그냥 잠깐이면 됐다. 아주 잠깐만 한숨 돌릴 시간이 있었으면. 그다음에는 망설이지 않고 문을 열 것이다. 캔을 따고, 캔 바깥에 뭐가 있는지 살펴봐야지. 그리고 기록을 하는 거야. 지도를 새로 그리고 사진도 좀 찍고.

'그래, 생각났어! 그날 나 병원에 입원해 있을 때 병실에 찾아와서 다른 보호자들이랑 수다 떨고 있던 여자. 손가락에 반지가 있었지 참. 마치 내가 직접 고른 것처럼 눈에 익던 반지. 그런데 그게 왜 하필 지금 생각나는 거지.'

민아리를 떠올렸다. 모습은 떠오르지 않고 민아리가 한 일들만 떠올랐다. 그냥 아무 생각 없이 일이니까 한 거였겠지. 그러다 내가 이런 일을 하고 있다는 걸 알고 혹시 막을 수 있으면 막아나 보라는 심정으로 힌트를 던져주기 시작했다가, 내가 진짜로 그 힌트를 추적하는 것을 보고 비로소 진지하게 개입할 생각을 했겠지. 날 저격하라는 명령이 떨어졌을 때는 아무래도 가만히 있을 수가 없었을 테고. 그 결과는…….

'정말로 제거된 걸까, 민아리는? 아니겠지? 어떻게 됐든 어디에 있든 지금 여기 우리 머리 위보다는 거기가 안전하겠지.'

다시 고개를 숙이고, 눈물을 흘리며 양파를 썰었다. 칼날이 도마를 때리는 소리가 탁탁탁 경쾌하게 울리고 있었다.

너와 함께라면 천하를 도모할 수도 있겠구나 했던 친구가 어느 날 홀연히 자취를 감췄다. 그리고 몇 년이 지난 지금까지 나타나지 않고 있다. 아주 가끔 그가 남긴 마지막 이메일을 열어볼 때면 뜻밖의 상실감에 화가 치밀어 올랐다가 또 금방 아무 일도 없었던 것처럼 사그라지곤 한다. 그는 왜 사라졌을까. 돌아온다던 그때는 도대체 언제일까.

그가 있었으면 사는 게 한결 재미있었을 거라는 확신이 있다. 지금도 나쁜 건 아니지만 그가 그렇게 사라지지 않았다면 지난 몇 년이 딱 고만큼 더 행복했을 것이다. 그 생각에 마음 한구석이 아플 만큼 저려오면 그를 아는 다른 사람들에게 혹시 짤막한 소식이라도 전해 들은 게 없는지 별로 집요하지 않은 수소문을 하곤 한다. 다른 사람들도 비슷한 심정인 듯 몇 년에 한 번은 나도 그런 질문을 받기도 한다.

우리는 아직도 그가 잠적한 이유를 알지 못한다. 그래도 그 잠적에는 분명 그럴 만한 이유가 있었을 거라 믿으면서 몇 년째 그를 기다리고 있다. 캐묻지 않는 것으로 존중을 표하는 셈이다. 하지만 그것도 이제는 좀 지친다. 같이 도모하려 했던 천하가 하루가 다르게 손아귀에서 스르르 빠져나가는 느낌 때문인지도 모르겠다.

아무튼 나는 원래 계획했던 것보다 조금 덜 행복해졌고, 결국에는 그의 잠적으로 인해 생긴 딱 고만큼의 낙차를 이야기로 바꿔먹어야 하는 지경에 이르고 말았다. 그리고 이 이야기를 다 주워먹고 나면 나는 또 그를 기다려야 한다. 목이 빠져라 기다리는 건 아니고, 그냥 원래 하려고 했던 걸 하면서 나이나 한 살씩 먹어가는 거겠지만.

물론 소설에 나오는 인물이나 장면이 그 사람을 그대로 흉내 내고 있다는 건 아니다. 사실 전혀 비슷한 구석이 없다. 이 안에 담아놓은 장소나 사물들도 마찬가지다. 어떤 것은 현실 세계에 있는 것을 그대로 담으려고 노력했고 어떤 것은 현실에 없는 것을 지어내기도 했지만, 중요한 건 그 모든 것을 엮어내는 방식이 아닐까. 심지어 이 글을 쓰고 있는 나조차도 소설을 끌어가는 목소리와는 좀 많이 다른 사람이니까.

모두가 그래야 하는 건 아니지만 적어도 지금의 나는 소설이 진실을 담아내는 방식이란 그런 것이어야 한다고 믿고 이 이야기를 썼다. 몇 달 뒤에 누가 물으면 전혀 다른 대답을 할지도 모르지만, 어쨌거나 이 글에는 지금의 이 마음이 중요한 거니까.

그가 무사히 잘 지내고 있기를 바란다. 덩달아 서울도 무사하기를.

2014년 4월, 서울에서

작가의 말 2

4월에 작가의 말을 써 두었다. 사라지는 것들에 관한 이야기였기 때문이다. 우리는, "4월에는 그랬대" 하고 밝혀두지 않으면 모든 것이 순식간에 다른 맥락 아래 놓이게 되기도 하는 나라에 살고 있다.

그리고 그 작가의 말을 쓰고 며칠 뒤에 세월호 참사가 일어났다. 그 전에 써둔 많은 것들이 새로운 맥락에 따라 다른 의미를 갖게 되었다. 마치 그 일을 염두에 두고 쓴 것 같은 말들이 여기저기 눈에 띄었다. 맥락의 변화에 쉽게 적응할 수 있을 것 같은 부분들과 불필요한 오해와 혼란만 남길 것 같은 부분들이 섞여 있는 상태였다. 이 소설이 참사 이전에 대부분 완성되었다는 점을 굳이 다시 밝히는 이유다.

어떤 이야기는 끊임없이 변하는 맥락을 계속해서 따라잡지 못하고 어느 순간 어느 시점에 낙오하듯 그대로 머무르고 만다. 바로 뒤에 돌아보면 시대착오적이거나 뒤처진 것처럼 보일지도 모르지만 좀 더 멀리 떨어진 다음에 돌이켜 보면 오히려 변하는 시간을 따라잡으려 하지 않고 그 자리에 멈춰준 게 다행스럽게 여겨지는 이야기들도 있다.

4월에서 11월까지, 두 개의 작가의 말 사이에 놓인 시간 동안 고민을 계속하면서 깨달은 것 한 가지는 이 소설의 주재료가 바로 이런 성격을 지닌 이야기들이었다는 점이다. 그렇게 그 시간에 머물기로 한 이야기들이 그런 방식으로 오래오래 읽히기를 바란다.

2014년 11월, 뉴욕에서

맛집 폭격
© 배명훈 2014

초판발행 2014년 12월 5일

지은이 배명훈
펴낸이 김정순
기획·편집 고래방 최지은 양은영
디자인 김수진
마케팅 김보미 임정진 전선경

펴낸곳 (주)북하우스 퍼블리셔스
출판등록 1997년 9월 23일 (제406-2003-055호)
주소 서울특별시 마포구 양화로 12길 24(서교동 선진빌딩) 6층
전자우편 editor@bookhouse.co.kr
홈페이지 www.bookhouse.co.kr
전화 02-3144-3123
팩스 02-3144-3121

ISBN 978-89-5605-807-8 (03810)

이 도서의 국립중앙도서관 출판시도서목록(CIP)은 e-CIP 홈페이지(http://www.nl.go.kr/ecip)에서
이용하실 수 있습니다. (CIP 제어번호 : CIP2014033177)